CHRISTOPH MARTIN

DIE EXPANSION

CHRISTOPH MARTIN

DIE
EXPANSION

THRILLER

1. Auflage 2018

Übersetzt von: Sandra Thoms, Frankfurt,
Korrektorat: Birgit Rentz, Itzehoe
Cover: Nachgestaltung des englischen Originals von
Guter Punkt GmbH & Co. KG, München
Gedruckt in Deutschland
Satz: Litreloc, Frankfurt am Main,

ISBN 978-3-75283281-5

»Sei umsichtig bis zur Formlosigkeit.
Sei geheimnisvoll bis zur Geräuschlosigkeit.
Nur so kannst du das Schicksal
deines Gegners bestimmen.«

Sunzi, Die Kunst des Krieges

PROLOG I

Landsitz der Burns, Surrey,
England, Januar 1993

Sie war schon immer eine Schönheit gewesen. Schon als junge Frau, schon vor den Diamanten und Designerhandtaschen. Schon bevor sie das eng anliegende Polyester von der Stange ablegte und sich von ihm langsam und liebevoll in Seide kleiden ließ.

Als er sich an diesem Winterabend zu ihr durchkämpfte, durch das Gedränge von Champagnergläsern und Anzügen, bemerkte er in den Augen seiner Frau die gleiche, starke Zuwendung, die ihn – und so viele andere – vor all den Jahren zu ihr hingezogen hatte. Denn Helen Burns sah die Menschen – sie sah sie wirklich. So wie sie ihn gesehen hatte. Und sein Vermögen.

Ihre beeindruckende Fähigkeit, Gelegenheiten wahrzunehmen, war der Grund dafür, dass aus seinem bereits eindrucksvollen Vermögen Reichtum geworden war, und zwar für ihn und alle vom Schicksal bestimmten Personen, die sich in ihre Umlaufbahn verirrt hatten.

»Liebling, du wirst nicht glauben, wen ich gestern Abend getroffen habe. Das war wohl Schicksal …«, pflegte sie zu sagen.

Edward Burns spürte einen schmerzenden Stich in der Brust, als er vor ihr stand.

»Ed, was ist? Stimmt etwas nicht?« Sie musste ihn gesehen haben, denn jetzt stand sie neben ihm.

»Wir müssen hier raus!« Er packte sie am Arm.

Sie zog ihn zurück. »Wieso?«

»Helen, wenn wir jetzt nicht gehen …«

»Wovon redest du? Wir können doch nicht einfach während unserer eigenen Party gehen …«

»Garcia wurde verhaftet!«

»Rupert Garcia …?« Sie erstarrte. Ihr Blick wanderte über die gläsern glitzernde Weihnachtsbeleuchtung und das wirbelnde Durcheinander von Gelächter und Gesichtern, so als ob sie alles zum ersten Mal sähe. Dann sah sie ihn wieder an. »Verdammt!«

Er bemerkte, wie sich ihre Kiefermuskeln anspannten.

»Wir müssen das klären, Ed«, zischte sie. »Sofort!«

Sie winkte die Hausangestellten heran, gab Anweisungen und im nächsten Augenblick liefen sie bereits durch das Marmorfoyer ihres Hauses hinaus auf die Kieseinfahrt, vorbei an Misteln und Efeu, der die Steinsäulen hinaufkletterte, auf das mit Frost überzogene Gelände des imposanten Burns-Anwesens.

✦

Als sich die Kufen ihres Robinson-R44-Hubschraubers in den Nachthimmel erhoben, hatte sie bereits ihren Anwalt angerufen.

»Wir sind unterwegs nach London«, hatte sie gesagt, während sie sich anschnallte. Die Rotorblätter des Helikopters dröhnten und schaufelten sich durch die eisige Luft. Schnell gewannen sie an Höhe.

Gekonnt steuerte Ed den Helikopter über die Baumwipfel. »Ich habe Vorkehrungen für Max getroffen.« Er sprach in das Mikrofon seines Headsets.

»Was für Vorkehrungen?« Helens Stimme erklang in seinem Kopfhörer.

»Er kommt nächste Woche nach England zurück, um bei Alan zu wohnen ...«

»Bei Alan?! Bist du wahnsinnig? Ich lasse meinen Sohn doch nicht in einem Wohnblock leben! Du weißt ja, wie es dort ist ...«

»Es *reicht*, Helen! Du hörst mir nicht zu! Es ist *vorbei*! Wir haben keine Wahl mehr. Gegen uns liegt ein Haftbefehl vor.« Er sah auf die durchdringende Dunkelheit unter ihnen – die Wälder von Surrey, wie er wusste –, und ihm wurde übel. Es gab keinen Ausweg mehr.

»Aber wir sind es doch, Ed, du und ich. Wir werden es schaffen, so wie immer.«

»Nur dieses Mal geht es nicht um uns, richtig? Es geht um all die anderen, die du überzeugt hast, in Ruperts blödes Vorhaben zu investieren! Alle unsere Freunde, Helen!«

»Ich konnte doch nicht wissen ...«

»Nein!« Er schnitt ihr das Wort ab. »Du wusstest genau, was du tust.« Er sah sie an. Leere machte sich in ihm breit.

»Alles, was ich getan habe, habe ich für dich getan. Ich habe dich immer so sehr geliebt. Und ich liebe dich noch.«

Sie sagte nichts.

»Aber alles, was wir haben ... Das war nicht genug für dich. Nie war es genug.«

Noch immer schwieg Helen.

Sie hatten eine Flughöhe von dreitausend Fuß erreicht. Dann fanden seine Finger, was sie suchten: die glatte Kunststoffkappe, die die Leerlaufabschaltung des Motors verdeckte. Es würde schnell gehen.

Benommen wandte er sich zu seiner Frau. Sie hielt die

Hand vor den Mund und er hörte sie schluchzen. In der Dunkelheit hatten die Diamanten um ihren Hals ihr Feuer verloren. »Es ist das Beste. Ich kann nicht zulassen, dass sie dich ins Gefängnis stecken«, sagte er. »Max wird neu anfangen können. Ich hoffe, er wird mir eines Tages verzeihen …«

»Nein!«, kreischte sie und warf sich verzweifelt in ihrem Sitz hin und her. Mit einer Hand hielt sie sich an der Fensterscheibe fest und schaute hinunter auf die Lichtpunkte ihres immer kleiner werdenden Zuhauses.

Mit letzter Kraft griff Edward Burns nach seiner Frau. Er zog sie an sich und umarmte sie fest. Dann öffnete er das Ventil. Als der Motor ausging, kämpfte sie in seiner Umklammerung. Aber es dauerte nur einen Moment, bis das Verdeck abriss, von den kreischenden Rotorblättern abgetrennt, und der Sog sie umfasste und sie taumelnd in Richtung Boden zog.

Helen und Edward Burns spürten nichts, als der Hubschrauber auf den Boden krachte.

PROLOG II

Zuoz, Engadin,
Schweiz

Der sechzehnjährige Max Burns schleifte seinen Koffer über das vereiste Kopfsteinpflaster und trottete zu dem steinernen Wassertrog oben auf der Anhöhe. Der alte Brunnen war bereits vor Monaten eingefroren, aber Max kannte niemanden, der ihn vor dem späten Frühjahr brauchen würde, wenn es im Tal taute.

Sein Klassenkamerad, Godfredo Roco, hatte seinen Koffer in einer Schneewehe in der Nähe liegen gelassen und sich auf den Rand des Steinbeckens gesetzt. Trotz eines beeindruckenden Veilchens, das sein linkes Auge zierte, sah Godfredo auf klassische Weise gut aus. Er hielt eine dicke, teure Zigarre zwischen den behandschuhten Fingern. Diese und einige andere hatte er sich aus der Sammlung seines Vaters genommen, um sie bis zu seinem Geburtstag aufzuheben. Doch bereits nach ein paar Schlucken aus der mitgeschmuggelten Schnapsflasche während der vierstündige Zugfahrt von Zürich nach Zuoz war er ausgestiegen und hatte verkündet: »Scheiß drauf. Jetzt passt es genauso gut wie irgendwann sonst«, und sich genüsslich eine angesteckt.

Max ließ sich neben seinen Freund sinken und zog seine Strickmütze vom Kopf. Mit einer Hand fuhr er sich durch die blonden, ständig zerzausten Haare und blickte auf das schmucke Dorf unter ihnen. Dessen enge, gepflasterte

Straßen waren Hunderte von Jahren vor dem ersten Röhren eines Automotors entstanden, und auf den adretten Dächern, die wie aus einem Märchenbuch entsprungen aussahen, türmte sich der Schnee. Die funkelnde Weihnachtsbeleuchtung markierte Regenrinnen und Schornsteine, und die Rauchfahnen der Holzöfen hingen tief über dem Tal.

Max zeigte hinauf zu dem höchsten Berggipfel, der sich im Mondschein klar erkennen ließ. Mit zusammengekniffenen Augen blickte er an seinem Arm entlang. »Ich glaube, letzte Woche bin ich mit dem Helikopter so hoch geflogen«, lallte er. Seine Worte kamen langsam und bedächtig wegen des Alkohols und der eisigen Luft an seinen Lippen. »Du hättest das Gesicht meines Vaters sehen sollen, Fredo!«, fuhr er fort. Er ließ seinen Arm in seinen Schoß sinken und wandte sich seinem Freund zu. »Er hatte wirklich Schiss, weil ich zum ersten Mal allein dort oben im Heli war … Aber gleichzeitig war er verdammt stolz.« Seufzend legte er einen Arm über Godfredos Schulter. »Ich mag das, verdammt noch mal, weißt du? Ich mag *ihn*, verdammt noch mal.« Er hickste. »Er bringt mich immer dazu, an meine Grenzen zu gehen.« Er hickste wieder, seine Worte waren leicht gelallt. Schließlich lachte er. »'tschuldigung.«

Er bekam keine Antwort und vernahm nur das pulsierende, orangefarbene Leuchten, als Godfredo zum wiederholten Male an der Zigarre zog.

Max ließ seinen Freund los und boxte ihn spielerisch in den Oberarm. »Du hättest deinen Vater fragen sollen, ob er dir ein paar Flugstunden erlaubt«, sagte er und dachte an den Adrenalinschub, als sich sein englischer Landsitz unter ihm immer weiter entfernt hatte. »Im Ernst, Fredo, du wärst begeistert. Mit einer Hand hältst du den Blattver-stellhebel …« Er schloss die Augen. »Dann ziehst du am Steuerknüppel …«

Godfredo unterbrach ihn. »Halt die Klappe, Mann! Meinst du wirklich, mein Vater würde mir an einem ruhigen Sonntagnachmittag dabei zusehen, wie ich einen verdammten Helikopter fliege?«

Es klang nicht bitter, aber als sich sein Freund zu ihm wandte, sah Max sein gezwungenes Lächeln. Er stellte sich Godfredos strengen Vater, Paco Roco, dabei vor, wie er seine Freizeit mit ihm verbrachte. Mit den unzähli-gen leicht bekleideten heißen Frauen auf irgendwelchen Jachten. Oder während er sich bei einem internationalen Pferderennen die Lunge aus dem Leib brüllte. »Okay, viel-leicht nicht …«

»Das siehst du verdammt richtig!« Godfredos Lachen war spröde. Er hielt Max die Zigarre hin. »Hier, *Hermano*.« Er nannte seinen Freund oft so, und in seine Stimme schlich sich dann ein leichter Singsang, ein Rest seiner argentinisch-spanischen Muttersprache, obwohl er schon seit fast zehn Jahren mit seinem Vater in England leb-te.

Max nahm die Zigarre entgegen und inspizierte das Etikett. »Weißt du, Fredo, wenn ich nicht so scheißbe-trunken wäre, würde ich deinen Vater anrufen.«

»Ja?« Godfredo ließ seinen Blick über das Tal schwei-fen.

»Ja. Würd' ich, verdammt noch mal. Und ich würd' ihm sagen, er soll aufhören, dich zu schlagen.«

Sofort wanderte Godfredos Blick zurück zu Max. »Er meint es nicht so.«

Max schüttelte den Kopf. »Alter, ehrlich. Dein Vater ist

ein komplettes Arschloch.« Er sah Godfredos Faust erst in dem Moment kommen, als sie in seinen Magen stieß. Augenblicklich krümmte er sich vor Schmerzen. Er hatte die Zigarre fallen lassen, deren Glut nun davonstob wie Sternschnuppen.

Inzwischen war Godfredo aufgestanden und zeigte mit einem Finger auf Max. »*Ich* darf sagen, dass er ein Arschloch ist. *Du* nicht.«

Eine Sekunde später kämpften die beiden Jungen mit allem, was dazugehörte: rechter Haken, Schwitzkasten … Sie wanden sich, ihre Gliedmaßen verhedderten sich und sie landeten hart auf dem eisigen Schnee.

Godfredo entkam Max' Griff und stürzte zu seinem Koffer.

Langsam hob Max den Kopf. Er sah, wie Godfredo wegging, sich dann blitzschnell umdrehte, zu ihm zurückkam und schließlich auf Armlänge mit zusammengepressten Lippen vor ihm stehen blieb. »Weißt du, manchmal hasse ich verdammt noch mal meinen Vater. Mehr als mein eigenes Leben.« Er hielt inne. »Aber er ist der Einzige, ich habe nur den einen. Verstehst du das?«

Bevor Max sich entschuldigen konnte, war Godfredo allein losgegangen und stieg das letzte, steile Stück Straße zu ihrem Internat in den Alpen hinauf.

✦

Als Max sich den lachsfarben verputzten Schulgebäuden näherte, die zu dem exklusiven Schulgelände gehörten, blickte er hinauf. Die wie immer zuverlässige Uhr auf dem gedrungenen Glockenturm sagte ihm, dass es bald Mitternacht war. Er stapfte durch den frisch gefallenen

Schnee und folgte Godfredos Spur vorbei an dem einsamen Tannenbaum, der mitten auf dem Schulhof stand. Seine Zweige waren mit silbernen Christbaumkugeln geschmückt.

Er schleifte seinen Koffer in das Gebäude. Die Eingangshalle war warm und hell erleuchtet, und es roch noch nach Abendessen. Es hatte gebratenes Fleisch mit Gemüse gegeben – für alle, die rechtzeitig zurück in der Schule gewesen waren.

Mit gesenktem Blick stampfte er auf, um seine Stiefel vom Schnee zu befreien, wobei er hoffte, dass es ihm gelingen würde, unbemerkt zu verschwinden, während die Schulleiterin mit Godfredo beschäftigt war. Sein Freund konnte seinen Rausch, der so gar nicht zu der Null-Toleranz-Politik der Schule passte, immer meisterhaft verbergen. »Tut mir leid, bin etwas spät dran«, murmelte er und sah kurz hoch. Dann hielt er inne.

Godfredo starrte ihn an. Die Schulleiterin starrte ihn an. Und die Tür zum Empfangszimmer stand offen.

»Was ist los?«

Ein großer Mann erschien in der Tür. Er trug einen fadenscheinigen Regenmantel, der nicht für den alpinen Winter geeignet war, ebenso wie seine riesigen abgetragenen Turnschuhe aus Nylon.

Endlich erkannte Max den Mann. »Onkel Alan?« Sein Blick wanderte zwischen seinem Onkel und der Schuldirektorin hin und her. »Was ist los?«

Alan machte einen Schritt nach vorn, während er einen rot-weißen Fußball-Fanschal in seinen riesigen Fäusten knetete. »Tut mir leid, aber ich habe schlechte Neuigkeiten von zu Hause. Es geht um deine Eltern.«

Max spürte, wie sich sein Hals zuschnürte.

»Es gab einen Unfall mit dem Helikopter«, fuhr Alan fort. »Sie haben den Absturz nicht überlebt. Sie sind von uns gegangen.« Betroffen legte er seine schwere Hand auf Max' Schulter.

»Sie … Was?«

»Sie sind gestorben, Kumpel.« Alans tiefe Stimme war sanft. »Er tut mir wirklich leid. Wir haben versucht, dich zu erreichen, aber …«

»Nein«, unterbrach ihn Max. Er schüttelte den Kopf. »Das muss ein Irrtum sein. Ich habe sie doch noch … erst vor ein paar Tagen …« Er zog seine Jacke aus und sah zu Godfredo. Dabei versuchte er sich daran zu erinnern, wie viel Zeit sie in dessen Ferienwohnung in der Bahnhofstraße in Zürich verbracht hatten.

»Wann war das denn, Fredo? Vor zwei Tagen?« Er wartete auf eine Antwort, aber sein Freund konnte ihn nur betroffen ansehen.

»Lass deinen Mantel an, Max«, sagte die Schulleiterin. »Am besten fahrt ihr gleich los. Dein Onkel bringt dich nach Zürich.«

»Aber von dort sind wir doch eben gekommen.«

»Ja, ja, natürlich«, bestätigte sie. Etwas leiser wandte sie sich an Alan. »Der Pass ist offen, man kann ihn nachts befahren, aber ich würde Ihnen trotzdem empfehlen, sofort zu fahren, wenn Sie einen frühen Flug erwischen wollen. Wann war noch mal das Begräbnis?«

Max blickte zu Godfredo, während die Übelkeit in ihm hochstieg.

Godfredo eilte zu ihm. »Du schaffst das, *Hermano*«, sagte er, »Du wirst das schaffen.«

Max nickte benommen.

»In ein paar Tagen komme ich vorbei«, fuhr Godfredo

fort, »Ich bin immer für dich da. Das verspreche ich dir.«
Er drückte seinen Freund fest an sich.

Als sie in die Nacht hinaustraten, fühlte Max sich
leer.

TEIL I

KAPITEL 1

London,
England, November 2008

Max Burns konnte in der Dunkelheit und durch den Schneeregen die roten Schlusslichter des Land Rovers sehen, der in der Kurve wartete. Er rannte, wobei er Fußgängern und Pfützen auswich, bis er die Beifahrertür erreicht hatte. Eilig öffnete er sie und warf sich auf den Sitz.

»Tut mir leid, ich bin spät dran«, sagte er. »Ich habe Professor Moyle getroffen, als ich aus dem Hörsaal kam.«

Sarah lächelte und beugte sich zu ihm, um ihn auf die Wange zu küssen. »Bäh! Du bist ganz nass!«, sagte sie. Sie trug einen Schal von Burburry und sie roch gut.

Max stellte seine Tasche in den Fußraum und zog sich seine durchnässte Jacke aus. »Ja, und es ist saukalt hier!«

Sarah schlug das Lenkrad ein und steuerte den Wagen in den dahingleitenden Verkehr fort vom Campus. »Und? Wie fühlt sich das an, Dr Burns? War es unsagbar traurig, eben die letzte Vorlesung deiner Unikarriere zu halten?« Sie strahlte ihn an.

Max lachte trocken. »Nicht wirklich. ›Best practice für Großprojekte‹ und ›Vertrauensbasierte Zusammenarbeit‹?

Kannst du dir vorstellen, wie schnell all meine Zuhörer glasige Augen bekommen haben? Unterrichten, das ist …« Er musste nochmals lachen und schüttelte den Kopf. »Lass es mich so sagen: Ich tue meinen Studenten einen Gefallen, wenn ich jetzt in die Privatwirtschaft wechsle.«

Während sie das Unigelände verließen, blickte Max zurück auf die immer kleiner werdenden Gebäude, die in den vergangenen fünf Jahren sein berufliches Zuhause gewesen waren. Dann wandte er sich Sarah zu. »Wir sind heute Abend zum Essen eingeladen.«

»Heute?«

»Ja, Professor Moyle hat eine Art Abschiedsparty für mich organisiert.«

»Nett von ihm. Aber doch sehr kurzfristig.«

Max nickte, wobei er den missbilligenden Unterton in ihrer Stimme ignorierte. Er hatte über die Jahre hinweg gelernt, dass Sarah – so wie übrigens die gesamte Familie Beauvoir – bei Einladungen mindestens zwei Wochen Vorlauf brauchte. Keiner von ihnen mochte kurzfristige Überraschungen.

Vielleicht weil Max so schweigsam war, fragte Sarah: »Alles in Ordnung?«

»Klar«, antwortete er.

»Warum dann der düstere Blick?«

Max fuhr sich mit der Hand durch die Haare. »Der Panamakanal wird erweitert.«

»Und?« Sarah warf einen Blick in den Rückspiegel.

»Moyle möchte ein Team zusammenstellen und ein Angebot einreichen.«

»Für die Erweiterung? Wow. Wie ambitioniert!« Sie hielt an einer Ampel, setzte den Blinker und sah Max an.

»Ja«, sagte er und nickte, »das ist es.« Max musste an

seine langjährige Kollegin Alexandra Wong denken und fragte sich, ob Moyle ihr davon erzählt hatte. Es war schon eine Weile her, dass sie beide an einem gemeinsamen Projekt gearbeitet hatten, und dieses Projekt wäre sicher genau nach ihrem Geschmack.

Über Sarahs Gesicht huschte ein Ausdruck von Besorgnis. »Moment mal. Denkst du etwa …?«

Den Rest ihres Satzes hörte er nicht mehr, weil sie sich wegdrehte. Sie presste einige Finger an ihre Stirn, so als hätte sie Migräne. Als sie ihn wieder anblickte, wirkte sie entschlossen. »Du hast den Vertrag mit meinem Vater bereits unterschrieben, und Moyle versucht trotzdem noch, dich zu ködern?« Hinter ihnen hupte es, also fuhr Sarah schwungvoll wieder los. »Aber eigentlich«, sagte sie nach einer Pause, während der Wagen vorwärtskroch, »überrascht mich das nicht. Das ist ja wohl kein Zufall, dass die Erweiterung des Panamakanals bekannt gegeben wird, und dann, ganz plötzlich, beschließt der gute Professor Moyle, für dich eine Abschiedsparty zu schmeißen …«

»Sarah, bitte!« Max seufzte. »Verdammt noch mal, ich bin Ingenieur für den Bereich Geomatik. Es ist nur logisch und absolut nachvollziehbar, dass er, wenn sich eine so unglaubliche Möglichkeit auftut, an mich denkt.«

Sie antwortete ihm nicht. Der Takt der Scheibenwischer nahm zu, um den Regenguss zu bewältigen. Wenig später waren sie zu Hause angekommen und Sarah lenkte den Wagen auf den Parkplatz vor ihrem Reihenhaus.

»Ich weiß, dass dich das ärgert«, sagte Max, als Sarah ihre Handtasche vom Rücksitz angelte. »Dennoch würde ich mich wirklich freuen, wenn du mich heute Abend begleitest.«

Sie hielt mit ihrer Tasche in der Hand inne, dann zog sie ihren Regenschirm hervor. »Lieber nicht«, sagte sie. »Ich habe keine Lust, gegen Moyle antreten zu müssen.« Entschlossen schlug sie die Wagentür hinter sich zu.

Max seufzte, griff nach seiner Jacke und sah zu, wie Sarah in Richtung des Hauses davonlief.

KAPITEL 2

*London,
England*

»Halllooo!« Eine Frauenstimme übertönte das barocke Streichkonzert, das aus Professor Moyles kleiner Wohnung zu hören war.

Aus dem Augenwinkel sah Max den ihm vertrauten roten Trenchcoat, als der Professor Alexandra Wong, von den meisten »Alex« genannt, hereinbat. Der Mantel schmiegte sich an ihre schmale Silhouette. Ihre sonst glänzenden schwarzen Locken waren verwuschelt und tropfnass.

»Großartig! Rosmarin!«, rief Alex begeistert, als sie dem Professor voran in das Zimmer trat. »Das riecht nach einem wahren Festmahl!« Sie schloss die Augen und sog mit einem Lächeln auf den Lippen den Duft tief ein. »Wunderbar!«

Max stand mit einem Weinglas in der Hand neben der riesigen Kochinsel, die die Küche vom Wohnzimmer trennte. »Guten Abend«, sagte er lachend.

Moyles Apartment war ein Neubau und jeder Zentimeter Wand war mit Buchregalen bedeckt. Bis auf die Küche, in der, wie Max erst vor Kurzem entdeckt hatte, Moyles Weigerung, Bücher zu entsorgen, zu einer etwas merkwürdigen Zweckentfremdung geführt hatte. Eine

Palette gebundener Bücher, die aussahen, als stammten sie aus dem letzten Jahrhundert, bildete säuberlich gestapelt und mit langen Metallbändern fixiert die Basis einer Küchentheke mit einer Holzablage. Ein ähnlicher Bücherstapel diente als Sockel für den Beistelltisch mit Glasplatte mitten im Wohnzimmer.

»Hat er es dir erzählt?«, fragte Alex. Sie hatte sich zu Max gesellt und machte eine Bewegung mit dem Kopf in Richtung des Professors, der wieder hinter der Kücheninsel stand und Karotten mit nahezu roboterhafter Präzision klein schnitt.

»Habe ich«, warf Moyle stolz ein. »Bitte zieh deine nassen Sachen aus, Alexandra.«

Folgsam zog sie ihren Mantel aus und hängte ihn über die Lehne eines der Esszimmerstühle.

Moyle lege das Messer auf die Ablage. »Wäre die Garderobe bei der Eingangstür nicht eine besser Wahl?«, fragte er schmunzelnd.

Während Alex ihren Mantel an die Garderobe hängte, goss ihr Max ein Glas Wein aus einem angeschlagenen und mit Fingerabdrücken übersäten Dekanter ein.

»Also dann bist du dabei?«, fragte Alex, als sie zurückkam und nach ihrem Glas griff.

»Dabei?« Max blickte hinüber zum Professor, der sich in sein Kochbuch vertiefte. Langsam sickerte in ihm die Erkenntnis durch, dass Sarah wohl doch recht gehabt hatte: Das hier war keine Abschiedsparty.

»Die Regierung von Panama veröffentlicht am Montag die Ausschreibung«, drang Alex' Stimme in seine Gedanken ein. Sie strahlte ihn an.

»Schon?«

»Ich weiß, ist das nicht großartig?« Ihre Finger formten sich zu einer Faust, während sie ihn lebhaft musterte. »Wir müssen ein Team zusammenstellen, um uns für die Ausschreibung zu bewerben, dann haben wir sechs Monate Zeit, unser Angebot fertigzustellen, und dann müssen wir …«

»Langsam, langsam«, unterbrach sie Moyle. »Nichts überstürzen. Wir warten jetzt erst einmal auf Gian.«

»Gian kommt heute Abend auch …?«

»Ja klar!«, sagte Alex. »Max, wir können unser Angebot nicht ohne einen Software-Zauberer im Team zusammenstellen.«

»Unser Angebot …?« Max hielt inne. Dann begann er zu lachen, wobei er den Kopf schüttelte. »Das scheint mir weniger eine Abschiedsparty als vielmehr eine Willkommensparty zu sein, oder?«

Moyle grinste. »Wäre das so schlimm?«

»Sie wissen, dass ich den Vertrag bei der Beauvoir Gruppe schon unterschrieben habe. Vor zwei Monaten. Ich kann das nicht einfach sausen lassen.«

»Verdammt, Max!«, rief Alex aus. »Verstehst du das nicht?! Es geht um den Panamakanal!«

Max hob seine Hand mit einer Bewegung, die, wie er hoffte, ablehnend war. »Es tut mir leid. Ich wäre gerne dabei, aber …«

»Max.« Moyle legte sein Messer wieder auf die Ablage. »Die Entscheidung liegt bei Ihnen. Aber Sie kennen ja die Geschichte des Kanals.« Er neigte sein Kinn etwas nach unten und blickte Max über sein Weinglas hinweg an. »Sie wissen, was es für eine Herausforderung war, ihn zu bauen, und was für eine großartige und einmalige Chance es wäre, beim bevorstehenden Ausbau federführend zu sein!«

Max zog die Augenbrauen zusammen, so als wollte er sagen: »Bitte beleidigen Sie mich nicht.« Er hatte seine Doktorarbeit über den Suezkanal geschrieben und in diesem Zusammenhang auch intensiv über den Panamakanal recherchiert, diesen Moloch, den die Franzosen begonnen hatten und der schließlich das triumphale Debüt der Amerikaner in Sachen Ingenieurskunst geworden war.

Moyle fuhr nüchtern fort: »Auch wenn wir die Ausschreibung nicht gewinnen würden, so wäre es trotzdem eine tolle Möglichkeit, sich Gedanken zu einer der größten Ingenieursleistungen der Welt zu machen.« Es sah erst Alex, dann Max an. »Und ihr beide …« Kurz hielt er inne und sog seine Lippen zwischen seine Zähne. »Also, ich bin viel zu alt und zu müde, um mir ein derartiges Großprojekt zumuten zu wollen, doch ihr beide zusammen hättet echte Chancen.« Er schwieg kurz. »Aber ihr könntet es nicht allein durchziehen. Wir müssten ein Weltklasseteam zusammenstellen, auch mit Leuten vor Ort in Panama …«

Die Türklingel ertönte. Moyle entschuldigte sich und ging zur Eingangstür.

»Na toll«, zischte Alex Max sarkastisch zu. »Du verziehst dich … und verbaust mir so die Möglichkeit, an etwas wirklich Großem mitzuarbeiten.«

Max sah sie an. »Alex, du kannst dir jeden Partner ins Boot holen, den du nur willst. Du bist die Leiterin des Fachbereichs. Und du weißt, dass dich Moyle immer unterstützen wird.«

»Nein, Max. Das wird ohne dich nicht funktionieren.« Sie zeigte auf den Professor, der Gian Tarocco aus dem

Mantel half. Über ihr Gesicht huschte ein Ausdruck von Bitterkeit. »Er wird mich allein nicht unterstützen. Das hat er schon öfter deutlich gemacht. Denn«, sie deutete mit den Fingern Anführungszeichen an, »»Ihre Arbeit ist viel besser, wenn Sie mit Dr Burns zusammenarbeiten.««

»Alex, du müsstest doch von allen am besten wissen, wie sehr mich diese Neuigkeit begeistert«, sagte Max. »Das ist der Traum eines jeden Ingenieurs. Die Chance, auf die wir alle gewartet haben. Aber ich muss auf Sarah Rücksicht nehmen.«

»Burns!« Mit einem breiten Lächeln gesellte sich Gian Tarocco zu den beiden. »Du bist also dabei!« Er hielt bereits ein kühles Bier in der Hand.

KAPITEL 3

Wolverhampton,
England

»Francisco Roco! Bist du immer noch von Madrid bis Mallorca hinter allen hübschen Frauen her?«

»Wer spricht da?« Paco Roco legte seinen Stift hin und lehnte sich in seinem Ledersessel zurück. Ihn sprach nur selten jemand mit seinem vollen Namen an, aber der Anrufer schien ihn gut zu kennen. Er legte seine Füße auf den großen Eichenschreibtisch.

»Jemand, der dich jederzeit im Blackjack fertigmacht!«

Paco sprang auf, was den kleinen Hund unter dem Schreibtisch, ein schwarz-weißer Boston Terrier, erschreckte. »Verdammt noch mal! Wenn das nicht der verloren geglaubte Prinz von Panama höchstpersönlich ist!«, sagte er. »Wie geht es dir, alter Freund?« Er ging mit einem breiten Lächeln zur Balkontür und trat hinaus in den grauen, englischen Tag. Der Hund folgte ihm.

»In der Politik gibt es keinen Adel, Paco. Wir ziehen die Boxhandschuhe jeweils aus, bevor wir in den Ring steigen.«

Paco lachte dröhnend. »Boxhandschuhe? Hast du sowieso noch nie getragen. Immerhin machst du dir gerne mal die Hände schmutzig!« Die Stimme seines alten Freundes erinnerte ihn an die schwüle Hitze und den

Trubel in Madrid, wo sie sich kennengelernt hatten und eine Zeit lang während des Aufschwungs und vor der Immobilienblase in Südeuropa zusammengearbeitet hatten. Ihre Zusammenarbeit hatte sich dann noch intensiviert, als sie gemeinsam nach Südamerika expandiert hatten.

Am anderen Ende der Leitung wurde gelacht. »Das war damals so! Aber ich kann mich nicht beklagen. Mir geht es hier in Panama sehr gut.«

»Aha?«

»Sogar meine Rennpferde liegen jedes Mal vorne.«

»Du gewinnst also immer noch?«

»Natürlich! Ich habe einen großartigen Trainer.« Für einen kurzen Moment herrschte Schweigen. »Sag mal, Paco, möchtest du vorbeikommen und ihn treffen?«

Sofort spürte Paco, wie sein Adrenalinspiegel stieg. »Erzähl mir mehr«, sagte er, ganz der Geschäftsmann. Er hatte den Subtext wahrgenommen. »Was brauchst du? Du willst ja nicht wirklich über Pferde sprechen.« Er schob den Hund mit dem Fuß beiseite und lehnte sich nach vorne, um sich mit einem Ellbogen auf der steinernen Balustrade abzustützen.

»Ich habe einen – nennen wir es mal Plan – für die Altersvorsorge.«

»Heilige Mutter Gottes! Du sprichst über den verdammten Panamakanal, richtig? Ich habe es in den Nachrichten gesehen.«

Sein Freund lachte.

»Du durchtriebener Bastard! Du wirst also höchstpersönlich den ganzen Auswahlprozess überwachen?«

»Ja. Darum rufe ich an. Also, bist du interessiert?«

»Kumpel, ich arbeite im Baugewebe. Wenn du ›Beton‹

rufst, frage ich: ›Wie viel?‹« Paco war hellwach. So gut hatte er sich schon ewig nicht mehr gefühlt. Aber er war lange genug im Geschäft, um zu wissen, dass es nicht so einfach werden würde. »Wo ist der Haken?«, fragte er.

»Wir machen es auf meine Art.«

Paco schürzte die Lippen. Das Arschloch denkt wirklich, er kann mich herumkommandieren, dachte er. Ohne mich wäre er nicht da, wo er jetzt ist. »Denkst du daran, dich aus der Politik zurückzuziehen?«, fragte er unschuldig. »Ist alles in Ordnung? Wie geht es Rosa?«

Sein Gesprächspartner schwieg. Paco wusste, dass er den wunden Punkt getroffen hatte.

»Es geht ihr gut. Wenn man diesen Krebs-Perücken-Look mag.«

Paco zuckte zusammen, als ungewollt das Bild seiner eigenen, sterbenden Mutter in ihm hochstieg. Ihre graue und schlaffe Haut. Ihre vertrockneten Hände mit Venen wie Spinnweben, die nicht mehr auf eine Berührung reagieren konnten. Trotzdem. Das hier war seine Lebensversicherung. Niemand wusste, wie viel Zeit Rosa noch auf dieser Erde bleiben würde, und ein bisschen Extrageld würde ihr den Übergang ins Jenseits auf jeden Fall erleichtern.

»Das tut mir leid«, sagte Paco gut gelaunt. »Lass uns das alles persönlich besprechen. Ich kann bis Mitte der Woche in Panama sein. Und Godfredo schicke ich dir sofort, er kann morgen fliegen. Du und ich, wir besprechen die Details, sobald ich da bin.«

»Perfekt. Ich sage Fuentes, er soll ihn am Flughafen abholen.«

Paco legte auf und warf den Hörer auf den Schreibtisch vor sich. Seine Hände ruhten auf seiner Brust, er holte tief

Luft. Dann bückte er sich und nahm den Hund hoch. »Hast du gehört? Das wird unser großer Deal«, sagte er zu dem kleinen Vierbeiner. »Das wird Paco Rocos Arsch retten.«

Er stellte den Boston Terrier auf seinen Schreibtisch zwischen zwei gerahmte Fotografien von Starlight Starbright und Running Hot, beides noch Jährlinge, aber auf dem Weg, seine besten Rennpferde zu werden.

»Was mache ich bloß mit meinen Pferden, wenn ich nach Panama gehe, hm?« Er legte seinen Kopf auf die Seite. Der Hund machte es ihm nach und wedelte mit dem Schwanz. »Und was wird Godfredo ohne sein Schoßhündchen machen?«

Der Hund zuckte vor lauter unverbrauchter Energie.

»Godfredo!«, brüllte Paco und der Hund sprang vom Tisch. »Pack deine Sachen! Und such deinem verdammten Köter ein neues Zuhause!«

KAPITEL 4

Obarrio, Panama-Stadt,
Panama

Ein spektakulärer Sonnenuntergang setzte den Himmel in Flammen, während Godfredo Roco Papiere in seine Aktentasche stopfte. Der Fahrer, Fuentes, nahm die Kurven sehr eng, während sie durch den frühen Feierabendverkehr fuhren.

»Uff!« Godfredo lachte. »Sie haben Ihren Führerschein wohl bei einem Stuntman gemacht.«

Fuentes grinste und brachte den Wagen unverhofft, aber gekonnt zum Stehen, womit er trotz Vorfahrt einen Zusammenstoß mit den ungebremst heranbrausenden Autos ganz knapp verhindern konnte.

Nicht zum ersten Mal an diesem Tag war Godfredo froh, einen erfahrenen Fahrer zu haben. Auf Panamas Straßen herrschte Krieg. Jede Kreuzung war Gefahrengebiet, und laut und lang zu hupen war die allgemeine *Lingua franca.* Godfredo fuhr normalerweise lieber selbst und hielt sich auch für einen talentierten Fahrer – ihm gehörten in England zwei Bugattis und eine niedliche alte Corvette. Aber seit er den Zustand der Straßen in Panama gesehen hatte – die großen, nicht zusammenpassenden Betonplatten und das Durcheinander von Autos –, war er froh, dass er unter diesen Bedingungen nicht in einem seiner üblichen tief liegenden Wagen das Steuer selbst übernommen hatte. Sowohl für seine Gesundheit als auch für seinen Hintern.

Er warf einen Blick auf seine Uhr und raffte seine Aktentasche und seine Jacke zusammen.

Dem Marriott Hotel und dem angeschlossenen Casino gehörte ein Großteil der Immobilien in dieser Straße. Direkt gegenüber stand jedoch eine Reihe heruntergekommener Gebäude. Dort befand sich, von der Hauptstraße aus etwas nach hinten versetzt, ein kleines Lokal, dessen kahle Kletterpflanzen an der Fassade und grün flackernde Neonröhren seinem eleganten Nachbarn unpassend ins Auge stachen.

Als er aus dem Wagen ausstieg, warf Godfredo einen kurzen Blick in Richtung des Lokals. Fast erwartete er, zwischen den spärlich bekleideten Kellnerinnen und Prostituierten seinen Vater zu sehen, wie er vielleicht einen Drink hinunterkippte. Aber die Bar mit ihren verspiegelten Rückwänden war leer, nur ein paar Frauen in High Heels saßen mit aufgestützten Ellbogen auf den Bänken.

Godfredo konzentrierte sich auf das anstehende Treffen, während er in die großzügige Lobby des Hotels trat und in Richtung Lounge ging. Auf einem tiefen schwarzen Ledersofa sah er an einem der gläsernen Beistelltischchen Paco sitzen. Dessen Blick ruhte auf Papieren, die er in der Hand hielt.

»Seit wann trägst du eine Brille!«, fragte Godfredo gut gelaunt. Sein Vater musste blind wie eine Fledermaus sein, wenn er sich dazu herabgelassen hatte, sich eine Brille zu besorgen.

»Und du bist wieder zu spät.« Paco sah nicht hoch, als

Godfredo ihm gegenüber Platz nahm. Stattdessen zeigte er auf die Bierflasche, die unberührt auf der anderen Seite des Tisches stand.

Godfredo bediente sich und goss sich die kühle Flüssigkeit in ein hohes Glas.

»Wir haben eine verdammte Riesenaufgabe vor uns«, fuhr Paco fort.

Godfredo lächelte. »Ach ja? Meinst du?«, fragte er scherzhaft. »Sogar mein Fahrer Fuentes hat schon stolz erwähnt, dass die Erweiterung des Panamakanals das größte Unterfangen sei, welches ein Land in den letzten hundert Jahren in Angriff genommen hätte.« Er schwieg kurz. »Für wen arbeitet dieser Fuentes eigentlich genau? Er weiß unglaublich viel über den Kanal.«

Endlich blickte Paco auf und nahm die Brille ab. Er ignorierte Godfredos Frage und stellte stattdessen selbst eine: »Hast du dir die Unterlagen angesehen?«

Godfredo zog das Bündel aus seinem Aktenkoffer. »Ja. Da steht, dass neunzig Prozent des Trinkwassers von Panama aus dem Rio Chagres kommen …«

»Ich habe die Unterlagen gelesen«, unterbrach ihn Paco. »Ich will verdammt noch mal wissen, ob *du* sie gelesen hast.«

Erstaunt fuhr Godfredo fort: »Ja, und man muss kein Genie sein, um zu verstehen, dass der Knackpunkt des Projekts das Wassermanagement sein wird. »Er atmete aus, als er durch die Papiere blätterte. »Brücken und städtische Wasserwege sind eine Sache, aber hier geht es um ein komplettes verdammtes Feuchtgebiete-Ökosystem.«

»Hast du schon ein paar Kontakte für mich? Fachleute, Ingenieure, Hydrografen?«

»Nein.« Godfredo schüttelte den Kopf. »Noch nicht.«

»Godfredo, denkst du verdammt noch mal, dass wir hier Urlaub machen?«

»Paps, entspann dich. Ich habe all die Entwürfe bekommen und unsere Interessenbekundung termingerecht eingereicht. Bis jetzt steckte ich bis zum Hals in diesen verdammten Flora-und-Fauna-Unterlagen und hatte noch keine Zeit, nach geeignetem Personal zu suchen.«

Paco gab ein unwilliges Geräusch von sich. Er lehnte sich zurück. »In Ordnung. Ich habe einige Ideen und werde mal ein bisschen herumtelefonieren. Ich kenne da ein paar Holländer.« Er schwieg kurz. »Was ist mit dem Jungen, mit dem du in der Schweiz auf der Schule warst?«

Godfredo sah ihn fragend an. Er schüttelte den Kopf.

»Der, dessen Vater von Rupert Garcia beschissen wurde und sich und seine Frau dann umgebracht hat. Was ist aus ihm geworden?«

»Max Burns? Er ist von der Schule gegangen.«

»Das weiß ich. Ich wollte wissen, was er studiert hat. War das nicht irgendwas mit Ingenieurswesen für große Infrastrukturen? Irgendwas mit Ägypten?«

»Stimmt.« Godfredo beugte sich nach vorne und klopfte auf das Tischchen, während er sein Gedächtnis durchwühlte. »Ich erinnere mich daran, dass er seine Doktorarbeit über den Suezkanal geschrieben hat. Und er hat in London studiert. Ich habe ihn schon seit Ewigkeiten nicht mehr gesehen. Ich glaube, er unterrichtet jetzt. Er könnte jemanden kennen.«

»Worauf wartest du noch? Ruf ihn an!«

Godfredo notierte sich *Max Burns* als Erinnerung auf die Vorderseite seiner Aktenmappe. Er warf die Dokumente auf den Tisch, lehnte sich in seinem Sessel zurück und nahm einen großen Schluck Bier. Dann zeigte er auf die Unterlagen, die vor Paco auf dem Tisch lagen, und sagte: »Nur damit du es weißt: Ich will die Hälfte vom Gewinn.«

Paco erstarrte mit seinem Bier in der Hand und sah Godfredo an. »Die Hälfte?« Er lachte laut.

Godfredo, der dieses Lachen kannte, ahnte, dass er gleich in Stücke gerissen würde. Zu seiner Überraschung aber nickte sein Vater bedächtig und er konnte Zustimmung in seinem Gesicht ablesen.

»Die Hälfte«, wiederholte Paco und nickte. »*Jetzt* denkst du endlich wie ein Roco.« Abermals brach er in Gelächter aus. Dann wischte er sich mit seinem Handrücken über den Mund. »Nein!«, bestimmte er. Entschlossen stand er auf und zeigte auf Godfredo. »Du erzählst mir nicht, wie das hier läuft.« Er richtete sein Sakko. »Wie viel du bekommst, sage ich dir, wenn wir hiermit fertig sind.«

✦

Als er sein Apartment im obersten Stockwerk des Hotels betrat, öffnete Godfredo die ersten Knöpfe seines Hemds. »So ein Arschloch!«, stieß er hervor. »Noch eine *verdammte* Karotte«, er zerrte an seiner Krawatte, »die er mit vor die Nase hält.«

Er entledigte sich der Krawatte, knüllte sie zusammen und warf sie zielgerichtet zum Fenster. Mitten im Flug entfaltete sie sich und landete auf einem Arrangement aus tropischen Blättern und leuchtend orangefarbenen Blüten. Der Raum war blitzblank gesäubert worden. Nur Sophias String lag sorgfältig gefaltet auf der Nackenstütze eines der Sessel, als wäre er ein – wenn auch absurder – Sessel-schoner.

Godfredo warf einen Blick auf seine Uhr. Vermutlich hatte er Zeit, sie heute Abend zu treffen. Er blickte aus dem bodentiefen Fenster: Die Wellen des Atlantiks zogen sich vom Ufer zurück und hinterließen eine große schlammige Fläche, während der Horizont wegen des Dunstes eines herannahenden Sturms auf See nicht auszumachen war.

Auf der anderen Seite der Bucht, jenseits der spanischen Kuppeln und Fassaden von Panamas schöner Altstadt, dem *Casco Viejo*, ankerten etwa fünfzehn riesige Cargoschiffe und warteten darauf, den Kanal passieren zu dürfen. Während Godfredo hinüberblickte, nahm das erste Schiff seinen Weg zur Flussmündung auf, wo es schließlich in Richtung Norden fahren und die ersten zwei Schleusen passieren würde. Jede Durchfahrt brachte um die zweihunderttausend Dollar ein, und es wurde nur Vorauszahlung oder Bargeld akzeptiert, keine Kreditkarten und Schecks. Das waren um die zwei Milliarden Dollar im Jahr, die dringend benötigt wurden, um die Kanalbehörden und die Wirtschaft des gesamten Landes am Laufen zu halten.

Der Gedanke an diese Summe reichte aus, um Godfredos Puls zu beschleunigen. Sie würden mehr Bagger, mehr Basaltsteine, mehr Raupen und Kräne benötigen, als er jemals bei einem anderen Projekt gezählt hatte. Zudem würden zehntausend Arbeiter oder mehr über Jahre beschäftigt sein.

Rasch ging er zum Kühlschrank, nahm eine Flasche Bier heraus und drehte den Schraubverschluss auf. Was, wenn er tatsächlich den Gewinnerentwurf einreichte? Was, wenn er es war, dem dieses verdammte Projekt zufiel?

Ja. Godfredo nickte und spannte seine Kiefermuskulatur an. Er konnte das Geld förmlich riechen. Und er würde die Möglichkeit haben, mit Paco auf Augenhöhe an einem richtig großen Projekt zu arbeiten. Solange er nur das passende Team zusammenstellte.

Max Burns. Godfredo lachte. Ausgerechnet er tauchte nach all den Jahren wieder auf der Bildfläche auf! Max Burns war der Einzige seiner Schulfreunde gewesen, der an den seltenen Wochenenden, wenn sie den Schulregeln entwischt waren, bei jedem Trinkwettbewerb mit ihm hatte mithalten können. Häufig hatten sie den Zug genommen, um zu Pacos Junggesellenwohnung in der Bahnhofstraße in Zürich zu gelangen. Dort hatten sie sich auch Blackjack beigebracht. Max war zudem der einzige Freund gewesen, der den Mut gehabt hatte oder dem es vielleicht einfach wichtig genug gewesen war, ihn eines Abends nach den blauen Flecken zu fragen, mit denen er aus den Ferien zurückgekommen war.

Godfredos Lächeln wich aus seinem Gesicht, als er an diese Nacht dachte, an seine überschäumende Wut auf Max und an die eigene Faust, die den Kiefer seines besten Freundes getroffen hatte, und wie sie beide sich danach geschlagen hatten. Wie sie hart auf dem vereisten Boden gelandet waren und anschließend mit ihren Koffern die verschneite Straße zu ihrem Internat in den Alpen hatten hochlaufen müssen. Wie sein Blut vorne auf seine Jacke getropft war.

Es war die Nacht gewesen, in der Max' seltsamer Onkel Alan gekommen war und sie in seinem dünnen Gummiregenmantel in der Eingangshalle des Internats erwartet hatte, seinen Schal fest umklammert. Die Nacht, in der Max erfahren hatte, dass seine Eltern einen tödlichen Helikopterunfall erlitten hatten. Wie schnell sich das Leben ändern konnte.

Godfredo verbannte das Bild von Max' betroffenem Gesicht aus seinen Gedanken, ging hinüber zum Schreibtisch und öffnete den Deckel seines Laptops. »Okay, Dr Burns«, sagte er, während er dessen Namen in eine Suchmaschine eingab. »Wo zum Teufel bist du?«

KAPITEL 5

Pferderennbahn, Panama-Stadt,
Panama

Es war noch lange nicht Mittag und viel zu früh für Alkohol, aber Godfredo war ausgedörrt, nachdem er wegen eines »eiligen« Treffens mit seinem Vater länger als zwei Stunden in der Hitze auf ihn gewartet hatte.

Im Fernseher über der Bar waren Luftaufnahmen von Miraflores zu sehen, den südlichsten Schleusen des Panamakanals, dann kamen die Mulis ins Bild, die Zahnradlokomotiven, die gerade ein mit Hunderten von Containern beladenes chinesisches Schiff den Kanal entlangzogen.

»Der Kanal gehörte bis in die 1970er Jahre den USA, nicht wahr?«, hörte er die Stimme eines Reporters, als zu einem Interview mit einem Journalisten in Panama zurückgeschaltet wurde.

Godfredos Finger trommelten ungeduldig auf den Tresen und er sah der Kellnerin zu, wie sie akkurat zwei Cocktailschirmchen öffnete. Sie hatte eine gute Figur unter der weißen Bluse. Aber das hatten diese Kolumbianerinnen alle.

»Er gehörte ihnen nicht wirklich«, vernahm er die Antwort des Interviewten. Godfredo blickte zum Bildschirm. »Die USA verwalteten den Kanal bis 1999, bis zum sogenannten Jahrtausendwechsel. Dann wurde er an Panama übergeben unter der Voraussetzung – und hier zitiere ich Wikipedia –, dass die USA das Recht behalten, den Kanal vor jeder Bedrohung zu schützen, die seine politisch neutrale Nutzung durch Schiffe aller Nationen gefährden könnte.«

»Die Torrijos-Carter-Verträge, richtig?«

»Genau. Sie wurden 1977 zwischen Präsident Jimmy Carter und General Omar Torrijos vereinbart. Obwohl also die USA die Kontrolle über den Panamakanal abgegeben hatten, behielten sie dennoch vertraglich das Recht, militärisch einzugreifen, falls nötig. Dies wäre auch heute noch denkbar und möglich.«

»Nun zum geplanten Ausbau des Kanals. Gibt es hier in Panama großen Widerstand gegen das Projekt?«

Die Kellnerin stellte die mit den Papierschirmchen dekorierten Drinks auf den Tresen. Während Godfredo seine Brieftasche herauszog, ließ er den Fernseher nicht aus den Augen.

»Es gibt hier erstaunlich wenig Widerstand dagegen. Die Regierung von Panama war sehr offen, was ihre Pläne angeht, und bereit, das Projekt gemeinsam mit Panamas Umweltbehörden zu entwerfen, zu bauen und zu betreiben. Weiterhin soll es mit internationalen Standards wie den Equator Principles konform gehen, die im Wesentlichen die Kriterien für nachhaltige Entwicklung festlegen.«

»Und was ist mit dem Smithsonian Tropical Research Institute, das doch hier in der Region sehr aktiv ist?«

»Das ist ein amerikanisches Institut ... Was sollten sie dazu zu sagen haben?«

»Ja, seine Forscher sind seit der Jahrtausendwende im

Gebiet des Panamakanals tätig, und die Zusammenarbeit mit der Kanalbehörde und der Regierung von Panama war immer sehr gut. Es spricht nichts dagegen, dass dies auch bei der Erweiterung des Kanals so sein wird.«

Godfredo hielt inne, den Geldschein in der Hand.

»Spannend ist, dass der meiste Widerstand anscheinend aus dem US-Kongress kommt. Dort war man schon immer dagegen, bereits als die Torrijos-Carter-Verträge zum ersten Mal vorgestellt wurden. Viele Amerikaner verstehen bis heute nicht, warum ihre Regierung den Kanal mit seiner enormen internationalen strategischen Bedeutung weggegeben hat. Zahlreiche Gegner vertreten seit der Unterzeichnung der Verträge den Standpunkt, dass es sich hier um ein Übersetzungsproblem handelt, denn der Inhalt der spanischen Version würde von der englischen abweichen, und dieser Unterschied wiederum würde die Verträge ›ungültig‹ werden lassen ... Aber das größere Problem scheint einfach die Tatsache zu sein, dass sie sich immer noch nicht mit dem Gedanken abfinden konnten, dass sie den Kanal quasi kostenlos an Panama zurückgegeben haben. Schließlich ist er, wie gesagt, eine der wichtigsten Wasserstraßen der Welt.«

»Also können wir davon ausgehen, dass auch die Amerikaner ein Angebot für die Expansion des Kanals einreichen werden?«

»Auf jeden Fall. Sie werden sich diese Chance nicht entgehen lassen. Und wir wissen auch, dass es von der Siegel-Gruppe aus Pittsburgh kommen wird. Ich habe heute Morgen mit dem amerikanischen Botschafter in Panama, Larry Roebuck, gesprochen.«

Godfredo hatte genug gehört. Er gab der Kellnerin den Schein und sagte, sie solle den Rest behalten. Dann griff er nach den bereits beschlagenen Gläsern und ging zur Tür.

Eine Hitzewelle traf ihn, als sich die Tür hinter ihm schloss. Paco war seit Tagesanbruch bei den Trainingsrunden auf der Rennbahn dabei. Im Laufe der Woche würde er sogar einen Tierarzt einfliegen, da er noch ein weiteres Tier kaufen wollte. Was Godfredo zu dem Schluss führte, dass sein Vater auf jeden Fall in Panama bleiben und dieses Kanalerweiterungsprojekt für sich gewinnen wollte.

Sofia saß auf der muschelförmigen Tribüne wie eine unglaublich erotische Venus von Milo. Sie trug einen breitkrempigen Hut und blätterte in einem Magazin. Einige Kinder in ihrer Nähe spielten mit Stöcken.

»Maracuja«, verkündete Godfredo.

Sofia dankte ihm mit einem Lächeln. Sie mochte dieses eisige, süße Zeug. Am besten schmeckte ihr Passionsfrucht.

Während er ihr den Drink reichte, sah er Paco auf sie zustapfen.

»Sag ihr, dass sie verschwinden soll«, rief Paco. »Ich muss mit dir reden.« Er wedelte mit einem Arm in Sofias Richtung.

Godfredo war nicht gerade scharf darauf, in Sofias Gegenwart heruntergeputzt zu werden, auch wenn es sich bei ihrer Beziehung nur um ein finanzielles Arrangement handelte. Sofias Gesicht verriet mit keiner Regung, ob sie Pacos Worte gehört hatte. Ein langes, glattes Bein war über das andere gelegt und ihr Fuß wippte in einem lautlosen Rhythmus. Unkompliziert. Godfredo mochte das.

Er lächelte ihr zu und sagte: »Gib mir eine halbe Stunde.«

»Aber natürlich, Schatz.« Sie ließ das Magazin in ihre Tasche gleiten und schlenderte ganz entspannt los. Als hätte sie alle Zeit der Welt. Sie setzte sich an einen Tisch vor der Bar.

»Mir gefällt die engere Auswahl nicht«, sagte Paco, der Godfredo inzwischen erreicht hatte, und streckte ihm ein Blatt Papier hin. Er war leicht außer Atem und sein T-Shirt war nass geschwitzt. Sein goldener Siegelring saß eng an seinem kleinen Finger.

»Welche meinst du?« Godfredo sah sich das Papier einen Augenblick lang an.

»Die da!« Paco zeigte auf einige Namen auf der Liste. »Die sind nicht zuverlässig. Sie haben an diesem großen Hotel in Rom mitgearbeitet, das später fast zusammengebrochen ist.« Er wischte sich die Stirn mit seinem Handrücken ab. »Verflucht, ist das heiß hier!«

»Das ist das Risiko, das du eingehst, wenn du nicht mit unseren üblichen Partnern zusammenarbeiten willst«, erwiderte Godfredo. Sein Vater roch, als ob er den ganzen Morgen lang selbst die Pferde trainiert hätte.

»Was ist jetzt mit dem Burns-Jungen?«, erkundigte sich Paco.

»Max? Ich habe gestern Abend mit ihm telefoniert.«

»Und?« Paco spitzte sichtlich die Ohren.

»Er wäre perfekt. Er ist Ingenieur mit Doktortitel für den Bereich Geomatik und hat 'nen Arsch voll Auszeichnungen gewonnen, unter anderem als er bei dem Maasvlakte-Projekt als Hydrograf in Rotterdam beratend tätig war.« Godfredo lächelte kläglich.

»Und? Das klingt doch großartig. Wo ist das Problem?«

»Er sagt, dass er keine Zeit hat, nach Panama zu kommen, denn er hat erst kürzlich einen Vertrag für einen tollen Posten in London unterschrieben. Außerdem will er heiraten.«

»Natürlich hat er verdammt noch mal Zeit. Triff mit ihm eine Vereinbarung, biete ihm Geld oder was auch immer er will. Es geht nur um sechs Monate, die für das Ausschreibungsverfahren nötig sind.

»Ich versuche es, ich weiß aber nicht, ob es klappt.«

»Die Zeit läuft und wir brauchen ein Ingenieursteam mit einem guten Ruf von einer renommierten Uni in Großbritannien«, sagte Paco. »Es muss verdammt noch mal nicht Albert Einstein sein, aber mit einem guten Ruf. Nett und sauber. Das ist alles.«

Godfredo zwinkerte. »Du hast gerade zwei Mal den guten Ruf erwähnt. Warum ist dir dieser so wichtig?«

Paco verdrehte die Augen. »Hol einfach den verfluchten Ingenieur, Godfredo. Ist das denn so schwer?« Er machte mit seinem Finger eine Komm-her-Bewegung. »Gib mir den Drink.«

Godfredo sah zu, wie sein Vater das Papierschirmchen wegschnippte, als sei es eine Mücke, bevor er das Glas leerte.

Paco seufzte tief. »Ich sag dir, wenn das nicht klappt …«

»Was?«, fragte Godfredo. »Wenn was nicht klappt?«

Paco schwieg einen Augenblick lang. Schließlich sagte er: »Okay. Da du gefragt hast: Unsere Firma ist mausetot, wenn wir das Projekt nicht bekommen.«

Godfredo schnappte nach Luft.

»Du kennst doch unser Geschäft.« Paco zermalmte das Eis zwischen seinen Zähnen. »Der spanische Markt? Tot. Und die britische Regierung storniert die ganze Zeit

44

Verträge und reduziert das Budget für Wohnungsbau und Subventionen. Ich muss aber immer noch Leute in Großbritannien, Madrid und São Paolo beschäftigen. Die meiste Zeit sind wir in den Miesen.«

»Wie …« Godfredo fehlten die Worte. »Wie kannst du das so ruhig sagen?« Plötzlich verspürte er das Bedürfnis, sich umzusehen. So als würden sie beobachtet. »Haben wir irgendwelche geheimen Reserven, von denen du mir nichts erzählt hast?« Er verstand nicht, wie sein Vater die Ruhe bewahren konnte.

»Das ist das Geschäft, Godfredo. Du gehst Risiken ein, und manchmal zahlen sie sich aus. Manchmal auch nicht.« Sein Lachen war rau. »Aber das … Das ist etwas anderes. Das ist unsere Chance, wieder ganz vorne mitzuspielen.« Er schwieg kurz. »Ich baue. Ich habe einige der großartigsten Brücken in Europa gebaut. Ich habe diese Firma gerettet, nachdem die idiotische Familie deiner Mutter sie zugrunde gerichtet hat.«

Klar, und dann hat er die Firma postwendend nach sich selbst umbenannt. Godfredo dachte kurz über das nach, was sein Vater gerade gesagt hatte. »Also ist dies ein letzter, verzweifelter Versuch, das Riesenprojekt zu bekommen, das dir den Arsch retten kann. Und du machst dir keine Sorgen?«

»Nein. Und es wird auch deinen Arsch retten.«

»Ich verstehe es immer noch nicht. Du sagst doch stets, dass man nur mit Leuten arbeiten soll, mit denen man schon zusammengearbeitet hat. Das Risiko sei kleiner, sagst du. Und jetzt verlangst du von mir, dass ich dir ein neues Team von Ingenieuren einfach so aus dem Hut zaubere.«

Paco schwieg.

»Verdammt!«, fluchte Godfredo. »Dir ist das Team egal, richtig? Du hast schon einen Deal gemacht. Mit wem?«

»Das musst du nicht wissen.«

»Paps!« Godfredo drehte sich um und ging ziellos auf und ab. »Verdammt noch mal! Ich hätte es wissen müssen. Nicht einmal du gehst das Risiko ein, so etwas Großes zu planen, ohne die Gewissheit zu haben, dass du auf jeden Fall gewinnst. Es war von Anfang an ein abgekartetes Spiel.« Er drehte sich um und starrte seinen Vater verwegen an – das Arschloch, das sich seit ihrem letzten Treffen ein paar Haarimplantate hatte machen lassen, um die kahlen Stellen auf seinem Kopf zu verstecken.

»Möchtest du weiterhin deinen Bugatti fahren?«, fragte Paco. »Oder willst du lieber in irgendeinem Londoner Wohnblock enden wie dein Freund Max? Denn das wird passieren, wenn wir alles verlieren, Godfredo. Hast du daran gedacht?«

»Das ist nicht der Punkt! Wir können auch ohne deine sogenannte *Unterstützung* gewinnen. Wir brauchen das nicht.«

Paco lachte spröde. »Okay, dann lass deinen Talenten freien Lauf. Und wie ich dir bereits sagte: Sie müssen einen guten Ruf haben. Das ist alles, was wir brauchen. Und mach ihnen klar, dass sie eine fette Belohnung bekommen, wenn wir gewinnen.« Er hielt Godfredo das leere Glas hin, der es ihm abnahm. Dann klopfte er sich erst auf die Brust- und dann auf die Seitentaschen seines Jacketts. Schließlich schien er gefunden zu haben, wonach er suchte. »Ich muss los. Ich habe ein wichtiges Meeting in der Stadt.«

Godfredo wusste genau, was sein Vater meinte, und er vermutete, dass sein Gesprächspartner einen kurzen Rock trug und in einer Bar knapp einen Steinwurf von dem Foyer des Marriott Hotels entfernt auf hohen Absätzen arbeitete.

Godfredo schritt neben der Rennbahn entlang und starrte auf die kleinen Traktoren, die sich zentimeterweise nach vorne schoben und die dunkle Bahn aus Flusssand glatt strichen. Er setzte ein gezwungenes Lächeln auf, winkte Sofia und ging in Gedanken versunken zurück zur Tribüne.

Und Max ... Sie beide hatten sich jahrelang nicht mehr gesehen und auch nicht miteinander gesprochen. Selbst jetzt hatten sie nur via SMS und E-Mail kommuniziert. Aber so war es schon lange gewesen. Während ihrer Jugend hatte er Max jeden Januar, in etwa um die Zeit herum, in der seine Eltern gestorben waren, eine Ansichtskarte von der Schule aus dem winzigen Schweizer Bergdorf Zuoz nach London geschickt. Irgendwann später hatten sie sich von Zeit zu Zeit E-Mails geschrieben. Bis die Nachrichten, die er an Max' kostenlosen Provider geschickt hatte, zurückgekommen waren.

Godfredo hatte danach nie nach ihm gesucht. Es wäre zwar nicht schwer gewesen, Max zu finden, aber ganz ehrlich: Was hätte er ihm zu sagen gehabt? *Bin gerade zurück vom Parasailing auf den Kaiman Inseln ... Habe eben die schönste Frau gebumst, die ich je gesehen habe, aber ich war zu feige, sie am nächsten Tag anzurufen ... Habe mir vorhin meine erste Linie Koks reingezogen.* Er blickte zu Boden. Nun, wie auch immer ... Es war Zeit, seinen alten Freund anzurufen.

In diesem Moment spürte er Sofias kühle Hand auf seinem Arm.

»*Hola*, Baby«, sagte er. Er zog sie zu sich heran und legte eine Hand auf eine ihrer Hinterbacken. »Sollen wir uns ein Boot besorgen? Ich wäre in der Stimmung für eine Party.«

Sofia lächelte. »Ich könnte ein paar Freundinnen anrufen.«

Godfredo nickte. »Frag sie, ob sie sich gleich für ein paar Wochen freinehmen können. Wir werden vermutlich bald Besuch aus England bekommen.«

KAPITEL 6

London,
England

Als sein Handy klingelte, konnte Max die Nummer des Anrufers nicht erkennen. Er nahm sofort ab. Eigentlich hatte er heute seinen Mail-Account bei der Universität aufräumen wollen, aber während der letzten beiden Stunden hatten ihn eine E-Mail von Godfredo Roco und die dazugehörigen Anhänge abgelenkt. Und jetzt hoffte er insgeheim, seinen alten Freund am anderen Ende der Leitung zu hören.

»*Hermano!*«

»Fredo!« Max lehnte sich in seinem Stuhl zurück und schob seinen Laptop zur Seite. »Ich freue mich, dass du anrufst! Es ist schön, deine Stimme zu hören.«

»Geht mir auch so, Max. Endlich! Es wurde auch Zeit, nach all den Jahren …«

Max senkte den Kopf. »Wo bist du? Hört sich an wie eine Party!« Die Verbindung war nicht sehr gut, aber er konnte Musik und Gelächter im Hintergrund ausmachen.

»Weil es eine Party ist! Wir sind mitten auf dem Meer. Und, Max … die Sonne scheint und es ist einfach nur wunderbar! Du solltest auch hier sein!«

Max musste über die unverhohlene Freude in Godfredos Stimme lächeln. »Fredo, du klingst genauso wie in der Schule! Und mir scheint, du hast dich auch sonst kein bisschen verändert!«

»Ja, aber ich habe inzwischen ein bisschen mehr zu bieten als damals …«

Max hörte ein Rauschen in der Leitung und die Stimme seines Freundes war nicht mehr zu hören. »Hallo?« Er sprang auf. »Fredo?« Um ein besseres Netz zu finden, ging er zur Tür und trat hinaus auf die Terrasse. »Fredo, hörst du mich?«

Es knackte in der Leitung, dann war Godfredos Stimme wieder zu hören. »'tschuldigung, *Hermano*, das Netz ist nicht so toll hier mitten im Ozean. Wir ankern vor den Perleninseln ein paar Meilen südlich vom Festland von Panama. Hatte ich schon gesagt, wie wunderschön es hier ist?!«

Max lachte.

»Hör zu, ich will dich nicht aufhalten, du bist sicher beschäftigt, aber ich wollte dich fragen, ob du schon die Gelegenheit hattest, dir die Unterlagen anzusehen, die ich dir geschickt habe.«

»Natürlich! Und ich wusste nicht, dass deine Firma inzwischen so ein beeindruckendes Profil hat. Ich hatte keine Ahnung, dass ihr die Jungs wart, die die Hemmingsgate-Brücke gerettet haben.«

»Ja, die verdammte Hemmingsgate! Das war vielleicht ein Job! Wir waren schon fast fertig, und dann hat der Fluss einfach so über Nacht seinen Verlauf geändert, verdammt noch mal. Du hättest das Gesicht von Paps sehen sollen, als er den Anruf bekommen hat.«

»Ist er ausgeflippt?«

»Mein Dad?! Nicht doch!« Godfredo klang belustigt. »Er sah aus wie ein Matador, der einem verrückten

Bullen gegenübersteht. Der Fluss hatte keine Chance!«
Er schwieg kurz. »Nun aber zu dir, mein lieber Freund.
Was die E-Mail angeht, die ich dir geschickt habe: Hast
du deinen Flug schon gebucht?«

Max grinste und schlang seinen freien Arm um seinen
Brustkorb, um sich gegen die am Abend einsetzende Kälte
zu schützen. »Glaub mir, Fredo, wenn ich einen Weg finden könnte … Es wäre etwas anderes, wenn das Timing
nicht so fürchterlich schlecht wäre.«

»Wow, das klingt, als hätte dich eine Frau an den Eiern!«

Max lachte. »So hätte ich das jetzt nicht gesagt. Aber
ja, es hängt mit meiner Verlobten zusammen.«

Es folgte eine kurze Stille. »Wie ist sie denn so?«

»Sarah? Sie ist wunderbar. Ihr gehört ein Lifestyle-
Magazin hier in London.« Max fuhr sich mit der Hand
durch die Haare. »Wie sind jetzt fast acht Jahre zusammen.«

»Heiliger Strohsack! Acht Jahre!«

»Ja. Ende des Monats fange ich in der Firma ihres Vaters
an. Er hat mich die ganzen Jahre über sehr gefördert.«
Max hielt inne. »Ich denke, es wird Zeit für uns, den nächsten Schritt zu wagen.«

»Kumpel! Du begräbst dich lebendig, und das in deinem Alter!«

»Aber immerhin habe ich dann festen Boden unter
mir.« Max drehte sich um und sah Sarahs Wagen vor
dem Haus halten. Er winkte und sah zu, wie sie um das
Auto herumlief und eine Tasche vom Beifahrersitz nahm.
Er wusste, dass darin ihre Lieblings-Thaisuppe war,
Tofu Laksa, ihr Donnerstagabend-Essen. Er drehte sich
wieder um. »Ich weiß wirklich zu schätzen, dass du an
mich gedacht hast, Fredo«, sagte er. »Ich kann selbst nicht

nach Panama kommen. Aber ich rufe morgen ein paar Leute an und gebe dir den Kontakt zum Abteilungsleiter in der Uni, das ist das Mindeste, was ich für dich tun kann.«

»Danke, *Hermano*.« Godfredo schwieg. »Schade. Es wäre wirklich toll gewesen, das Dreamteam wieder bei der Arbeit zu erleben. Dann schick mir einfach ein paar Lebensläufe und sag den Leuten, dass wir uns um das Ausschreibungsverfahren und die Finanzierung kümmern.«

Max nickte. »Mach ich.«

Kaum hatte er aufgelegt, stand Sarah in der Tür. Er nahm ihr die Tasche ab und hielt ihr die Tür auf. Sie streckte ihm die Wange hin und er gab ihr einen Kuss.

»Wer war das am Telefon?«, fragte sie. Sie reichte ihm ihren Mantel.

»Godfredo. Mein alter Schulfreund.«

Sie zog sich ihre Pumps aus und griff wieder nach der Tüte mit dem Essen. »Holst du uns bitte Weingläser?«

»Gerne.« Max ging zur Anrichte und öffnete den Schrank. Er nahm Gläser heraus und zwei Leinenservietten, die von silbernen Serviettenringen gehalten wurden.

Sein Handy vibrierte.

Er stellte die Gläser auf die Anrichte und entsperrte das Handy. Es war eine Nachricht von Godfredo mit einem Foto, das vom Meer aus aufgenommen war, vermutlich von der Jacht aus, und einen makellosen Strand mit Palmen und tropischer Sonne zeigte. Max wischte das Foto weg und griff nach den Gläsern.

Als er ins Esszimmer kam, blickte Sarah auf. »Was wollte Godfredo denn von dir?«

KAPITEL 7

London,
England

Max saß im Wagen und starrte auf die trostlosen Betonfassaden der Neubausiedlung, die im Alter von sechzehn Jahren sein Zuhause geworden war.

Er umklammerte das Lenkrad, als wollte er sich dazu zwingen, es herumzureißen. Um durch die Stadt zurückzufahren, zu den sicheren und komfortablen weißen Reihenhäusern an den mit Bäumen umsäumten Straßen. Zurück zu Sarah.

Und dennoch.

Er schlug auf das Lenkrad.

Dann zog er sich die Kapuze seines Pullovers über den Kopf, verließ das warme Wageninnere und schritt über den kahlen Spielplatz auf das nächstgelegene Gebäude zu. Der Baum im Innenhof war voller Narben, in seinen Stamm waren Graffiti eingeritzt.

Max schloss seinen Wagen nicht ab. Jeder, der ihn klauen wollte, würde das tun, egal ob abgeschlossen oder nicht. Er hatte das selbst ein oder zwei Mal getan – einen Wagen geklaut. Aber nur, weil ihn die Skinheads aus der Siedlung dazu gezwungen hatten. Danach hatte er jedes Mal eine kurze Entschuldigung geschrieben und sie ins Auto gelegt, aber erst, als alles vorbei war.

Es waren die gleichen Typen, die ihm ungefähr eine Woche, nachdem er hierhergezogen war, den Golfschläger seines Vaters aus der Hand gerissen und diesen dann um einen Laternenpfahl gewickelt hatten.

Max klopfte an der ersten Tür einer Reihe von Wohnungen. Kurz darauf ertönte ein »Schieb deinen Hintern rein!«.

Als er eintrat, sah er die vertraute, massige Gestalt seines Onkels in der kleinen Küche. Eine Aluminiumpfanne stand auf zwei elektrischen Heizspulen und Alan beschmierte gerade die oberste Scheibe eines Stapels Toastbrot dick und systematisch mit Butter. Er trug eine Schürze.

Lächelnd sah Max sich in der winzigen Wohnung um. Es war ein Loch, anders ließ sich das nicht beschreiben. Trotz Alans Bemühungen roch es nach Schlachthof, nach seinem Arbeitsplatz, aber Max hatte sich im Laufe der Jahre daran gewöhnt. Das hier war sein sicherer Hafen gewesen. Sein Zuhause, nachdem er alles verloren hatte.

»Sieht schön aus«, sagte er und übertönte dabei den Fernseher.

Über die Schulter warf Alan ihm einen Blick zu, und Max wies mit einem Nicken in Richtung des Kalenders von 2009, der an der Tür des Kühlschranks klebte. Er war verfrüht im Monat Januar geöffnet und zeigte ein Schwarz-Weiß-Bild aus einem Hollywoodfilm.

»Der Malteser Falke«, sagte Alan. »Setz dich.«

Max legte seine Jacke über die Lehne des Stuhls, auf dem er üblicherweise saß, und nahm Platz. Es tat ihm gut, wenn er seinen Onkel besuchte.

Alan reichte ihm einen Teller voller Bohnen, Speck und

Toast, und Max nahm ihn dankbar entgegen. Er hatte bis eben nicht gemerkt, wie hungrig er war.

Dann bestückte Alan den Beistelltisch mit einem Sixpack Bier und ließ sich in seinen Sessel sinken. Er stellte sich seinen Teller auf den Schoß. »Wenn wir Glück haben, sehen wir noch die Verlängerung«, sagte er. »Manchester gegen Spurs.« Er schielte zum Fernseher und griff nach der Fernbedienung. Dann zappte er durch die Kanäle.

»Bier?«

Max streckte die Hand aus.

Alan nahm zwei Dosen aus dem Sixpack und reichte ihm eine.

»Al, du weißt doch, dass ich bei den Beauvoirs unterschrieben habe?«

»Mm-hm?« Alans Mund war voll. Er kaute rasch und schluckte, während er auf den Fernseher starrte.

»Und jetzt wurde ich gefragt, ob ich zu einem anderen Team gehören möchte, das an einem wirklich großen Projekt arbeitet. Weit weg von London.«

»Wo denn?«

»Panama. Ich weiß wirklich nicht, was ich tun soll.«

»Nein! Weg da!« Alan schrie einen der Spieler auf dem Fernsehbildschirm an. Er ließ seine Gabel sinken, schüttelte den Kopf und schaufelte sich Bohnen in den Mund. Dann sah er Max an. »Panama. Das ist im Pazifik.«

»Pazifik auf der einen Seite, Atlantik auf der anderen.«

Alan nickte. »Hast du diesen Film gesehen: *South Pacific*?«

Max lächelte und schüttelte den Kopf.

»Ist 'n ganz alter«, sagte Alan. »Fängt in Schwarz-Weiß an – und nach der Hälfte: *Bumm!* Technicolor!« Er schüttelte den Kopf, als könne er es nicht glauben. »So was hab ich noch nie gesehen.« Für einen Augenblick schien er das Interesse an dem Fußballspiel verloren zu haben und sah aus dem Fenster.

Schließlich wandte er sich Max zu. »Ich spare für eine Kreuzfahrt, hab ich dir das erzählt?«

»Nein, hast du nicht.« Max grinste erstaunt. Er konnte sich nicht vorstellen, wie Alan bei seinem Fabrik-Mindestlohn Geld sparen konnte, vor allem weil er auch nie einen Penny von irgendjemandem akzeptiert hatte. Sogar als Max selber zu arbeiten begonnen und sein eigenes Geld verdient hatte. »Steck's weg. Irgendwann brauchst du es«, hatte er gesagt.

Alan nahm einen ordentlichen Schluck aus seiner Bierdose. »Ich wollte eine Kreuzfahrt machen, seit ich *Blaues Hawaii* gesehen habe«, sagte er.

»Dann solltest du das tun.« Max nickte erfreut. »Ich glaube, du hast noch nie etwas anderes als diese Wohnung und den Pub gesehen.« Er hielt inne. »Wäre es in Ordnung für dich … wenn ich nach Panama ginge?«

»Für mich? Ach du meine Güte! Mach dir doch keine Sorgen um mich!« Alan warf Max einen Blick zu, während dieser einen Speckstreifen kaute. Dann drückte er die Stumm-Taste auf der Fernbedienung. »Was hält dich davon ab, Kumpel?«

Max hörte auf zu kauen.

»Sarah. Und ihr Vater. Ich weiß nicht, wie ich ihm gegenübertreten soll.«

Alan schwieg. Seine großen Finger umfassten die Bierdose.

Max sah ihn an. »Ich möchte nicht der Typ sein, der allen das Leben verkorkst, bloß weil er nicht mit seiner Verantwortung umgehen kann.«

Unvermittelt stellte Alan sein Bier auf die Lehne seines Sessels. »Kumpel, wenn du von deinem Vater sprichst …« Er beugte sich nach vorne. »Denk dran, dass deine Mutter auch kein Engel war – Gott hab sie selig.«

»Was meinst du damit?«

Vielleicht strafte sein Gesichtsausdruck sein Erstaunen über die Worte seines Onkels Lügen, denn Alan fuhr hastig fort. »Oh, versteh mich nicht falsch: Ich stimme dir zu. Das war verdammt noch mal unverantwortlich. Ich hätte kotzen können, als er sich mit dem verflixten Helikopter umgebracht hat.« In Alans Augen loderte es. »Er wusste ganz genau, was er tat. Er wusste es, und er hat Helen mitgenommen.« Seine Faust schloss sich fest um sein Bier. »Vielleicht hat sie sich für mich geschämt, dafür, woher sie kam. Trotzdem war sie meine Schwester!«

Max spürte, wie die vertraute Trauer in ihm emporstieg, als er die roten Flecken auf den Wangen seines Onkels sah. Er blickte auf seinen Teller Bohnen mit Toast. Auf einmal war er nicht mehr hungrig.

Alan atmete tief ein. »Na ja, ich wollte jedem die Schuld geben. Besonders den reichen Typen, mit denen deine Eltern sich umgeben haben. Dieses Geschäftemachen, Firmenaufkäufen und die ganze Wichtigtuerei.« Er schüttelte den Kopf. »Aber als ich eines Morgens von meiner Schicht nach Hause kam und dich genau hier im Sessel schnarchen sah, dachte ich mir: Alan, der Junge ist das Beste, was dir alter Haut jemals passiert ist. Also fragst du mich nach verkorkstem Leben …?« Er lehnte sich zurück. »So etwas gibt es nicht.«

Max wusste, dass sein Onkel nicht viel von Umarmungen hielt.

»Danke«, sagte er und hielt ein Grinsen zurück. »Du bist auch ganz in Ordnung.«

Aber Alan hatte den Fernseher schon lauter gestellt und nickte nur zustimmend.

Max stand auf. »Willst du noch Toast?«

»Ja. Ich könnte noch was vertragen.« Mit einem letzten Stück Toast wischte Alan das, was von seinem Essen übrig war, auf. Als er Max seinen Teller reichte, sagte er: »Ich kenne mich mit Frauen und all dem nicht aus. Ich weiß nur: Wenn du so hart arbeitest, wie du nur kannst, ist das, was übrig bleibt, dann … Es ist dann nur …« Er suchte nach dem richtigen Wort. »Es ist dann nur das, was übrig bleibt.«

Max lächelte. »Verstehe.« Er trug die Teller in die Küche.

»Und außerdem …«, rief ihm Alan hinterher. »Wenn es dir dort zu heiß wird, bist du hier jederzeit willkommen.«

Nicht zum ersten Mal stellte Max fest, dass man nur diesen einen Menschen brauchte, der einem den Rücken stärkte, und dass man sich glücklich schätzen konnte, wenn dieser eine Mensch Onkel Alan war.

KAPITEL 8

London,
England

Als er auf der Einfahrt zum Haus der Beauvoirs stand, sah sich Max um und betrachtete den gleichförmigen Kurvenverlauf der Straße. Der Anblick war wunderschön, auch wenn die Umgebung in feuchten Nebel gehüllt war. Die Bäume, identisch beschnitten und fast schon skelettartig, betonten die Regelmäßigkeit des schwarzen Eisenzauns, der den Gehsteig entlangführte. Der Schein der Straßenlaternen tauchte die weißen Fassaden der Kensington-Reihenhäuser in ein seltsames Goldgelb.

Er hatte hier schon einmal allein gestanden: als er Henry Beauvoir um die Hand seiner Tochter gebeten hatte. Es war Max' Entscheidung gewesen, das zu tun, es hatte keine Veranlassung gegeben, und Henry hatte es lustig gefunden. Aber er war, soweit Max das beurteilen konnte, beeindruckt gewesen.

Als er an Sarah dachte, rutschte ihm das Herz in die Hose. Ihre Wohnung war dunkel gewesen, als er am Abend nach Hause gekommen war. Sarah war weggegangen und hatte ihm die Nachricht hinterlassen, dass sie bei einer Freundin übernachten würde.

Max richtete sich auf, drückte auf den alten Eisenknopf und horchte. Im Haus der Beauvoirs läutete es. Die Tür wurde geöffnet und Max wurde von einem Butler hereingebeten.

Kurz darauf erschien Henry Beauvoir. Selbst ohne Krawatte wirke er förmlich. An diesem Abend trug er ein frisches T-Shirt und sein silbergraues Haar war nach hinten gekämmt.

»Max.« Henry streckte seine Hand aus. Er blickte ihm direkt in die Augen. Das Händeschütteln dauerte nur einen kurzen Moment.

»Es tut mir leid, dass ich so spät bin«, sagte Max, während er seine Jacke auszog.

»Bitte.« Henry führte Max in den großen Raum direkt am Eingang. »Scotch?« Er goss ein Glas ein, ohne Max' Antwort abzuwarten.

Max nahm das Glas entgegen, aber ihm war nicht danach, daraus zu trinken. »Ich nehme an, Sie wissen, warum ich hier bin«, sagte er. Er drehte das Glas in seiner Hand hin und her und wusste nicht, wie er beginnen sollte.

Henry Beauvoirs Gesichtsausdruck wurde ernst.

»Leider kann ich meinen Vertrag mit der Beauvoir-Gruppe nicht einhalten.«

Henry schwieg.

»Mir bietet sich eine Chance, die ich nie in meinem Leben für möglich gehalten hätte«, fuhr Max fort, »Und …«

Henry hob eine Hand. »Du muss nicht weiterreden.«

Max verstummte.

Henry stellte sein Glas auf den Tisch neben ihm. »Ich will nicht verhehlen, dass ich sehr enttäuscht bin, das zu hören. Ich hatte gehofft, dass Sarah die Situation falsch eingeschätzt hat.«

»Es tut mir leid.«

»Max, ich habe dir die Stelle bei der Beauvoir-Gruppe nicht aus Gefälligkeit angeboten. Und auch nicht, um meiner Tochter zu gefallen.«

»Ich verstehe …«

»Ich bin noch nicht fertig«, donnerte Henry. »Tatsache ist, dass du bei Weitem der fähigste Bewerber bist, den ich seit Jahren hatte. Du bist intelligent und sehr talentiert.« Er hielt inne. »Wie auch immer, ich habe darüber nachgedacht, und meiner Meinung nach ist jemand, der einen Weg nicht aus voller Überzeugung geht, niemand, mit dem ich zusammenarbeiten möchte oder dem ich meine Firma anvertrauen würde.«

Max nickte stumm. Er sah den älteren Mann an. »Es tut mir leid. Ich wollte Sarah nicht verletzen …«

»Das reicht!« Henry unterbrach ihn, wobei er seine Hand hob. »Ich verstehe und respektiere deine Gründe, Max. Aber abgesehen davon – und das sage ich dir als Vater – möchte ich dein Gesicht hier nie mehr sehen. Du kannst jetzt gehen.« Er schwieg für einen Moment. »Gute Nacht.«

KAPITEL 9

Smithsonian Tropical Research Institute, Panama-Stadt, Panama

Karis Deen sah aus dem Fenster des Großraumbüros. Sie war allein. Auf der anderen Seite des Platzes konnte sie das lange, niedrige Gebäude sehen, das früher ein französisches Krankenhaus gewesen war und jetzt die Unterkünfte der Mitarbeiter des Instituts beherbergte.

Sie musste lächeln: Dalisha, ihre Zimmergenossin, stand mitten auf dem Platz und unterhielt sich lebhaft mit einem Mann mit Bart und Dreadlocks.

Karis beugte sich nach vorne und stieß das Fenster auf. »Dalisha!«, rief sie, »Du bist schon zurück! Wie ist es gelaufen?«

Dalisha sah hoch und winkte. »Ich komme gleich!«

Grinsend setzte sich Karis wieder hin. Das war der erste Tag seit Monaten, an dem es nicht geregnet hatte. Endlich begann die Trockenzeit, und der Garten des Instituts war überwuchert mit üppiger Vegetation. Reife Mangos lagen haufenweise unter den massiven, alten Bäumen, und lianenartige Schlingpflanzen hingen schwer von den Häuserfassaden.

»Weißt du, was mich ärgert? Die machen sich überhaupt keine Sorgen um die Folgen für die Umwelt. Das ist unglaublich!«

Karis blickte auf, als Dalisha ins Büro gestürmt kam. Sie und all die anderen Promovierenden und Akademiker der Abteilung waren den ganzen Nachmittag über bei einem Treffen gewesen, zu dem die Panamakanal-Behörde eingeladen hatte. Das Kanalerweiterungsprojekt war jetzt schon ein großes Thema in der wissenschaftlichen Fachgemeinde, und das Smithsonian Tropical Research Institute sollte eine wichtige Rolle als Berater übernehmen.

»Ein produktives Treffen?«, fragte Karis lächelnd.

»Ich weiß nicht. Ich denke mal ja. Auf jeden Fall wurde viel gesprochen.« Dalisha zog sich ihre Kuriertasche aus Stoff über den Kopf und warf sie auf einen Schreibtisch in der äußersten Ecke. »Aber ich muss fair bleiben: Die Präsentation der Kanalbehörde war nachvollziehbar. Sie haben gute Arbeit geleistet.«

»Ich höre da ein Aber?«

»Du kannst darauf wetten, dass das alles von irgendeinem breitärschigen kapitalistischen Unternehmer bezahlt wird, der nur ein Ziel hat: den verdammten Kanal so schnell und so umfangreich wie nur möglich zu erweitern. Egal, was das für die Menschen oder die Natur bedeutet.« Dalishas Augen funkelten wütend. »Ich muss das im Augen behalten! Diese Typen denken, dass die globale Erwärmung bloß ein Witz ist. Wir können es nicht zulassen, dass sie die Erde wieder und wieder vergewaltigen!«

»Das ist genau die Dalisha, die ich kenne!« Karis lachte.

Dalisha riss sich die Schuhe von den Füßen und warf sich auf das kleine Sofa am Eingang. »Weißt du, ich hatte schon daran gedacht, dem Direktor vorzuschlagen, dass wir einen Thinktank ins Leben rufen sollten …«

Karis grinste. »Gutes Mädchen, Dalisha! Soll ich mit ihm sprechen? Vielleicht lässt er sich von jemandem überzeugen, der sich mit Dinosaurierzähnen auskennt.«

Dalisha lachte kurz auf, dann seufzte sie. »Wenn es nur so leicht wäre.« Mit ihren Füßen stieß sie die schmutzigen Tassen und die verstreut auf dem Tisch herumliegenden Fotokopien beiseite. Dann lehnte sie sich zurück und fuhr sich mit ihren Händen durch ihr dichtes schwarzes Haar. »Es ist einfach nur deprimierend. Wir werden unsere Ausrüstung nächstes Jahr vom Mutterschiff herunterholen müssen.«

»Runter von der Barro Colorado?« Karis runzelte die Stirn. »Warum?«

Wegen all der lang andauernden ökologischen Studien, die über die Jahre hinweg dort gemacht wurden, nannten Dalisha und ihre Kollegen die Insel Barro Colorado scherzhaft ihr Mutterschiff. Die Insel, die früher mal die Spitze eines Berges gewesen war, befand sich in den überfluteten Feuchtgebieten mitten in der großen Wasserstraße. Wegen ihrer isolierten Lage war sie 1923 die erste Forschungsstation des Instituts geworden, nachdem die Amerikaner den Rio Chagres aufgestaut hatten und sich der Gatúnsee gebildet hatte.

Dalisha sah Karis an. »Wenn sie jede Menge neue Schleusen für den Kanal bauen, heißt das auch, dass sie mehr Wasser brauchen. Das bedeutet, dass die Staumauer erhöht und der Wasserspiegel in den gesamten Feuchtgebieten einen Meter angehoben werden muss. Oder vielleicht noch mehr, wenn die Ingenieure keine Ahnung von dem haben, was sie tun.« Sie lehnte sich nach vorne und stützte ihr Gesicht in ihre Hände. »Das sind dann noch mal vierhundert Hektar tropischer Regenwald, die unter

Wasser gesetzt werden!« Dalishas Blick war traurig. »Sag mir, Karis, dass größer nicht immer besser ist!«

Karis zwang sich zu lächeln. »Größer ist …« Sie hielt inne. »Na ja, lass es mich so sagen: Wenn die Dinge schon am Laufen sind, ist es am besten, mit dem Strom zu schwimmen. Nur so lange, bis du verstanden hast, wie …«

»Komm auf dem Punkt, Deen. Können wir das nicht einfach alles in die Luft jagen? *Bumm!* Problem gelöst.«

Karis lachte. »Auch das ist ein Ansatz.«

Dalisha stand auf und grummelte: »Ich brauche Bier. Möchtest du auch eins?«

Karis nickte. »Ja, bitte.«

Dalisha verließ den Raum, immer noch nur mit Socken an den Füßen. Kurz darauf streckte sie den Kopf wieder durch die Tür und rief in den Raum: »Übrigens, ich habe vergessen, dir zu sagen, dass dein Bruder heute Morgen angerufen hat. Er möchte, dass du zurückrufst.«

»Okay, danke.« Karis bewahrte ihr Pokerface. *Er hat auf dem Festnetz angerufen?* Sie würde ihn später zurückrufen.

Kurz darauf war Dalisha zurück und drückte Karis eine braune Flasche in die Hand. »Ich wusste nicht, dass du einen Bruder hast.« Sie nahm einen tiefen Schluck aus ihrer Flasche.

»Doch.« Karis nickte. Sofort fügte sie hinzu: »Er hat ein paar Probleme mit seiner Firma.«

»Was denn?«

»Er hätte nach dem Tod unseres Vaters das Familienunternehmen übernehmen sollen, aber unsere Mutter hat dagegen geklagt …« Sie unterbrach sich selbst. »Das willst du alles gar nicht hören. Langweiliger Familienkram.« Stattdessen hielt sie ihr Bier hoch. »Auf Barro Colorado.«

»Ah! Endlich jemand, der mich versteht!« Die Stimme des Direktors des Smithsonian Tropical Research Institute dröhnte durch den Gang und er trat in das Büro. »Jetzt erzählen Sie mir alle mal von dem Treffen heute …«

Karis lehnte sich an ihren Schreibtisch und sah Dalisha dabei zu, wie sie sich in einen Bericht über die Ereignisse des Nachmittags stürzte. Kurz spürte sie einen Anflug von Neid. Es war schwer, sich von Dalishas Feuer und Begeisterung nicht mitreißen zu lassen. Auch für sie wäre es schön, so frei zu sein und nicht von einem Bruder erzählen zu müssen, der gar nicht existierte. Nicht dauernd lügen zu müssen.

TEIL II

KAPITEL 10

Tocumen International Airport,
Panama, Januar 2009

Als er gemeinsam mit dem Pulk von Passagieren vom Gate kam, sah Max die vertraute Silhouette seines Freundes. »Godfredo! Endlich!«

»Max fucking Burns! Willkommen in Panama!«

Die beiden umarmten sich, dann hielten sie einander mit ausgestreckten Armen auf Abstand.

Godfredos breites Grinsen sah aus wie immer, nur eine kleine Ecke fehlte an einem seiner Vorderzähne. Er trug ein modisches Designershirt, und eine Pilotensonnenbrille hing an seiner Brusttasche. Er lachte herzlich, als er Max auf den Rücken klopfte, und führte ihn aus der Menge heraus durch eine Seitentür, wo ein VIP-Concierge in einem braunen Anzug und farblich passendem Hemd schon auf sie wartete, um sie auf dem weiteren Weg durch den Flughafen bis zum Ausgang zu begleiten. Einige der Flughafenangestellten, an denen sie vorbeigingen, nickten oder winkten Godfredo freundlich zu.

»Ich freue mich, dich zu sehen, Fredo«, sagte Max. »Und wie ich sehe, hast du alle hier schon um den Finger gewickelt.« Er lachte.

»Natürlich! Ich bin ein Roco! Was hast du erwartet?!«

Sie liefen an der fast bis zum Gate zurückreichenden Schlange von Passagieren vorbei zum Zoll, wo eine Beamtin sie zu sich heranwinkte. Sie saß hinter einem Monitor und Fingerabdruck-Scanner. Ihre gelockten schwarzen Haare waren zu einem Pferdeschwanz zusammengebunden. Sie streckte ihre Hand aus, sah alle drei einen nach dem anderen genau an und nahm Max' Pass entgegen.

Der Concierge, der neben Max gestanden hatte, schlängelte sich an ihm vorbei zu ihrem Tisch. »*Te ha gustado el libro que te di, Madalena?*«, fragte er schüchtern.

Die Beamtin ignorierte ihn.

»Was hat er zu ihr gesagt?«, fragte Max.

»Ist nicht wichtig«, flüstere Godfredo belustigt.

Der Concierge lehnte sich mit einem Ellbogen auf den Tisch und begann mit der Frau auf Spanisch zu plaudern.

Sie warf ihm einen strengen Blick zu, als sie den Pass zurückgab. Dann sagte sie zu Max: »*Disfrute su estadía en Panamá.* Schönen Aufenthalt in Panama.«

»Danke. *Gracias*«, versuchte es Max.

Als sie ihr Gepäck vom Band genommen hatten, wurde Max klar, dass ihm sein Englisch, Deutsch und das bisschen Französisch hier nicht viel weiterhelfen würden.

Godfredo ging auf die Schiebetür am Ende des Flurs zu. Der Concierge folgte ihm mit den Koffern.

»Hat er irgendetwas über Bücher gesagt?«, fragte Max.

Godfredo nickte. »Armer Eduardo. Er versucht seit Monaten mit ihr auszugehen. Ich habe ihm vorgeschlagen, dass er ihr ein romantisches Buch schenken soll, denn das ist ein nettes, harmloses Geschenk, das man einer Frau machen kann. Und was meinst du, hat er ihr geschenkt? *Die Geschichte der O.*«

»Worum geht es dort?«

»Bondage. Um eine Frau, die die Sexsklavin ihres Freundes sein will.« Godfredo begann zu lachen.

»Oh je.« Max verkniff sich ein Grinsen. »Das klingt nicht nach einem guten Einstieg.«

»Nee.« Als sich die Tür automatisch öffnete, schlug ihnen eine Welle feuchter Hitze entgegen. »Besonders bei Mädchen aus Panama … Sie müssen dich akzeptieren und dir vertrauen, oder es ist zu Ende, bevor es begonnen hat.«

Godfredo hielt inne und wandte sich zu Eduardo. »*Gracias, amigo.*« Er drückte ihm ein paar Dollarscheine in die Hand und klopfte ihm auf die Schulter. »Nächstes Mal erst prüfen, dann kaufen, hm? Das ist meine Philosophie.«

Eduardo nickte. »*Gracias, Señor Godfredo.*«

Godfredo und Max sahen zu, wie Eduardo zum Terminal zurückschlenderte, dann einem der Gepäckträger zuwinkte und ihn anhielt, um ein paar Worte mit ihm zu wechseln. Danach ging er auf einen Mann mit orangefarbener Warnweste zu, der einen Hund an der Leine führte. Beide zündeten sich eine Zigarette an und schienen sich bestens zu unterhalten.

»Du meine Güte!« Max sah Godfredo an und musste lachen. »Diese Arbeitsweise wäre in Heathrow wohl nicht möglich.«

»Nein, bestimmt nicht.« Godfredo strahlte über das ganze Gesicht. »Aber das ist Panama. Das ist wie das Land der Lotosesser[1]. Du wirst es mögen!«

---

1 Volk der Lotosesser oder Lotophagen. Wird in der Odyssee erwähnt. Besucher des Volkes bekommen Lotos geschenkt und vergessen daraufhin, wohin sie wollten und warum sie hier sind (*Anm. d. Übers.*)

»Was weißt du denn über die Lotosesser?«, neckte ihn Max. »Du hast nie ein Buch geöffnet, als wir in der Schule waren.«

»Scheiß drauf.« Godfredo grinste. »Ich hab einen Film darüber gesehen.« Er machte Max ein Zeichen, ihm zu folgen. »Los. Ich bringe dich in dein Zuhause für die nächsten sechs Monate.«

»Okay, großartig.«

»Erst wollte ich dich mit dem Boot hinfahren, aber das dauert verdammt lange.« Godfredo zeigte auf einen kleinen braunen Helikopter, der vor dem Hangar stand.

»Ein Heli!«, rief Max.

Godfredo lächelte verschmitzt, doch seine Miene wurde sogleich ernst. Er hielt an. »Oh, Mist. Ich habe einfach nicht nachgedacht. Ist ein Helikopter okay für dich, *Hermano*?«

Max nickte. »Natürlich!« Er lächelte. Ihm war klar, dass Godfredo an seine Eltern dachte. Sie waren bei einem Flug mit einem Robinson Helikopter, einem ganz ähnlichen Modell wie diesem hier, gestorben.

Godfredo schien nicht überzeugt, doch Max legte ihm beruhigend die Hand auf die Schulter. »Mach dir keine Sorgen, Fredo. Das ist verdammt lange her.«

Er war doch etwas überrascht, dass Godfredo sich nach so vielen Jahren noch an die Umstände des Todes seiner Eltern erinnerte. Allerdings war Godfredo der Einzige von seinen Schulfreunden gewesen, der damals den Mut gehabt hatte, zur Beerdigung zu kommen. Und wenn er zurückblickte, so wäre es ohne die Pietätlosigkeit seines Freundes eine Qual gewesen, all die mitleidigen Blick und das Geflüster der Erwachsenen zu ertragen. Dafür war er ihm dankbar.

»Ich befürchte, du musst mich auf den neuesten Stand bringen«, sagte er grinsend, während er sich der Maschine näherte. »Wer wird denn fliegen?«

»Ich natürlich!« Godfredo hatte seine Begeisterung wiedergewonnen. »Vertraust du mir?«

»Das hängt davon ab«, neckte ihn Max. »Wo hast du denn deine Fluglizenz gemacht?«

»Ich habe gar keine. Ich bin über die Jahre so oft mitgeflogen, dass ich eines Tages beschlossen habe, selbst das Steuer zu übernehmen.«

Max fiel die Kinnlade herunter und Godfredo musste lachen. »Nur die Ruhe, *Hermano*, Carlos ist die ganze Zeit dabei. Zur Absicherung. Er kann mich vor mir selbst retten.« Er zeigte auf den Helikopter, in dem ein Mann auf der rechten Seite des Cockpits auf dem Pilotensitz saß.

Sie luden die Koffer in die Maschine und Godfredo nahm den Sitz des Copiloten ein, während Max dahinter Platz nahm. Er blickte über seine Schulter. »Bist du angeschnallt?«

Carlos sprach rasant schnell Spanisch, als er sich mit der Flugsicherung abstimmte. Der Hubschrauber hob ab und sie bewegten sich in zunächst langsamem Tempo über die Landebahn nach Osten. Schließlich stiegen sie rasch empor, um der niedrigen und gefährlichen Flughöhe, der Deadman Zone, zu entkommen, und flogen dann über die Ausläufer der Stadt in Richtung der Bucht von Panama.

Max blickte hinaus. Unter sich sah er den großen Kanal, der im Dunst versank, und als sie die matschige Ebene vor der Bucht hinter sich gelassen hatten und auf das offene Meer zuflogen, spürte er Erleichterung, dem grauen Londoner Himmel entkommen zu sein. »Sagst du mir, wo wir genau hinfliegen?« Er sprach in das Mikrofon an seinem Headset.

Godfredo blickte wieder über seine Schulter und lächelte. »Nein. Aber ich verspreche dir, so etwas hast du noch nie gesehen!«

KAPITEL 11

Botschafter Larry Roebuck war groß gewachsen, hatte silbergraues Haar und wusste, dass er gut aussah. Normalerweise trug er die obersten beiden Knöpfe seines kurzärmligen Hemdes offen, aber heute hatte er sich zur Feier des Tages eine Krawatte umgebunden.

Er warf einen Blick auf die Gruppe, die sich in dem größten Privatraum der amerikanischen Botschaft zusammengefunden hatte. Er hatte keine Ahnung, was in ihren Köpfen vor sich ging. So einen Menschenschlag wie diese Ingenieure hatte er noch nie getroffen. Experten für Geomatik und Hydraulik. *Die höchste Stufe des gebildeten Mannes*, hätte sein Großvater sicher gesagt.

»Willkommen, willkommen!«, rief er laut und freundlich aus, um gleich das Kommando im Raum zu übernehmen. Er schenkte der Runde das Lächeln, mit dem er '92 den Posten des Gouverneurs in Illinois erobert hatte. »Sie sehen alle aus, als hätten Sie seit Monaten keine Sonne zu Gesicht bekommen.«

»Es ist Januar. In Pennsylvania tobte ein Blizzard, als wir losgeflogen sind.« Der Mann, der sprach, trug ein graues Businesshemd. Er blickte ernst drein und hatte große Schweißflecken unter den Armen.

Roebuck geriet kurz aus der Fassung. Es war schon eine Weile her, dass er Menschen um sich herum gehabt hatte, die das Spiel mit den sozialen Nettigkeiten nicht mitspielen wollten. Ihm kam in den Sinn, dass das Leben in Panama vielleicht doch ein bisschen zu bequem war.

Er fing sich rasch wieder und lächelte gut gelaunt. Der Mann, John Siegel Junior, war der Chef der Siegel Group, des amerikanischen Ingenieurteams. Sie hatten vergangene Woche miteinander telefoniert. »Machen Sie sich keine Sorgen, wir werden die Ausschreibung gewinnen«, hatte Siegel bemerkt, und Roebuck war angetan gewesen. Es war immer gut, jemand anderen mit Ehrgeiz kennenzulernen.

Und doch wurden seine Erwartungen, als John Junior an diesem Morgen vor ihm stand, nicht erfüllt. Er konnte nicht genau sagen, warum.

Diese Ingenieure waren die besten, die Amerika zu bieten hatte, und Roebuck wusste, dass sie sicher Großes leisten konnten. Trotz ihrer unangenehmen Art. Roebuck lächelte. Er liebte solche Herausforderungen.

Während er seine einstudierte Rede hielt, machte er sich im Geiste Notizen: Der mit den hochgeschnittenen Sneakers war der Handlanger, der Rock die Leiterin der IT, der mit der dunkelblauen Anzughose und den italienischen Lederschuhen der Finanztyp …

Er begrüßte alle mit Namen und hieß sie willkommen, um sicherzugehen, dass sie sein Wohlwollen erkannten. Und ja, sie schienen beeindruckt zu sein.

»Und ich darf sagen, dass es für mich persönlich eine große Ehre ist, die Mitglieder der Siegel Group heute hier in Panama treffen zu dürfen. Sie sind der Stolz unseres Landes.«

Roebuck nickte, während seine Zuhörer zustimmend murmelten. Er ließ seinen Blick durch den Raum schweifen. »Wie Sie wissen, hat dieser Kanal eine lange und wechselvolle Geschichte, und wir, die Amerikaner, haben jeden Schritt begleitet, von dem Augenblick an, als wir ihn 1920 von den Franzosen übernahmen, bis zu dem Tag vor weniger als einem Jahrzehnt, an dem wir ihn dem Volk von Panama zurückgaben.«

Er schwieg kurz, um sogleich fortzufahren. »Das ist eine Chance, wie man sie nur einmal im Leben bekommt. Eine Chance, etwas zur Geschichte beizutragen und ihr unseren Stempel aufzudrücken sowie eine lange und fruchtbare Beziehung zwischen unseren großartigen Ländern weiterzuführen: Panama und die Vereinigten Staaten von Amerika.«

Wieder hielt er inne und musterte sein Publikum. Er prüfte ihre Reaktion. Es wurde genickt, man lächelte. Roebuck war erfreut, sein Publikum schien ihm gedanklich zu folgen.

Er fuhr fort. »Natürlich kann unsere Regierung Sie nicht direkt bei Ihrer Arbeit unterstützen, aber ich kann Ihnen aus vollstem Herzen versichern, dass wir alles tun werden, damit Ihr Aufenthalt hier so angenehm wie nur möglich wird.« Er lächelte. »Und wäre es nicht ein denkwürdiges Ereignis, wenn Sie für Amerika die Ausschreibung gewinnen würden?!«

Gläser wurden gehoben und Roebuck würdigte die zustimmenden Mienen mit seinem eigenen erhobenen Glas.

✦

Kaum war er zurück in seinem Büro, zog Roebuck sein Hemd aus. Er nahm ein frisch gewaschenes von der Garderobe und ging hinüber zum Fenster. Während seine Finger mit den Knöpfen beschäftigt waren, blickte er über die Gärten des amerikanischen Botschaftsgeländes, welches sich auf einem sanft geschwungenen Hügel am Stadtrand, einem Vorort namens Clayton, befand. Etwa einen Kilometer Luftlinie entfernt lag der Panamakanal, genau genommen waren es die Miraflores-Schleusen, gut versteckt hinter einem langen, schmalen Band üppiger Vegetation, das parallel zum Horizont verlief. Alle paar Stunden bahnte sich der Oberbau einer gigantischen Stahlkonstruktion mit Schiffscontainern in bunten Farben langsam, fast schon in Zeitlupe, seinen Weg durch diese Illusion von endlosem tropischem Grün. Es war wie eine Erinnerung daran, dass außerhalb dieser Idylle die Weltwirtschaft mit gewaltiger Kraft unaufhaltsam immer weiter vorwärtsstrebte.

Das Lämpchen an dem Telefon auf Roebucks Schreibtisch begann aufzublitzen. »Summers?«, bellte er. Das Telefon leuchtete noch immer. Er schritt zur Tür seines Büros. »Summers!«, rief er nach draußen und blickte in den Vorraum. Aber sein Assistent schien nicht an seinem Platz zu sein. Roebuck runzelte die Stirn. Das war nicht das erste Mal, dass Summers alles stehen und liegen gelassen hatte. Und vergangene Woche hatte er ihn dabei erwischt, wie er im Büro seinen Golfschlag geübt hatte. Was im Grunde verständlich war: Summers war ein junger Mann und Panama der einzige Ort auf der Erde, an dem dank des gut vorhersagbaren tropischen Wetters beinahe zweihundertsechzig Tage im Jahr Golf gespielt werden konnte. An einem Freitag hätte es ihn nicht interessiert, wenn Summers sich den Nachmittag freigenommen hätte – niemand, der bei Verstand war, arbeitete an einem Freitagnachmittag in Panama. Zumindest niemand in der Führungsetage der Wirtschaft oder der Diplomatie. Aber heute war nicht Freitag. Es war Montag. Und er musste in Kürze zu einem Essen mit dem Leiter des Siegel-Teams und dem Direktor des Smithsonian Tropical Research Institute. Er würde seinen Dienstwagen brauchen.

Roebuck stapfte zurück zu seinem Schreibtisch und griff selber nach dem Telefonhörer. Mit seinem Zeigefinger drückte er auf einen Knopf, um das Gespräch anzunehmen. »Roebuck«, sagte er.

»*Hola, Larry.* Ich bin's.«

Roebuck kannte diese Stimme. »Na endlich, wird ja auch Zeit«, sagte er. »Ich hatte mich schon gefragt, ob Sie vom Erdboden verschluckt worden sind.« Er ging um den Schreibtisch herum, sodass er zur Tür hinausschauen konnte. »Gibt es ein Problem?«

»Nein, im Gegenteil. Scheint international auf jede Menge Interesse zu stoßen. Es wird eine ganz große Sache!«

»Das sind ja großartige Neuigkeiten.« Roebuck hielt inne. »Das ist alles, oder?«

»Ja.«

»Wunderbar. Dann rufen Sie mich bitte nicht mehr an.« Er legte auf, drehte sich um und sah aus dem Fenster. Er konnte die Kinder auf dem benachbarten Spielplatz spielen hören, und jede Menge tropischer Vögel zwitscherten. Es war wirklich unglaublich schön hier.

Ja, Panama schlug jeden anderen Ort, an dem er bisher gelebt oder den er besucht hatte. Es war ein kleines

Land. Aber kleine Länder boten oft mehr Möglichkeiten, als man erwarten würde. Möglichkeiten, die tatsächlich etwas bewirken konnten. Und das war der Grund, weshalb er den Job angenommen hatte.

»Sir? Sir!« Völlig außer Atem erschien Summers im Türrahmen. »Sorry, Sir. Ich musste Taxis für das Siegel-Team organisieren.«

»Ich verlange, dass Sie Ihre Kommunikation verbessern«, sagte Roebuck kalt. »Dann ist allen klar, wer gerade was tut.«

»Ja, Sir. Natürlich … Ihr Wagen wartet unten auf Sie. Ihre Frau haben wir schon abgeholt.«

Während er sich sein Jackett überzog, musste Roebuck an John Siegel Junior denken.

Und jetzt wurde ihm bewusst, was ihn so gestört hatte: Dieser Mann hatte überhaupt keine Ausstrahlung. Und so viel war klar: Ein Mann, der sich in der eigenen Haut nicht wohlfühlte, war ein Risiko. Eine Mahnung, dass der Dreh- und Angelpunkt nicht immer am Gipfel der Pyramide zu finden war.

KAPITEL 12

Contadora, Perleninseln,
Bucht von Panama

Als der Helikopter zum Sinkflug ansetzte, konnte Max erkennen, wie das tiefe Blau des Pazifiks in seichteres Gewässer überging. Luxusjachten in allen Größen versammelten sich in kleinen Gruppen entlang der Küste und eine kurze Landebahn von Nord nach Süd zerteilte die winzige Insel, deren üppige Vegetation nun langsam Formen annahm. Max sah zu, wie die Sonne hinter dem Horizont verschwand und den bereits orangefarbenen Himmel in ein blutiges Rot tauchte.

»Contadora, Kumpel!« Godfredo sprach in das Mikrofon seines Headsets, als er sich zu Max umdrehte. »Willkommen im Paradies!«

Die letzten Strahlen des Sonnenlichts fielen seitlich auf sein Gesicht und er lächelte breit.

»Sind wir da?«, fragte Max.

»Jep.«

Inmitten des satten Grüns ließen sich jetzt weitläufige Sandsteinvillen erkennen sowie das Grellpink und Weiß der Bougainvillea-Büsche vor schmalen Streifen Sandstrand.

»Ich weiß nicht, Fredo«, spottete Max. »Scheint hier ja richtig anstrengend zu werden.«

»Du hast noch gar nicht alles gesehen«, erwiderte Godfredo lachend. »Auf dieser Insel kann man jede Menge Spaß haben.«

Max erblickte den Bogen einer breiten Sandbucht mit glasklarem Wasser.

»Was auf Contadora passiert, bleibt auf Contadora!«

Max beschloss zu glauben, dass sein Freud sich auf die Sicherheit bezog, die eine Insel zu bieten hatte. Eigentlich sollte die Sicherheit hier kein Problem sein, aber Godfredo hatte für alle Eventualitäten eine Antwort – so war er schon immer gewesen, bereits in der Schule. Jetzt erinnerte sich Max daran, weshalb sein Freund Kapitän des Eishockeyteams geworden war. Und das zur Überraschung aller, die nicht wussten, dass sich hinter der gleichgültigen und manchmal oberflächlichen Fassade ein äußerst strategischer Verstand verbarg.

Als Godfredo den Helikopter gekonnt auf einer eigens dafür angelegten Landefläche auf dem Grundstück einer der Villen landete, wusste Max, dass er in guten Händen war. »Also, Fredo«, sagte er, während sie ihr Gepäck ausluden. »Wie bist du auf die Idee mit dieser Insel gekommen?«

Godfredo machte eine geringschätzige Handbewegung. »Paps kennt einige einflussreiche Leute«, sagte er.

»Natürlich tut er das«, murmelte Max beeindruckt, während er die Fassaden der umliegenden Bungalows betrachtete. Dann blickte er zu Godfredo. »Und gibt es hier auch geeignete Büroräume für uns alle?« Wieder ließ er seinen Blick schweifen. »Irgendwo hier?«

Godfredo lachte. »Keine Sorge, *Hermano*. Ich führe dich nachher herum. Dort hinter den Bäumen steht das Haupthaus.« Er hielt kurz inne und sah Max an.

»Außer du willst dir jetzt gleich deinen Bürostuhl ansehen?«

Max wusste, wann er auf den Arm genommen wurde.

Als sie sich dem Hauptgebäude näherten, konnte er Musik und lautes Gelächter hören. Eine ältere Frau in einer Dienstmädchenuniform – einem grauen Kleid mit weißer Schürze – trug lange Gartenfackeln aus Bambus, die sie in Halterungen entlang der Gartenwege steckte. Nachdem sie die erste angezündet hatte, begann sie zu lächeln.

»*Hola, Señor* Godfredo!«

Die leichte Meeresbrise ließ die Flamme tanzen und Godfredo begrüßte die Frau mit einem Winken und ein paar Worten auf Spanisch. Dann wandte er sich Max zu. »Wir kommen genau zur rechten Zeit, *Hermano*! Hier entlang!« Er beschleunigte seine Schritte.

»Soll ich nicht erst meine Koffer holen?« Max sah unschlüssig über seine Schulter in Richtung des Helikopters. Es war noch hell genug, sodass er feststellen konnte, dass sein Gepäck verlassen am äußeren Rand der Landebahn stand und der Pilot nirgends zu sehen war.

»Die Angestellten bringen es rein.«

»Okay.« Max legte einen kleinen Spurt hin, um zu seinem Freund aufzuschließen, der bereits in einem kleinen Durchgang verschwunden war. Auf der anderen Seite standen Palmen und Büsche mit leuchtenden bunten Blüten. »Warte!«

Als er zwischen den Bäumen hervortrat, sah er einen kräftigen Mann, der auf einen türkisfarbenen Pool zulief. Fünfersofas und Rohrsessel standen unter Sonnenschirmen auf dem kurz getrimmten Rasen. Auf den meisten tummelten sich Gäste, die nicht mehr als einen Badeanzug trugen.

»Max!«, jauchzte Godfredo. »Willkommen in deinem Zuhause für die nächsten sechs Monate!«

Einen Augenblick später sprang der Mann von der Gegenseite her in den Pool und tauchte kurz darauf prustend und lachend wieder auf. Die beiden Freunde stellten fest, dass sie von oben bis unten vollgespritzt waren.

Nachdem er seine Schuhe ausgezogen und seine nasse Kleidung durch ein T-Shirt und kurze Hosen ersetzt hatte, verließ Max das Haupthaus.

Als er zum Pool zurückkam, konnte er sehen, dass die Party in vollem Gange war. Die Musik spielte und Menschen drängten sich aus der Villa in den gepflegten Garten, der das Hauptgebäude von den Bungalows trennte.

Max suchte nach Godfredo, während er an einem Jacuzzi vorbeilief. Er nickte zwei Frauen in knappen Bikinis höflich zu. Mit ihren goldfarbenen schlanken Körpern tauchten sie lachend in das schäumende Wasser des Pools. Auf der anderen Seite war ein üppig beladenes Buffet aufgebaut. Dort entdeckte Max seinen Freund. Godfredo bediente sich aus einer Schüssel langer, grob geschnittener Chips, die Max als frittierte Yucca identifizierte. »Was feiern wir?«, fragte er, als er näher kam.

Godfredo sah hoch und winkte den Kellner zu sich. »Dich natürlich!«

Max lachte. »Nein, im Ernst. Was ist der Anlass?« Er

griff nach dem Glas Champagner, das ihm in die Hand gedrückt wurde.

»Das hier ist nur zum Warmwerden«, antwortete Godfredo. »Eine richtige Party feiern wir, wenn deine Kollegen kommen.«

»Eine richtige Party?« Max lächelte. Er war sich nicht sicher, was er sagen sollte. Er musste sich eingestehen, dass er sich seinen ersten Abend in Panama so nicht vorgestellt hatte.

»Du bist nicht von hier, richtig?« Eine Frau blieb neben Godfredo stehen und sprach Max mit sanfter Stimme an. Sie streckte ihm die Hand in einer Art und Weise entgegen, als erwarte sie, dass sie geküsst und nicht geschüttelt würde.

»Max«, sagte er. »Es freut mich, Sie kennenzulernen.«

»Ich heiße Sofia.« Sie musterte ihn, während sie ihre andere Hand mit der Handfläche nach oben Godfredo hinstreckte. Godfredo stellte einen kleinen Teller darauf, auf dem sich etwas Flaches, Orangefarbenes, ebenfalls Frittiertes stapelte. Sie hielt Max den Teller hin. »Magst du Patacones?«

Godfredo lachte. »Das musst du ihn nicht fragen! Er kann Gemüse nicht von Brot unterscheiden und er isst ›Marmite‹, eine grauenhafte Würzpaste auf Toastbrot, mit Bohnen!«

Sofia machte einen verwirrten Eindruck.

»Schuldig im Sinne der Anklage«, sagte Max. »Ich bin Engländer.«

Sie lächelte und er nahm ein Häppchen von dem Teller, den sie ihm hinhielt.

»Das sind Gemüsebananen«, sagte Sofia, »In Panama wird diese Bananensorte nur gekocht gegessen.«

»Und in Kolumbien?« Godfredo legte ihr seine Hand in den Nacken.

Sofia lächelte, drehte sich um und sah ihn an. »Pass nur gut auf. Kolumbianer essen alles.«

Godfredo gab ihr einen Klaps auf den Hintern. *Ve a buscar a sus amigas. Nos encontramos en el jacuzzi.«* Sie schlenderte davon, wobei die Bewegung ihrer Hüften ihre schmale Taille zur Geltung brachte.

Max kämpfte gegen den Drang an, Sofia hinterherzustarren, und wandte sich wieder Godfredo zu. »Wie lange kennst du Sofia?«, fragte er.

Godfredo zog eine Zigarre aus seiner Tasche. Er hielt die Flamme seines Feuerzeugs an ihre Spitze und sog daran. »Lange genug, um zu wissen, dass sie jeden Penny wert ist.«

Max dachte über die Worte seines Freundes nach. Gemächlich kaute er den Patacon. Diese Banane war zwar nicht süß, schmeckte aber auch nicht unangenehm. Er sah sich um und fragte sich, wie viele der Mädchen, die auf dem gepflegten Bermudagras saßen, wohl von Godfredo bezahlt worden waren, um hier zu sein.

Aber vielleicht sollte ihn Godfredos Vereinbarung mit Sofia und den anderen Mädchen nicht allzu sehr überraschen. Einmal war sein Freund nach den Schulferien mit einer Geschichte von einer Reise in das Heimatland seines Vaters Paco, Argentinien, zurückgekehrt. Er hatte erzählt, wie Paco für Godfredo ein Mädchen bestellt und bezahlt hatte, um ihn, wie er stolz verkündete, »zum Mann zu machen«. Max war aus dem Staunen nicht herausgekommen. Die Leichtigkeit, mit der Godfredo mit dieser Sache umgegangen war, hatte ihn zugleich erschreckt und fasziniert.

»Hey, erinnerst du dich an den alten Bunker in der Schule? Unter dem Eishockeyfeld?«, unterbrach Godfredo seine Gedanken.

»Natürlich.« Max kramte in seiner Erinnerung. Er erinnerte sich an den Bunker, weil dieser im Winter als Umkleidekabine für das Eishockeyteam gedient hatte. Es handelte sich um ein unter den Skipisten begrabenes Überbleibsel aus dem Zweiten Weltkrieg.

»Weißt du noch, wie dick die Tür war?«

»Einen halben Meter dick. Massiver Beton.«

»Und kannst du dich daran erinnern, dass ich dort eines Nachts eingesperrt war? Ich sollte eigentlich nachsitzen, und falls ich das nicht tat, wollten sie mich von der Schule werfen.«

Max lachte. »Ich erinnere mich. Ich bin sogar ins Dorf gerannt und habe, um mit ihr zu reden, Steinchen an das Fenster dieses Mädchens geworfen – wie hieß sie noch mal?«

»Susanne Testa.«

»Susanne Testa! Stimmt! Denn ich dachte, du hättest dich ohne Erlaubnis zu ihr geschlichen.«

»Sie war wunderschön, nicht wahr?«

Max lachte erneut. »Daran erinnere ich mich ehrlich gesagt nicht! Ich weiß nur noch, dass ich der Depp war, der Schwierigkeiten bekam, als ihr Vater erwachte und seine Tochter im Haus nicht finden konnte. Der Mann hatte verdammt noch mal die lauteste Stimme, die ich je gehört habe! Ich glaube, er hat in jener Nacht das ganze Dorf aufgeweckt.«

»Ich hatte Schwein, dass er auch danach nie herausgefunden hat, dass sie die ganze Zeit über mit mir in dem Bunker war.«

»Genau. Und darf ich dich daran erinnern, dass ihr beide da unten verhungert wärt, wenn ich euch nicht gefunden hätte? Du hattest die Tür so ungeschickt verriegelt, dass sie sich von innen nicht mehr öffnen ließ.«

Godfredo brach in röhrendes Gelächter aus. »Guter alter Max! Hast mir immer den Rücken freigehalten!«

»Ja, verdammt, habe ich«, sagte Max. »Und du hast mir meinen freigehalten, Fredo.«

Spontan umarmte Godfredo seinen Freund. »Ich freue mich wirklich, dass du hier bist, *Hermano*.« Dann ließ er los und schlug Max auf die Schulter. »Wir hätten nicht so lange warten sollen, um wieder miteinander in Kontakt zu kommen.«

Max lächelte und sah zu, wie Godfredo Sofia zum Jacuzzi folgte. Es tat gut, seinen alten Freund wiederzusehen. Max stürzte ein weiteres Glas Champagner hinunter und ließ sich von der milden Meeresbrise umschmeicheln, bis ihm ein anderer Gedanke kam.

Alexandra Wong.

Ach du Schande! Wie würde sie mit all dem hier fertigwerden? Mit Sofia? Er stellte sein Glas auf den Tisch.

KAPITEL 13

Contadora, Perleninseln,
Bucht von Panama

LIEBER MAX. FREUE MICH, DASS DU GUT ANGE-
KOMMEN BIST. DU VERPASST NICHTS. ES SCHÜTTET
HIER. SARAH HAT EIN PAAR SACHEN VON DIR
VORBEIGEBRACHT. ALAN

Diese E-Mail fand Max am frühen Morgen in seiner
Mailbox, nachdem er sich eingeloggt hatte. Alles war groß-
geschrieben. Max wusste, dass Alans Leseschwäche und
seine offensichtliche Unlust, sich an Grammatikregeln zu
halten, seine Eltern stets gestört hatte. Besonders Ed Burns,
dem Rechtschreibung sehr wichtig gewesen war. Max
jedoch fand die zuverlässig grausige Schreibweise seines
Onkels merkwürdig angenehm. Er hatte als Teenager
viele Jahre lang Einkaufslisten von ihm bekommen, die
Dinge wie »Tommatensose«, »Oranschen«, »Essik« und
Ähnliches enthielten.

Erst als er all seine E-Mails beantwortet hatte, fiel Max
auf, dass sich Sarah nicht mehr gemeldet hatte. Aber was
hatte er erwartet? Ihre letzte Nachricht vor ungefähr einer
Woche war endgültig gewesen: »Alle sagen, ich sollte
wütend sein. Aber ich bin einfach nur enttäuscht. Bitte
melde dich nicht mehr bei mir.«

Max klappte den Deckel seines Laptops herunter, tappte durch die offene Tür des Bungalows und zog sich auf der Veranda seine Schuhe an. Draußen war es noch morgendlich frisch und es wehte bereits ein leichter Wind. Während er an die große Holztür von Godfredos Bungalow klopfte, konnte er unterschiedliche Vögel zwitschern und die Wellen plätschern hören. Sofort besserte sich seine Laune.

»Die Tür ist offen!«

Max trat ein.

»Ich hab dir doch gesagt, Paps, es ist alles unter Kontrolle.« Godfredo saß vor seinem Laptop, telefonierte und sah gar nicht entspannt aus.

Max hob die Hand zu einem stummen Gruß.

Godfredo blickte kurz auf. »Ich muss los, Max ist hier. Ich bespreche alles später mit dir.« Er legte auf. »Verdammte Scheiße!« Er schüttelte den Kopf und stand auf. »Hey, *Hermano*.« Er trug einen kurzen Morgenmantel mit Initialen, die nicht seine eigenen waren. »Du bist gestern schon früh gegangen«, sagte er. »Sind Partys inzwischen nicht mehr so dein Ding?«

»Jetlag ist vielmehr nicht so mein Ding.«

»Das lasse ich gelten. Dann ist ja noch Luft nach oben. Hast du schon gefrühstückt?« Godfredo verschwand im Schlafzimmer und kam kurz darauf in einem zitronengelben Polohemd und kurzen Hosen zurück. »Ich lade dich in den Golfclub ein.«

»Ist schon in Ordnung, Fredo. Danke. Ich hatte Toast und Kaffee.« Max hielt inne. »Ich dachte, wir könnten ein paar meiner Ideen gemeinsam durchgehen, bevor du heute das Team kennenlernst. Dann weißt du, wo wir mit dem Ganzen hinwollen.«

Godfredo starrte ihn verständnislos an.

»Du weißt … der Panamakanal? Mein Team …? Die Ausschreibung, die wir gewinnen wollen …?«, zog ihn Max auf. »Ich glaube, du bist immer noch kein Morgenmensch.«

Godfredo drückte ihn an sich und lachte. »Ja klar, Burns. Aber es ist noch viel zu früh, um schon über Geschäftliches zu sprechen.«

Während sie in Richtung Haupthaus gingen, sah Max einige Gäste, die genau dort liegen geblieben waren, wo sie sich vergangene Nacht zuletzt aufgehalten hatten, und noch immer tief schliefen. Körper lagen verstreut auf den Sofas und den Rohrsesseln am Pool. Der massige Mann, der sie gestern nass gespritzt hatte, war mit offenem Mund und nach hinten gelehntem Kopf im Jacuzzi eingeschlafen.

Godfredo schüttelte ihn, aber er schnarchte nur. »Jorge! Aufwachen! Zeit zu gehen!« Godfredo schnippte mit den Fingern. »*Rápido!*«

Der Mann schlug die Augen auf und lächelte ihn benebelt an. Nachdem er aus der Wanne geklettert war, hinterließ er beim Weggehen eine nasse Spur.

Sofia trat in die Türöffnung des Haupthauses. Ihre langen Haare glänzten weich und glatt in der Morgensonne. Sie wirkte gefasst und sagte etwas, das Max nicht verstand. Godfredo lachte. Er zeigte auf die Frau, die auf einem Rohrsessel in der Nähe eingeschlafen war, und sprach zu Sofia: »*Despiértala. El ferry llega pronto.*«

Sofia ging zu der Frau, griff ihr an die Schulter und schüttelte sie.

Max warf einen Blick auf seine Uhr. Die Fähre mit

seinem Team würde bald ankommen. »Kann ich irgendwie behilflich sein?«

»Ist nicht nötig«, sagte Godfredo. An Sofia gewandt zeigte er auf einige weitere Mädchen, die auf dem Rasen lagen und schliefen. Dann drehte er sich zu Max um. »Mach dir keine Sorgen. Ich hatte dir gesagt, dass ich alles organisiert habe, und das habe ich auch.«

»Klar.« Max machte eine Pause. »Es ist nur so ... Alex ist etwas speziell. Sie wird wissen wollen, wo die Büros sind.«

Godfredo sah ihn lässig an. »Und du glaubst, dass sie sich Sorgen machen wird, weil sie sich nicht richtig auf einen der größten Ingenieurjobs auf dem Planeten vorbereiten kann? Und weil sie auf einer unglaublich schönen Tropeninsel arbeiten muss?«

Max ignorierte Godfredos Sarkasmus und bemerkte, dass dessen Aufmerksamkeit schon wieder auf etwas anderes als auf ihn gelenkt war. Sofia stand jetzt neben ihm. Max versuchte, nicht auf ihre Brüste zu starren, die kaum von einem grellpinken Häkelbikini-Oberteil bedeckt wurden. Sie trug winzige Jeansshorts, die Sarah »kaum einen Gürtel« genannt hätte.

»Soll ich jetzt ebenfalls gehen?« Sofia lächelte Godfredo an und legte den Kopf leicht schief.

Godfredo schüttelte den Kopf. »Bring die Mädchen zum Pier. Schmeiß alle so schnell wie möglich raus, damit sie das Boot nicht verpassen.« Er zeigte auf sie. »Aber nicht du. Du gehst nicht. Du wirst den Ingenieuren ihre Zimmer zeigen.«

»Mach ich gern, Baby.« Sofia nickte und warf Max einen kurzen Blick zu. »Aber du weißt, dass es mehr kostet, wenn ich bleibe.«

»Ist egal.« Godfredo tippte auf seine pompöse Armbanduhr, um deutlich zu machen, dass die Zeit lief. Sofia verschwand gehorsam.

Max war sich nicht sicher, ob er lachen oder weinen solte. »Anscheinend ist es für dich nicht zu früh, diese Art von Geschäft zu besprechen«, sagte er, und einen Augenblick lang fragte er sich, wie er so verrückt hatte sein können, die Kontrolle über so viele komplexe Vorgänge in Godfredos Hände zu legen.

»Los, *Hermano*.« Ungeduldig gab Godfredo Max ein Zeichen, ihm zu folgen. »Worauf wartest du? Lass uns die Büros besichtigen.«

Sie hielten vor einem langen, reetgedeckten Gebäude, das ein Spa oder ein Clubraum hätte sein können. Godfredo zog einen Satz Schlüssel aus seiner Tasche.

»Normalerweise schließen wir hier auf der Insel nichts ab, aber das hier ist etwas anderes.« Mit einem angedeuteten Tusch stieß er die Tür auf und hielt sie seitlich fest, sodass Max an ihm vorbeigehen konnte. »Du wolltest ein Büro?«

Als Max den Raum betrat, traute er seinen Augen nicht. »Du raffinierter Bastard!«

Der Raum war riesig. In ihm befanden sich etwa zehn große Arbeitsbereiche mit zwei Monitoren auf jedem Schreibtisch. Große, bodentiefe Fenster boten eine unglaubliche, unverstellte Sicht auf den glitzernden Pazifik.

»Du kannst mir später danken«, sagte Godfredo.

»Es ist perfekt! Danke, Fredo. Ich bin mir jedoch fast sicher, dass wir gar nicht so viele Tische brauchen werden.« Schmunzelnd drehte sich Max zu seinem Freund um.

»Ihr werdet nicht die Einzigen sein, die hier arbeiten«, erwiderte Godfredo. »Hast du wirklich geglaubt, ich lasse eine Handvoll englische Sesselfurzer die Sache alleine schaukeln? Ich habe noch sechs lokale Experten angeheuert. Sie kommen morgen Abend mit der Fähre, sodass ihr am Montag mit der Arbeit beginnen könnt.«

»Oh.« Max lächelte verlegen. »Natürlich.« Er schämte sich und es tat ihm leid, dass er an seinem Freund gezweifelt hatte. Und Alex würde begeistert sein, wenn sie erfuhr, dass sie mit lokalen Experten zusammenarbeiten würden.

Godfredo zog sein Handy aus der Tasche und warf einen kurzen Blick auf das Display. Dann schlug er Max auf den Rücken und schien wieder ganz der Alte zu sein. »Die Fähre ist schon fast da«, sagte er.

Nachdem sie das Büro verlassen hatten, schloss Godfredo die Tür hinter ihnen ab und sie gingen über den Rasen zum Nordausgang des Anwesens. »Ich habe heute Morgen ein paar Details über die anderen Parteien erfahren, die vermutlich ein Angebot abgeben werden«, sagte er. »Die genaue Liste steht jedoch erst am Montag fest.«

»Lass mich raten: Amerikaner, Japaner?«

»Jep. Und Deutschland.«

»China?«

»Wissen wir noch nicht. Aber die wären ebenfalls eine harte Konkurrenz. Chinesische Firmen kontrollieren seit Jahrzehnten die Häfen an beiden Enden des Kanals, dadurch haben sie viel lokales Know-how sammeln können.«

Godfredo blieb vor einem Golfcaddy stehen und

schwang sich auf den Fahrersitz. Max kletterte ebenfalls hinein und das winzige Gefährt fuhr los. Das gestreifte Sonnendach aus Stoff flatterte, als sie den Weg hinunterdüsten und das Haupttor passierten. Der Himmel war wolkenlos und der Ozean dunkeltürkis, als sie sich dem Hafen näherten.

In einer schmalen Bucht fuhr Godfredo auf einen Parkplatz, der etwa sechs Meter vom Strand entfernt war. Hier standen die Partygänger von letzter Nacht auf einem Haufen zusammen. Einige lagen auf dem weißen Sand.

An Bord der stabilen Fähre, die in diesem Moment die Bucht ansteuerte, konnte Max Alex und Gian Tarocco, den Ingenieur für den Bereich Systemoptimierung, erkennen. Die beiden beobachteten den Bug, während das Schiff zum Stillstand kam. Alex trug auch in der aufkommenden Hitze ihren geliebten roten Trenchcoat. Die Regenkappe hatte sie tief ins Gesicht gezogen und ihre Augen waren auf die Küstenlinie fixiert, wo Sofia die Partygäste von letzter Nacht in Sarongs und Bikinis vor sich her in Richtung Kai trieb.

Godfredo stieg aus dem Golfcaddy. »So, lass uns deine großartige Alex begrüßen und ihr zeigen, wie man auf Contadora lebt.« Er rückte seine Sonnenbrille zurecht. »Außerdem muss ich was essen. Ich habe einen schlimmen Kater. Sofia ist ja so was von sexhungrig – ein richtiger Nimmersatt …«

»Okay, Kumpel!« Max unterbrach ihn lachend. »Du bist unglaublich.« Er folgte seinem Freund zum Pier.

»Wer ist diese … Person? Und warum folgen wir ihr?« Alex' Stimme war ein angespanntes Flüstern, in dem eine Spur Angst mitschwang. Max verlangsamte seinen Schritt. Alex' Ballerinas waren nicht geeignet für einen Strandspaziergang. Sie rutschten ihr von Zeit zu Zeit vom Fuß, wobei sie den Halt in dem feinen, weißen Sand verlor. Sie hatte ihren Trenchcoat inzwischen ausgezogen und hielt ihn über ihren Kopf wie einen aufgespannten Schirm.

Max sah zu Sofia, die in ihrer entspannten Art vor ihnen her schlenderte. Ihr langes Haar fiel ihr über den Rücken. Mit ziemlicher Sicherheit hatte sie Alex' Kommentar gehört.

»Sofia!«, rief Max.

Sofia drehte sich um. In dem hellen Sonnenlicht hier an der Küste erschienen ihre Brüste noch schöner als sonst. Für einen Moment hatte er das Bedürfnis, ihr sein T-Shirt anzubieten.

»*Si, Señor Max?*«

»Sofia, das sind meine Kollegen, Dr Gian Tarocco und Dr Alexandra Wong.« Er suchte Alex' Blick. »Und das ist Sofia. Sie arbeitet für Godfredo Roco.«

Sofia streckte ihre Hand aus. »*Doctora* Alexandra«, sagte sie als Gruß. »*Doctor* Gian.«

Alex stand der Mund offen. Sie konnte nur ein »Hallo« hervorwürgen.

Tarocco blieb stumm, aber seine Augen weiteten sich.

Als Sofia weiterging, griff Alex nach Max' Arm. »Und was ist mit unseren Koffern? Moyle hat mir einige von seinen persönlichen Zeichenutensilien geborgt. Und die sind sehr wertvoll.«

Max nickte. »Mach dir keine Sorgen. Godfredo bringt alles mit dem Golfbuggy zum Haus. Die Sachen sind vermutlich schon in euren Zimmern.«

»Wie kannst du das wissen?«

»Soweit ich das beurteilen kann, Alex, interessieren sich neunzig Prozent der Leute auf dieser Insel einen Scheiß für eure Ausrüstung. Sie wird nicht verschwinden, glaub mir.«

In Alex' Gesicht spiegelte sich Unverständnis.

Sofia drehte sich wieder um. Dieses Mal streckte sie ihren braun gebrannten Arm aus, um auf das Haupthaus zu ihrer Rechten zu zeigen. »Willkommen«, sagte sie und ging darauf zu.

Als sie sich der Villa näherten, hielt Max für einen Moment den Atem an und hoffte, dass die Schnapsleichen in der Zwischenzeit aus dem Weg geschafft worden waren und dass die, die noch da waren, mehr als nur einen Bikini trugen.

KAPITEL 14

Smithsonian Tropical Research Institute, Panama-Stadt,
Panama, März 2009

Als Karis Deen den langen Flur des Gebäudes, in dem sie zurzeit wohnte, entlanglief, hörte sie ihr Handy klingeln. Sie zog es aus der Tasche und warf einen Blick über ihre Schulter. Es war nicht viel los, nur wenige Menschen waren zur Essenzeit in diesem Teil des Gebäudes.

»Sir?«, fragte sie, als sie abnahm.

»Können Sie frei reden?«

»Ja.« Sie hielt an, schloss eine der Türen auf und trat ein. Dann zog sie die Tür hinter sich zu.

»Nur zu Ihrer Information: Sie werden Panama im August verlassen.«

»Das ist früh.« Sie warf ihre Tasche auf ihr Bett unter dem Fenster und öffnete das Fenster. Der Raum hatte eine automatische Klimaanlage und wie üblich war es zu kalt.

»Ja. Ein paar Monate früher als gedacht.«

»Gibt es dafür einen Grund?«

»Training.«

»Für …?«

»Eine neue Einrichtung. Ich konnte nur fünf meiner Mitarbeiter dafür empfehlen. Und Sie sind eine davon.«

Karis wartete, aber sie erhielt keine weiteren Informationen. »Könnten Sie mir ein paar Details dazu schicken?«

»Nein. Das ist alles streng vertraulich. Alles, was ich weiß, ist, dass Sie am Dulles-Flughafen in Washington abgeholt werden. Ich werde Ihnen die Flugdaten schicken. Das ist alles, was ich Ihnen zurzeit sagen kann.«

»Okay.«

»Sie erhalten alle weiteren Informationen vor Ort …«

Plötzlich hörte sie einen Knall und die Tür zum Flur flog auf. Augenblicklich legte Karis auf.

Dalisha stand in der Tür und hielt einen riesigen Teller mit gebratenem Reis in der Hand. Ihr Mund war voll und sie hatte Papiere unter den Arm geklemmt.

»Super«, sagte Karis. »Klopfst du nie an?«

»Muff nich«, nuschelte Dalisha kauend. Sie schluckte. »Das ist auch mein Zimmer, du große Prinzessin.«

Sie versuchte, die Papiere auf das Bett fallen zu lassen, doch diese rutschten runter und flatterten über den Boden. Sie verdrehte kurz die Augen, kümmerte sich nicht weiter um die Papiere und setzte sich auf ihr eigenes Bett, das in der vom Fenster am weitesten entfernten Ecke des Raumes stand. Sie begann, Essen in ihren Mund zu schaufeln. »Hattest du schon was zum Mittag?«, fragte sie. »Das Meeting beginnt in zehn Minuten.«

Karis schüttelte den Kopf. Einer der jüngeren Wissenschaftler am Institut hatte eine Diskussionsrunde angesetzt, in der Ideen zur Medienstrategie gesammelt werden sollten, also wie die Öffentlichkeit über jede neue Phase des Expansionsprojekts und seine Auswirkungen auf die Umwelt auf dem Laufenden gehalten werden sollte. Karis hatte schnell gemerkt, dass der Typ unerfahren und planlos war. Er hatte wahrscheinlich gute Absichten, aber sie wusste aus Erfahrung, dass seine Nachricht nur dann eine Wirkung erzielte, wenn diejenigen, die sie verbreiteten, sie entsprechend vertreten konnten.

»Hast du den Direktor zum Meeting eingeladen?« Karis zog ihre Schuhe aus.

Mit vollem Mund runzelte Dalisha die Stirn. »Nein. Er meinte, solange wir es nicht im Namen des Instituts tun, haben wir jedes Recht zu sagen, was wir denken.« Sie kaute eine Weile schweigend und beobachtete Karis. »Ist es dir egal, was passiert? Stell dir vor, was los ist, wenn die erst einmal anfangen zu graben. Das wird riesig!«

»Natürlich ist es mir nicht egal. Aber ich muss meinen Bruder in einer Viertelstunde zurückrufen. Das war er gerade am Telefon.«

»Oh!« Das schien Dalisha für den Augenblick zufriedenzustellen. »Geht es ihm gut?«

Karis nickte. »Er möchte, dass ich nach Hause komme – nach Iowa.«

»Aber du hast Nein gesagt?«

»Ich habe gesagt, dass ich ihn zurückrufe.«

»Das ist nicht gut.« Dalisha blickte besorgt drein. »Kann ich irgendwie helfen?«

Karis öffnete den Mund, um zu antworten, war sich aber nicht sicher, was sie sagen sollte.

»Gut, dann lass es mich einfach wissen, wenn ich etwas tun kann.« Dalisha stellte den Teller auf ihr Bett und ging zur Tür. »Wir sehen uns später«, sagte sie, und weg war sie.

Karis sah hinüber zum leeren Türrahmen. Es waren Momente wie dieser, die sie daran erinnerten, dass sie sich auf dünnem Eis bewegte. Dieser dauernde Zwang, Geschichten zu erfinden, die nicht stimmten: Geschichten über einen Bruder oder eine Mutter oder irgendwelche Familiendinge. Als ob sie wüsste, wie es ist, eine Familie aus Fleisch und Blut zu haben, die zu Weihnachten oder Thanksgiving auf einen wartete. Ein eigenes Zuhause zu haben.

Sie lehnte sich zurück und ließ die warme Luft, die durch das Fenster kam, über ihr Gesicht streifen. In diesem Moment war sie froh, dass sie ihr Bett unter das Fenster gestellt hatte. Die drückende, tropische Hitze dieses Landes machte ihr nichts aus. Aber in einem kalten Raum eingeschlossen zu sein, schon.

KAPITEL 15

Contadora, Perleninseln,
Bucht von Panama, April 2009

Godfredo war schon seit einiger Zeit wach, aber er hatte beschlossen, nicht aufzustehen, sondern lieber noch ein paar Minuten den Wellen zu lauschen, die vor seinem Fenster an den Strand rollten. Es war kein Verbrechen, es nach einer langen heißen Nacht mit der energiegeladenen Sofia zu genießen, einfach einmal nichts zu tun.

Heute Morgen hatte er sie darum gebeten, länger zu bleiben. Dieses Mal hatte sie abgelehnt, obwohl es ihr überraschenderweise leidzutun schien. »Ich kann nicht, Baby. Ich muss in der Stadt ein paar Brände löschen.«

Sie hatte über ihren anderen Job bei New Horizons gesprochen, ein spezielles panamaisches Etablissement, an vielen Orten des Landes eine etablierte Institution. Eine Art Hotel, in dem sich liebeshungrige Paare stundenweise Zimmer mieten konnten. Sie war eine der Managerinnen in einem der moderneren dieser Stundenhotels der Stadt, oder »Push Button«, wie sie auch genannt wurden. Godfredo kannte das New Horizons, denn eines Nachmittags hatte er unerwarteterweise mit Sofia einen Umweg dorthin machen müssen, weil sie vom Assistenten zu Hilfe gerufen worden war, als ein Pärchen mittleren Alters, das sich ein Zimmer genommen hatte, um seinen Kindern zu entkommen, sich weigerte, die verzehrten Drinks zu bezahlen.

Während er draußen vor der Tür auf sie gewartet hatte, war er extrem ungeduldig geworden. Nachdem sie endlich aus der Vordertür gekommen war, schien sie es nicht besonders eilig zu haben und genoss offenbar die schmachtenden Blicke der Taxifahrer, die die Straße mit ihren Autos entlangfuhren, um Gäste beim Hotel abzuladen und sie von dort abzuholen.

»Warum verschwendest du hier deine Zeit?«, hatte er sie ärgerlich gefragt, nachdem sie wieder in das Auto gestiegen war. »Wen interessiert es denn, dass Mami und Papi nicht für ihre Schale Oliven zahlen wollen? Ich kann mir bessere Möglichkeiten vorstellen, wie du deine Zeit verbringen könntest.« Er hatte sie angesehen, während sie sich scheinbar verlegen den Gurt anlegte.

»Ich meine es ernst, Sofia«, hatte er gesagt. »Ich bin in der Lage, dir genug zu zahlen, damit du morgen kündigen kannst und nie wieder einen Finger zu rühren brauchst.«

»Das würdest du, Baby, ich weiß.« Sofia hatte ihn angelächelt. »Aber ich rühre gerne meine Finger.«

Als er so im Bett lag und an sie denken musste, an ihre unglaublichen Brüste und deren Gewicht in seinen Händen, spürte Godfredo, wie ihm das Blut in die Leistengegend schoss.

Plötzlich flog die Tür des Bungalows auf. »Steh auf!«

»Verdammt!« Godfredo zog ungeschickt seine Hose zurecht und griff nach seinem Gürtel. »Du hattest gesagt, dass du erst nach dem Mittagessen kommst.«

Paco sah sich mit vermeintlich neugierigem Blick im Zimmer um. »Wie jetzt, kein Schoßhund?«

»Sie ist kein Hund.«

Paco lachte dröhnend. »Okay, wie du meinst.« Dann wurde er ernst. »Wann bekomme ich die ersten Zahlen von dir?«

»Beruhige dich, ich habe den ersten Budgetplan schon fast fertig vorliegen. Bist du mit dem Helikopter hergekommen?« Godfredo hoffte, seinen Vater mit ein wenig Small Talk ausbremsen zu können.

Aber Paco fiel nicht darauf herein. »Natürlich bin ich mit dem Helikopter gekommen. Hast du gedacht, ich stehe um vier Uhr früh auf, um vom Festland hierherzuschwimmen?«

Godfredo, der eben nach seinem Hemd griff, musste schmunzeln. Er konnte sich wirklich keinen Grund vorstellen, warum Paco um vier Uhr morgens aufstehen würde, um jemanden zu treffen, auch nicht seinen Sohn. Außer vielleicht, wenn es Probleme mit einem seiner dummen Pferde auf der Rennbahn gäbe.

»Wo ist das Team? Hoffentlich nicht immer noch im Bett wie du.« Pacos Blick schweifte durch das Zimmer.

»Sie sind am Frühstücken?«

»Nein.«

»Okay …« Godfredo nahm sein Handy und wählte eine Nummer. »Max? Wo seid ihr?« Schweigend hörte er zu. »Gut, ich bin in fünf Minuten bei euch. Oder schneller. Mein Vater ist hier.« Er legte auf und sah Paco an. »Unsere Sklaven sind im Büro.«

»Worauf wartest du dann noch?«

»Also, eine kurze Vorwarnung wäre wirklich nett gewesen, verdammt noch mal.« Godfredo fuhr in seine Schuhe und zog sich beim Laufen das Hemd zurecht. Der einzige Punkt, der seine Empörung darüber, dass er um neun Uhr morgens mit einer Erektion so groß wie das Matterhorn von seinem Vater im Bett überrascht worden war, etwas abmilderte, war die Tatsache, dass Paco sich nicht darüber beschweren konnte, die Arbeit würde nicht erledigt.

»Ich habe gehört, dass Burns sie alle ganz schön auf Trab hält«, sagte Paco. Er schritt rasch voran.

»Dafür bezahlen wir ihn.«

»Er geht jeden Morgen joggen.« Paco schien das lustig zu finden. »Vielleicht lässt du dir ein paar Tipps von ihm geben.« Godfredo knirschte mit den Zähnen. »Ich tue, was ich kann. Nur nicht um sechs Uhr morgens, verdammt.«

»Wie ist diese Hydrogeologin?«

»Die Chinesin? – Wong?« Godfredo sah Paco an. »Sie ist ein pedantischer, oberschlauer Roboter. Und sie hasst Alkohol.« Er öffnete die Tür zum Bürogebäude. »Gott sei Dank ist sie heute mit den Vermessungstypen auf dem Festland. Von mir aus kannst du sie dort besuchen, wenn du willst.«

Paco schaute ihn herablassend an. »Danke, darauf kann ich gut verzichten.«

Man musste Max zugutehalten, dass er mit keiner Regung erkennen ließ, dass Pacos Besuch ihn überraschte. Er führte sie zum Herzstück des Raumes, wo Bauzeichnungen auf großen LCD-Bildschirmen entlang der Wand zu sehen waren. »Wir überlegen gerade, wie wir die Pläne und Grafiken für die Präsentation zusammenstellen«, sagte er.

Das Büro sah inzwischen aus wie ein Hitech-Labor. Ein riesiger Bildschirm und mehrere kleinere Monitore waren an der südlichen Mauer angebracht. Das Team aus Panama hatte sich selbst mehrere Computer auf der östlichen Seite des Raumes zusammengestellt.

»Sieht gut aus«, sagte Paco, während sein Blick über einen Stapel Blaupausen auf dem Boden wanderte und schließlich an dem großen Bildschirm hängen blieb. »Was ist das Alleinstellungsmerkmal unseres Angebots?«

»Der Prozentsatz an Wasserersparnis.«

Paco sah zur Zimmerdecke empor und schlug die Hände zu einem gespielten Gebet zusammen. »Halleluja!«

Dann wandte er sich wieder zu Max. »Wie viel?«

»Sechzig Prozent.«

»*Sechzig?*« Paco sah Max erstaunt an. Dann blickte er zu Godfredo.

Der nickte. »Bei Max' Idee wird die Schwerkraft genutzt, keine Pumpen. Das hält außerdem die jährlichen Betriebskosten gering. Und die Umweltschützer werden es lieben.« Er grinste Max an.

»Bitte schauen Sie sich diese Karte an«, sagte Max und zeigte auf die Karte an der Wand. »Der ursprüngliche Gedanke war es, den Damm hier zu errichten und so einen dritten See zu schaffen. Aber dieses Gebiet wird jetzt von einem Indianerstamm bewohnt, der vor einigen Jahrzehnten dort hingezogen ist.«

»Dann muss er eben umziehen.«

Godfredo schüttelte den Kopf. »Diese Leute umzusiedeln würde das Budget um eine Million erhöhen. Aber wir brauchen die Fläche gar nicht mehr.«

»Brillant!«, rief Paco aus, »Also, was kannst du mir zeigen? Woran arbeitest du gerade?«

»Das ist nur ein Entwurf …«

Max drehte sich zu Tarocco um. »Gian?«

Tarocco hämmerte kurz auf seine Tastatur ein, dann war auf dem großen Monitor eine ruckfreie, sich drehende Darstellung der dreistufigen Wasserbecken zu sehen. »Da kommt dann noch ein Sprecher im Off hinzu, so etwas wie …« Er räusperte sich und sagte mit tiefer Stimme wie in einem Hollywood-Blockbuster: »Größer als der fünf-stufige Dreischluchtenstaudamm in China, und doch werden sechzig Prozent von Panamas Leben spendendem Nass auf jedem Schritt seines Weges zurückgewonnen. Nach drei vollen Durchläufen wird alles Wasser wie-der freigegeben und eine neue Zufuhr wird in die Wege geleitet, was das Ganze durch diese von Schwerkraft an-getriebene Wasserzirkulation zum größten und effizientes-ten Schleusensystem der Welt macht.«

Max lachte, weil Tarocco seine letzten Worte effektvoll in die Länge gezogen hatte. »Genieße deine fünf Sekun-den Ruhm!«, neckte er ihn. Dann wandte er sich wieder Paco zu. »Wir glauben nicht, dass eines der anderen Teams eine annähernd hohe Wiederverwertungsrate vorweisen kann.«

»Tja, ich muss schon sagen … das ist sehr überzeugend, bravo!« Paco nickte jedem im Raum schweigend zu. »Ich bin wirklich sehr beeindruckt.« Schließlich sah er Max an. »Kann ich eine Kopie dieser Blaupausen mitnehmen? Und ich hätte gerne jede Woche ein Update.«

»Natürlich.« Max nickte. Er durchwühlte zahlreiche Papiere auf einem der Schreibtische und zog einige Blätter daraus hervor. Diese rollte er zusammen und reichte sie Paco.

Eine gefühlte Ewigkeit schüttelte Paco ihm die Hand. »Gute Arbeit, mein Sohn. Gute Arbeit.«

KAPITEL 16

Contadora, Perleninseln,
Bucht von Panama

»Gute Arbeit, mein Sohn.«

Pacos Worte klangen immer noch in Godfredos Kopf nach.

Wann hat Paco verdammt noch mal jemals jemanden seinen Sohn genannt?

Godfredo fühlte eine vertraute Wut in sich hochsteigen. Wirklich, er hatte keine Ahnung, was im Kopf seines Vaters vor sich ging. Aber er hielt den Mund, fest entschlossen, kein Wort zu sagen, bis sie sich außer Hörweite des Bungalows befanden, der das Büro des Teams beherbergte.

Doch bevor er den Mund öffnen konnte, hielt Paco an und dreht sich zu ihm um. »Godfredo.«

»Nein, Paps, hör zu …«

Paco legte eine Hand auf Godfredos Schulter, worauf dieser aus alter Gewohnheit das Reden einstellte.

»Gute Arbeit«, sagte Paco.

»Hm?«

»Du hast hier wirklich gute Arbeit geleistet. Du hast ein beeindruckendes Team zusammengestellt.«

»Oh. Richtig.« Godfredo wusste nicht, was er sagen sollte.

Paco bot ihm eine Zigarette und dann das Feuerzeug an. »Ich rechne dir das hoch an, aber es ist wichtig – für uns beide –, dass Max den Eindruck gewinnt, dass er für sämtliche Erfolge des Projekts verantwortlich ist.«

»Was?« Godfredo kniff die Augen zusammen, während er seine Zigarette anzündete. Er gab seinem Vater das Feuerzeug zurück. »Was meinst du damit?«

»Es ist ganz einfach: gute Psychologie. Du bringst jemanden dazu, sich verantwortlich zu *fühlen* …« Paco nahm einen tiefen Zug aus seiner Zigarette und blies den Rauch aus, »… und dann stellt er keine Fragen, wenn du ihn tatsächlich verantwortlich *machst*.«

»Was meinst du damit?« Godfredo schüttelte ungläubig den Kopf und richtete seinen Blick für einen Moment in die Ferne. »Wir werden gewinnen, Paps. Du hast die Entwürfe gesehen. Max ist verdammt noch mal ein Genie.«

Paco zeigte mit seiner Zigarette auf Godfredo. »Diese Art zu denken wird uns in Schwierigkeiten bringen.«

»Nein, wird sie nicht.«

»Du bist ein Roco«, blaffte Paco ihn an. »Mein Blut und Fleisch.« Er suchte Godfredos Blick und starrte ihn an. »Wenn die Amerikaner oder die Chinesen diesen Vertrag an Land ziehen wollen, glaub mir, Junge, dann finden sie einen Weg.« Abermals stach er mit seiner Zigarette in Richtung seines Sohnes. »Du machst besser, was ich sage. Und behalte deine Scheißmeinung für dich.« Er hielt kurz inne. »Heute Nachmittag findet ein Rennen statt. Ich fahre deswegen jetzt zum Festland zurück. Schick mir die Zahlen, sobald du sie hast.« Paco schnippte seine Zigarette in das Blumenbeet unter der nächsten Palme und schritt davon.

Godfredo stand noch einige Zeit allein auf der großen Rasenfläche. Einen Augenblick lang hatte er das Gefühl, dass sein Vater vielleicht – aber auch nur vielleicht – recht hatte. Wer war er denn, dass er an seinem eigenen Vater zweifelte, der auf seine vielleicht etwas eigene Art sicher sein Bestes wollte? Nachdem er den Rest seiner Zigarette geraucht hatte, ging er langsam davon.

Er hörte Sofia erst, als sie neben ihm stand. Sie trug ein dünnes Neckholder-Top und eine lange schwarze Hose, weit ausgeschnitten und seidig, mit einem hübschen seitlichen Schlitz an den Beinen. Sie hatte ihre Übernachtungstasche dabei und wollte sich offensichtlich verabschieden, bevor sie die nächste Fähre nahm.

»Was?« Das war eher eine Feststellung als eine Frage.

Sofia legte ihre Hand auf Godfredos Arm. »Baby, ich habe dich mit Señor Paco reden gesehen.«

Mit der Spitze seines Schuhs drückte Godfredo seinen Zigarettenstummel in den Boden. »Also spionierst du uns jetzt hinterher?«

»Natürlich nicht. Das ist nicht mein Business.«

Er seufzte. »Schade.«

Sie warf ihm einen tröstenden Blick zu. »Was meinst du damit?«

»Ich könnte ein paar Informationen gebrauchen.«

»Von wem?« Sie stellte ihre Tasche auf den Boden.

Godfredo lachte. »Meinst du das ernst?«

Sofia zuckte mit den Achseln. »Nun, mein Geschäftsmodell ist flexibel.« Sie warf ihm ein umwerfendes Lächeln zu.

Godfredo nickte bedächtig. »Okay.« Er betrachtete sie

prüfend. »Hast du irgendeine Ahnung, was wir hier tun? Max und ich?«

Sofia zuckte erneut mit den Achseln. Sie tat dies auf ihre übliche, lässige Art, doch als sie redete, war sie konkret. »Die Erweiterung des Panamakanals. Ihr bereitet ein Angebot vor. Darum hast du Max und Alexandra hergebracht.«

»Stimmt.« Er sah sich um, um sicherzugehen, dass sie keine Zuhörer hatten, aber im Garten war es ruhig. »Ich glaube, es wäre gut, so viele Informationen über unsere Mitbewerber zu bekommen wie möglich.«

»Klar, Baby.« Sie nickte. »Kannst du mir Namen geben? Irgendetwas als Ausgangspunkt.«

»Wir wissen noch nicht genau, wer dabei ist. Aber du kannst auf jeden Fall mit den Amerikanern und Chinesen loslegen. Und vielleicht mit den Deutschen.«

»Okay. Was brauchst du?«

»Zahlen. Budget. Blaupausen. Alles, was du in die Finger bekommen kannst.«

»Okay, ich werden sehen, was ich tun kann.« Sie sah ihn an und lächelte. »Aber das wird dich etwas extra kosten.«

Godfredo lachte. »Wie viel?«

»Das Dreifache meines Stundenpreises.«

»Das Dreifache?!«, japste Godfredo. Ihre rehäugige Naivität war nur gespielt. Diese Frau wusste, was sie wollte.

»Das Zweifache«, forderte er.

Sie schwieg kurz und presste die Lippen aufeinander. Schließlich nickte sie. »Okay.«

Sofia streckte ihre sorgfältig manikürte rechte Hand aus und er schüttelte sie.

»Wenn du etwas herausfindest«, sagte er, »möchte ich keine Aufzeichnungen. Keine Dokumente, keine Nachrichten. Komm direkt zu mir.«

»Okay.«

Spontan begann er zu lachen. »Ich kann es nicht erwarten zu hören, wie du … an die Informationen herangekommen bist!«

»Ja.« Sofia seufzte. »Ich auch. Ich vermute, dazu werde ich ein paar Extrafähigkeiten brauchen.« Sie griff nach ihrer Tasche. »Also, wenn ich dir alles ganz genau erzählen soll, musst du mir das Dreifache zahlen.«

»Heiliger Strohsack, du verhandelst ganz schön hart!«, sagte Godfredo. »Okay. Das Dreifache. Aber dann muss es wirklich eine gute Geschichte sein.«

Sie lächelte und stellte sich auf die Zehenspitzen, um ihn auf die Wange zu küssen.

Godfredo schnaubte. Fasziniert beobachtete er, wie sie gemütlich den Weg entlangschlenderte. »Und das nur, weil du gut im Verhandeln bist!«, rief er ihr hinterher.

Sie drehte sich um und warf ihm einen Handkuss zu.

KAPITEL 17

Amerikanische Botschaft, Clayton,
Panama

»Herein!« Larry Roebuck sah auf und legte den Hörer hin.

»Dr Siegel. Setzen Sie sich. Lassen Sie die Tür offen.« Etwas lauter rief er: »Summers! Kaffee!« Er machte eine vage Handbewegung, um zu zeigen, dass die Tür jetzt geschlossen werden konnte.

John Siegel tat, wie ihm geheißen.

Roebuck kam hinter seinem Schreibtisch hervor und blieb vor einem der Chippendale-Stühle stehen. »Bitte setzen Sie sich.«

Siegels Lippen bewegten sich leicht nach oben und Roebuck nahm an, dass es sich um ein Lächeln handelte.

»Ich will direkt auf den Punkt kommen, Dr Siegel. Darf ich Sie ›John‹ nennen?«

Siegel nickte knapp, während er sich auf das babyblaue Samtsofa setzte.

»John, ich habe einen Stapel Blaupausen erhalten.«

»Blaupausen?«

»Ja. Ich bin kein Experte, aber für mich sieht es wie ein Entwurf für eine Schleusenanlage aus. Ich hatte gehofft, Sie können mir das bestätigen.«

»Die sind nicht von mir.« Siegel verhielt sich defensiv, aber Roebuck hatte das erwartet.

»Dann wird es Sie vielleicht interessieren, einen Blick darauf zu werfen.« Er drückte Siegel einen Umschlag in die Hand. Dieser war adressiert an »den Botschafter«.

Siegel hielt kurz inne und sein Gesicht verriet den Anflug eines Zweifels.

Roebuck wartete.

»Okay, ich sehe es mir an.« Siegel öffnete den Umschlag und Roebuck sah zu, wie sich sein konzentriertes Stirnrunzeln in ein besorgtes veränderte, während er durch die kopierten Seiten blätterte und manche von ihnen um neunzig Grad drehte, um die Notizen besser lesen zu können.

Schließlich blickte Siegel auf. »Und das kam mit der Post?«

»Jemand hatte es in unseren Briefkasten gesteckt.«

»Wer?«

»Ich hatte gehofft, dass Sie mir hier weiterhelfen können.«

»Gibt es noch mehr?«

Roebuck schüttelte den Kopf.

Siegel legte den Inhalt des Umschlags auf den Beistelltisch vor sich. »Wir haben ein Problem.«

»Was meinen Sie damit?«

»Zunächst hätte ich mir das nicht ansehen dürfen.«

»Warum nicht?«

»Ich konnte zwar nicht den kompletten Entwurf sehen«, sagte Siegel, der auf die Papiere vor sich tippte, »aber immerhin genug, um zu wissen, dass dies ein Teil eines Angebots für die Expansion des Panamakanals ist.«

»Was?!«

»Dass ich mir das angesehen habe«, er wirkte sehr besorgt, »ist eine direkte Verletzung der Regeln.«

»Oje, es tut mir leid, dass ich Sie in diese Position gebracht habe!«, sagte Roebuck. »Wenn ich das gewusst hätte …«

»Ist schon in Ordnung«, erwiderte Siegel. »Was passiert ist, ist passiert.« Er schwieg kurz.

Roebuck verhielt sich still und wartete, was Siegel als Nächstes sagen würde.

»Was mir viel mehr Sorgen bereitet …« Siegel schien sich selbst zu unterbrechen.

»Fahren Sie fort.«

»Was mich beunruhigt, ist, dass, wer auch immer das entworfen hat, sehr, sehr gut ist.« Er verzog das Gesicht und rieb sich die Stirn. »Ich hätte das nicht sehen sollen.« Siegel sah Roebuck an. »Sir, ich würde das gerne meinem Team zeigen, glaube aber nicht, dass das klug wäre.«

»Da gebe ich Ihnen recht«, sagte Roebuck rasch. »Lassen Sie es uns erst einmal hier unter Verschluss halten.« Er stand auf und nahm den Umschlag vom Tisch. »Es tut mir leid, dass ich Sie damit belastet habe.«

Aber Siegel blieb sitzen.

»John?« Roebuck sah ihn an.

Siegel seufzte. »Welches Team auch immer das sein mag – und ich habe eine Theorie dazu –, ihre technische Bewertung wird extrem gut ausfallen.«

»Nun, ich erwarte, dass die Standards …«

»Es tut mir leid, aber das hat ernste Konsequenzen.«

»Für …?«

»Die Vereinigten Staaten. Für unser Angebot.«

»Wie denn das?« Roebuck nahm wieder Platz und sah Siegel gespannt an.

»Sir, Sie wissen ja, dass es bei dem Angebot zwei Teile gibt?«

Roebuck nickte. »Den technischen Teil und den finanziellen.«

»Ja. Und wenn wir diesen Entwurf technisch nicht schlagen können – was leider sehr wohl möglich ist –, haben wir, um die Ausschreibung gewinnen zu können, keine andere Option, als mit einem sehr niedrigen Gebot für den höher bewerteten finanziellen Teil anzutreten.«

»Ist denn dieser Entwurf wirklich so gut?« Roebuck wartete nicht auf die Antwort, sondern fuhr fort. »Und jetzt, wo Sie diese Kopien halt gesehen haben, könnten Sie da nicht Ihren eigenen technischen Vorschlag noch entsprechend anpassen?«

Siegel schüttelte den Kopf. »Unmöglich. Die Zeit reicht nicht mehr bis zum Abgabetermin. Es würde Monate dauern, unser Konzept in diesem Stadium zu ändern.« Er seufzte. »Wir hatten rund fünf Komma fünf Milliarden als unser Best-Case-Szenario festgelegt«, sagte er leise. »Wenn wir auf fünf oder gar vier Komma acht Milliarden runtergingen ...« Er stand auf, setzte sich aber gleich wieder. Dann schüttelte er den Kopf. »Nein, das wäre verrückt. Wir würden keinen Gewinn mehr machen. Wir würden eventuell sogar Verlust machen.«

Roebuck atmete langsam aus. »Okay. Was wäre denn eine gute Zahl? Was wäre unschlagbar?«

Siegel schüttelte den Kopf. »Ich weiß es nicht.« Er hielt kurz inne, um gleich darauf zu fragen: »Haben Sie irgendeine Idee, wer Ihnen diese Pläne geschickt haben könnte?«

»Nein!« Roebuck hob eine Hand. »Und wenn Sie vorschlagen wollten zu versuchen, durch die Botschaft an noch mehr Informationen zu gelangen, so muss ich klarstellen, dass ich mich da in keiner Form beteiligen kann.«

Siegel nickte. »Dann bleibt uns nur noch, ein niedrigeres Gebot abzugeben.«

»Wie viel niedriger?«

»Fünf Milliarden.«

»Fünf Milliarden?« Roebuck zog eine Augenbraue nach oben. »Was war noch mal Ihre ursprüngliche Summe?«

»Fünf Komma fünf. Aber für fünf Milliarden könnte es sich immer noch lohnen, sofern uns Washington finanziell unterstützt.«

Roebuck bewegte sich jetzt ganz langsam von John Siegel weg. Misstrauisch schüttelte er den Kopf. »Es tut mir leid, aber das ist leider keine Option, John. Sie kennen die Bedingungen der Ausschreibung. Das Einzige, was vielleicht möglich wäre, wäre eine Steuerentlastung ...«

»Sir, bei allem nötigen Respekt: Ich glaube nicht, dass Sie den Ernst der Lage erfassen.«

Roebuck drehte sich um. »Es tut mir leid, Dr Siegel, aber so ist es nun einmal. Sie wissen das. Die US-Regierung kann nicht ...«

»Nein.« Siegel stand wieder auf. Er zeigte auf Roebuck und blickte ihn starr an. Er sah aus, als wäre ihm heiß, und er war sichtlich nervös. »Nehmen Sie Kontakt mit Washington auf«, verlangte er. »Ich denke, Sie werden dann erfahren, dass diesem Projekt etwas mehr Gewicht beigemessen wird, als Sie es sich vorstellen.« Als Summers mit einem Tablett mit Kaffeetassen in der Tür erschien, fügte Siegel hinzu: »Lassen Sie es mich umgehend wissen, wenn Sie etwas hören.« Er stieß Summers beiseite und verschwand.

KAPITEL 18

Paco hockte auf der Armlehne des Sofas in seiner Hotelsuite. Zum dritten Mal warf er einen prüfenden Blick auf seine Uhr. Dann klingelte das Telefon.

»Francisco?«, tönte es aus der Leitung.

Paco sprang auf. »Ja, verdammt, wer sonst? Du hast dir Zeit gelassen.«

»Tut mir leid. Meine Arbeit am Kanal ist in letzter Zeit nicht weniger anstrengend geworden, das kannst du dir sicher denken.« Das Lachen seines Freundes war durch den Hörer zu hören.

»Bald ist Deadline und ich habe bisher von dir noch keine Zahlen erhalten.«

»Ich weiß, Francisco!«

»Nun, worauf wartest du dann?« Paco begann auf und ab zu laufen. »Finde einen Weg, um das Ganze zu beschleunigen.«

»Sobald ich die Information habe, lasse ich es dich wissen. Was ich dir schon sagen kann, ist, dass es so aussieht, als ob die Amerikaner ein sehr niedriges Gebot abgeben werden.«

»Ich brauche mehr als das.«

»Und du wirst mehr bekommen. Nur Geduld.« In

der Leitung herrschte kurz Stille. »Wie geht es deinem Team? Fühlen sie sich wohl in meinem Strandhaus auf Contadora?«

Paco lächelte. »Das sind die guten Nachrichten: Sie haben eine tolle Zeit dort. Und das Resultat ist um Meilen besser als alles, was wir uns erhofft hatten.«

»Großartig!«

»Sag mir: Wer ist deine Quelle für die Zahlen?«

»Es ist besser, wenn du das nicht weißt.«

»Na gut! Aber eine letzte Frage habe ich noch: Arbeitet dieser Typ für dich? Oder arbeitest du für ihn?«

»Woher willst du wissen, dass es ein Mann ist?!« Durch den Hörer war lautes Gelächter zu vernehmen. »Ah, Francisco. Ganz der alte Francisco. Will immer alles unter Kontrolle haben.«

Dann war die Leitung tot.

KAPITEL 19

ALS GEHEIM EINGESTUFT VON:
Roebuck, Botschafter;
GRUND: 1.4(B), (D)
9. April 2009

1. (C) Am Morgen des 9. April kam ein anonymer Umschlag, der an »Botschafter Roebuck, Botschafter der Vereinigten Staaten« adressiert war. Er enthielt einige Kopien von Konstruktionszeichnungen für ein Angebot für die Panamakanal-Expansion. Die Quelle dieser Informationen ist unbekannt, eine Untersuchung läuft.

2. (C) Der Botschafter beraumte umgehend ein Treffen mit dem Ingenieur John Siegel Jr (Vorsitzender des Siegel Ingenieurskonsortiums aus den USA) an, um die Dokumente verifizieren zu lassen. Siegel bestätigte, dass sie nicht dem amerikanischen Team gehörten, und äußerte die Vermutung, dass es sich um Pläne für die Erweiterung des Panamakanals handle, die von einem anderen Mitbewerber stammten. Er zeigte sich sehr besorgt, weil die Qualität dieses Angebots den technischen Teil des aktuellen Angebots der Siegel-Gruppe bei Weitem übertraf. Danach fragte er den Botschafter, ob er die Regierung um Unterstützung bitten könne. Der Botschafter sprach sich wegen der strengen Regeln der Angebotsabgabe dagegen aus.

KAPITEL 20

Amerikanische Botschaft, Clayton,
Panama

»Botschafter Roebuck, sind Sie wahnsinnig?«

»Frau Außenministerin.« Roebuck drehte seinen Stuhl so, dass er Rebecca Eisenhower, die amerikanische Außenministerin, im Videotelefonat grüßen konnte.

»Zunächst: John Siegel hätte diese Dokumente nie sehen dürfen!« Eisenhower blickte ernst drein.

»Das war ehrlich gesagt mein Fehler. Ich bin zwar kein Experte, aber ich hätte erkennen müssen, dass es sich um Pläne des aktuellen Kanalprojekts handelt.«

»Woher stammen die Papiere?«

»Wir sind uns nicht sicher.«

»Okay, dann lassen Sie mich direkt zum Punkt kommen: John Siegel denkt, nachdem er diese anonymen Pläne gesehen hat, dass Amerika aus dem Rennen ist. Wie kann das sein?«

»Wenn man diesen Dokumenten Glauben schenken darf – und John Siegel meint, sie seien echt –, dann hat dieses andere Ingenieursteam ein technisch wirklich starkes Konzept. Es ist zu spät für Siegels Team, den eigenen Entwurf entsprechend zu ändern.«

Eisenhower runzelte die Stirn. »Wie kann sich der Entwurf denn so sehr von den anderen unterscheiden?

Es gibt doch sicher nur begrenzte Umsetzungsmöglichkeiten, wenn wir uns die Gegebenheiten ansehen, mit denen wir es zu tun haben: großer Fluss, Feuchtgebiet, ein bereits existierender Kanal …«

»Wie gesagt bin ich nicht der Experte. Aber ich kann Ihnen versichern, dass Siegel sehr besorgt ist. Er glaubt, dass der einzige Weg für die USA, weiter konkurrenzfähig zu sein, der wäre, einen sehr niedrigen Preis anzusetzen. Sonst wäre das Risiko, den Zuschlag nicht zu erhalten, zu groß.«

»Nun, ich habe bereits mit dem Präsidenten und dem Chef des Generalstabs gesprochen, und wir sind uns einig, dass wir diese Situation nicht ignorieren dürfen. Besonders, wenn sich herausstellen sollte, dass diese Pläne Teil des chinesischen Angebots sind. Wir können dieses Risiko nicht eingehen.« Eisenhower schwieg kurz und lehnte sich in ihrem Stuhl nach vorne. »Ich bin mir sicher, dass Ihnen bewusst ist, dass der Einfluss der Chinesen auf den Welthandel bedrohliche Dimensionen angenommen hat.«

Roebuck nickte nüchtern.

»Wir glauben, dass uns ein amerikanisches Team bei der Erweiterung des Panamakanals ermöglichen wird, größeren Einfluss darauf zu haben, was in Zukunft mit dem Kanal geschieht. Oder zumindest einen gewissen Einfluss darauf nehmen zu können.«

»Was schlagen Sie also vor?«

»Zunächst einmal hat Siegel recht: Wir müssen ihn unterstützen, was die Finanzierung angeht.«

»Frau Außenministerin, ein Beitrag zur Finanzierung durch die Regierung ist nicht erlaubt«, betonte Roebuck.

»Das können wir umgehen. Steuererleichterung, Ratenzahlungen – wir können das ermöglichen. Ich werde die Räder hier in Bewegung setzen, während Sie mit Siegel sprechen und herausfinden, wie viel Hilfe benötigt wird.«

»Ja, Frau Außenministerin.«

Rebecca Eisenhower schürzte die Lippen und sank zurück in ihren Stuhl. »Wenn wir diese Ausschreibung nicht gewinnen, kann ich Ihnen schon jetzt sagen, dass es einige interessierte Parteien im Kongress geben wird, die alles, was wir in Zukunft einbringen, blockieren werden. Ich spreche da von Leuten aus unseren eigenen Reihen.« Sie lächelte ironisch. »Und ich habe keine Lust, die Auswirkungen irgendwelcher weltrekordverdächtigen Verschleppungsmanöver ausbaden zu müssen.«

»Natürlich nicht.« Roebuck unterließ es zu erwähnen, dass es ebendiese interessierten Parteien gewesen waren, die seine Wahl zum Botschafter besonders unterstützt hatten. Diese Parteien hatten sich von Anfang an den Torrijos-Carter-Verträgen widersetzt, die den Kanal und seine Einnahmen Ende 1999 wieder an Panama übergeben hatten.

»Halten Sie mich auf dem Laufenden. Schwarz auf weiß, Larry. Ich brauche Unterlagen.«

»Das werde ich, Frau Außenministerin. Bitte grüßen Sie den Präsidenten von mir.« Behutsam legte er den Hörer auf die Gabel. Dann drückte er den Knopf der Gegensprechanlage. »Summers! Holen Sie John Siegel zurück, so schnell Sie nur können.«

KAPITEL 21

Contadora, Perleninseln,
Bucht von Panama, Mai 2009

Max öffnete die Tür des Bungalows, in dem er wohnte, und sah Alex Wong auf seiner Türschwelle stehen. Ihr Gesicht glänzte vor Schweiß, ihr Haar war hochgebunden und sie hielt einen billigen Fächer aus Nylonspitze in der Hand, den sie vor ein paar Wochen von einem Besuch auf dem Festland mitgebracht hatte.

»Was ist denn mit deinem Gesicht passiert?«

Aber es war nicht nur ihr Gesicht. Es sah so aus, als wäre ihr kompletter Körper von kleinen roten Bissen übersät, einige davon waren entzündet und nässten, andere hatten bereits Krusten gebildet.

Max winkte sie herein.

»Aber um Himmels willen, zieh bitte endlich deine Schuhe aus«, flehte er sie an. »Mir wird ganz heiß und es juckt mich, wenn ich dich schon ansehe.«

Sie stand im Eingang unter dem Deckenventilator, wollte aber nicht weitergehen.

»Wenn es um Pacos unangekündigte Besuche geht, tut es mir leid«, sagte er. »Ich glaube nicht, dass er uns unter Druck setzen möchte. Ich denke, das ist einfach seine Art …«

»Das ist es nicht.« Alex sah hoch zur Zimmerdecke,

und als sie ausatmete, durchfuhr ein kurzer Schauer ihren Körper. »Wie soll ich weiterhin in dieser Umgebung leben und arbeiten?«

»Ist es zu luxuriös für dich?«, neckte er sie freundschaftlich. Er hoffte, ihr auf diese Weise ein Lächeln zu entlocken, aber einen Augenblick lang sah es gar so aus, als würde sie im nächsten Moment zu weinen beginnen.

»Nirgends habe ich meine Privatsphäre!«, platzte es aus ihr heraus. »Mein Zimmer geht zum Strand raus, und da sind dauernd ... Frauen, die praktisch nichts anhaben. Eine von ihnen kam sogar mal bei mir ins Zimmer und hat sich vor meinen Augen an meiner Handcreme bedient!«

Max bemerkte, dass Alex' früher hübsches Leinenkleid abgetragen aussah und ihre bewährten schwarzen Pumps nach wochenlangem Laufen im Sand abgenutzt und staubig waren. Zudem wirkte Alex, als hätte sie seit Tagen nicht geschlafen.

»Heute Morgen gab es nirgendwo Frühstück. Es ist nach elf Uhr! Das ist Mittagszeit, Max. Ich weiß nicht, wo ich auf dieser verdammten Insel selber etwas zu essen kaufen kann, und ich schaffe es nicht, die verdammten, blöden Buggys zum Laufen zu bringen. Ich habe dann zu Fuß nach einem Laden gesucht, aber ich wurde von so vielen von diesen verdammten Sandfliegen-Mücken-Dingern gestochen ...«

»Hallo, Alex«, unterbrach Max sie. »Es ist okay.«

»Nein, es ist eben nicht okay.« Tränen rollten ihr jetzt übers Gesicht. »Letzte Nacht wurde ich fast bis zum Morgengrauen von dem Lärm von *noch irgendeiner* Party wachgehalten. Und außerdem bin ich laktoseintolerant.«

Sie schluchzte kurz auf. »Es gibt hier keine Sojamilch für mein Müsli.«

»Oh, Alex, warum hast du das nicht früher gesagt? Ich werde ihnen sagen, dass sie dir welche besorgen sollen.«

Sie wischte sich über die Augen. »Das ist es nicht. Ich kann ohne Müsli leben.«

Max legte seinen Arm um ihre Schultern. »Aber …? Sag mir, was ich tun kann.«

»Max, das ist die Chance meines Lebens, was meine Karriere angeht, daher versteh mich nicht falsch, ich weiß das. Aber …« Sie schluckte. »Ich lebe hier mit … mit *Prostituierten*.« Sie rang die Hände. »Ich bin eine prämierte Wissenschaftlerin! Wenn meine Eltern wüssten, dass ich hier mit diesen …« Sie atmete tief und zitternd ein. »Ich könnte ihnen das *nie und nimmer* erzählen. Sie würden sich so sehr für mich schämen.« Sie schluchzte abermals.

»Oh, Alex, es tut mir so leid.« Max schwieg kurz, um das Gesagte zu verdauen. »Okay. Ich werde alles in die Wege leiten, damit du dein Zimmer mit jemandem tauschen kannst. Außerdem besorgen wir dir einen Kühlschrank. Und morgen früh organisieren wir uns erst einmal einen fahrbaren Untersatz, okay? Wir werden das schaffen, wie wir es immer geschafft haben – gemeinsam.«

Alex hatte die Lippen zusammengepresst, aber ihre Unterlippe bebte. »Ich weiß nicht, ob ich das kann«, sagte sie. »Ich bin so müde. Ich schlafe noch weniger als zu der Zeit, als Lucy gerade geboren war.« Ihre Stimme brach. »Ich vermisse sie so sehr.«

Max bemühte sich, nicht besorgt zu wirken, aber er

war es. Alex sprach selten über ihre Tochter und nie über ihre Eltern. Unter normalen Umständen verteidigte sie ihr Privatleben mit Zähnen und Klauen. Aber er musste zugeben, dass die Umstände hier alles andere als normal waren. Besonders, wenn man sich Alex' übliches, geordnetes Leben ansah.

»Nur noch ein paar Tage«, sagte er sanft. »Godfredo ist ein guter Kerl. Er weiß, was er tut. Auch wenn es hier manchmal wie das reine Chaos aussieht.«

»Max, das ist das Problem: Ich glaube nicht, dass er ein *guter Kerl* ist. Du hast ihn vielleicht als Teenager gekannt, aber ...« Sie brach ab und schüttelte den Kopf. Dann wischte sie sich eine Träne vom Kinn. »Er mag mich nicht, das hat er deutlich gemacht.«

»Ist irgendwas passiert, was ich wissen sollte?«

»Nein, nein, es ist nur ... alles zusammen. Er kommt selten zu unseren Teammeetings. Er fängt nicht vor Mittag mit dem Arbeiten an. Seine Arbeitsmoral ist ... wirklich grässlich. Ich vertraue ihm nicht.«

Max runzelte die Stirn und drehte sich zum Strand um. Lag er wirklich falsch mit der Einschätzung seines alten Freundes?

Er wandte sich wieder Alex zu. »Ich verstehe, was du meinst, Alex. Du und ich, wir sind daran gewöhnt, zusammenzuarbeiten. Aber in Wirklichkeit leben wir in unserer kleinen akademischen Welt und vergessen gerne, dass nicht jeder so vorgeht wie wir.« Er hielt inne. »Möchtest du, dass ich mit ihm spreche?«

»Menschen ändern sich nicht, nur weil jemand anderes das will. Wenn ich irgendetwas hätte tun können, hätte ich es schon längst getan. Aber ich kann nicht ...« Sie schwankte kurz, ihre Stimme brach erneut. »Ich kann mit diesem Grad an Unvorhersehbarkeit nicht mehr umgehen. Ich bin es so leid!« Wieder begannen die Tränen zu fließen.

Max ging zu ihr und legte seinen Arm an ihren Rücken. »Kopf hoch! Du schaffst das!« Er konnte die Anspannung in ihrem schlanken Körper spüren. »Wir schaffen das. Wir sind so nah an der Ziellinie.« Er hielt kurz inne. »Es wäre furchtbar, wenn du jetzt gehen würdest.«

Sie schniefte und wischte sich mit ihrem Handrücken über die Nase.

Max machte einen Schritt zurück und sah sie an. »Wir brauchen in dieser Phase jeden Einzelnen, damit wir rechtzeitig abgeben können. Daher halte bitte durch, Alex. Ich wäre dir wirklich dankbar.«

Nach einer Weile sagte sie: »Ich gebe dem Ganzen noch ein paar Tage. Aber nur deinetwegen.« Sie wischte sich wieder über die Nase. »Wenn es hier jedoch nicht besser wird, gehe ich.«

Max ging durch den Raum und sah hinaus auf den Pazifik. Da kam ihm in den Sinn, was Alan wohl von diesem grandiosen Ausblick halten würde. Mit einem Seufzer konzentrierte er sich wieder auf das aktuelle Problem. Viele von Alex' Argumenten konnte er gut verstehen. Sie waren der Gnade von Godfredo ausgeliefert, und doch hatte der das komplette Set-up hier auf Contadora selber organisiert, zudem war er immer sehr großzügig. Es wurde auch auf Details geachtet wie gute Weine und spannende lokale Delikatessen, die jeden Tag zusätzlich zu den klar festgelegten Standards aufgetischt wurden. Und vielleicht war es auch nur ein gut gemeinter Scherz, aber es gab immer frisches, geschnittenes Weißbrot und eine Dose Bohnen in der Vorratskammer auf einem Regal-

brett, an dem ein Schild mit der Aufschrift »Max«
hing.

Er ging nicht damit konform, dass Godfredo so nach-
lässig war, wie Alex ihn darstellte. Er hatte beobachtet,
dass sein Freund sogar ziemlich zuverlässig war, man
musste eben einfach ein bisschen genauer und länger
hinschauen, um es zu sehen. Er war zudem intelligent
genug, um zu wissen, dass man auf einer Insel ohne Bars
oder Restaurants nur zwei Sachen machen konnte, nämlich entspannen ... und arbeiten.

Und in der Tat, sie hatten oft bis tief in die Nacht durch-
gearbeitet, waren fokussiert und hatten etwas geschaffen,
auf das sie alle stolz sein konnten. Jetzt befanden sie sich
auf der Zielgeraden. In nur zwei Wochen würden sie ihr
Angebot abgeben. Er hoffte sehr, dass Alex es bis dahin
aushielt.

KAPITEL 22

Larry Roebuck liebte es, außerhalb der Botschaft Mittag zu essen. Besonders, wenn er das im American Trade Hotel in Panamas Altstadt tun konnte.

Das Hotel gab es schon seit den Anfängen des Panama-kanals und es war erst vor Kurzem renoviert und neu eröffnet worden. Die luxuriöse Ausstattung spiegelte das Erbe der 1920er Jahre wider. Und das großartige Gebäude war nun befreit von dem schweren, herunterhängenden Gewirr schwarzer Telefon- und Stromkabel, welche über die letzten Jahrzehnte von den neuen Bewohnern oft illegal gelegt worden waren. Die Altstadt war fast zwei Jahre lang eine Baustelle gewesen, als die Straßen auf-gegraben worden waren, damit die neuen Kabel unter-irdisch verlegt werden konnten. Aber der Effekt, davon war Roebuck überzeugt, war den Aufwand wert. Es war auch sicherer, diese hässlichen und gefährlichen Knäuel aus dem öffentlichen Sichtfeld und dem Zugriff von Kin-dern unter die Erde zu verbannen.

Als Roebuck an diesem Tag zum Hoteleingang ging, winkte er einem Einheimischen zu, der sich häufig vor dem Hotel aufhielt. Die Gerüchte besagten, dass der Mann ein Ex-Gang-Mitglied war, aus der Zeit, bevor die

Gegend hier aufgeräumt wurde und sicher geworden war.

Ja, ein Gebäude wie dieses Hotel mit seiner außergewöhnlichen Geschichte war auf jeden Fall etwas Besonderes. Es zog die Menschen in seinen Bann, die wussten, dass die Vergangenheit der Schlüssel zur Zukunft war. Larry Roebuck war stolz, einer dieser Menschen zu sein.

»Herzlich willkommen, Herr Botschafter!« Der Pförtner grüßte ihn freudig und ein Schwall kühler Luft kam ihm entgegen, als er in das Foyer trat.

Er wurde zu seinem üblichen Tisch neben einer Palme mit großen Blättern geführt. Nachdem er Platz genommen hatte, ließ er seinen Blick durch den Raum wandern, wobei er darauf achtete, dass er herzlich lächelte und die Leute, die vorbeigingen, grüßte. Das Großartige daran, wenn man allein aß – und das in Reichweite mehrerer ausländischer Botschaften und des Präsidentenpalasts von Panama –, war, dass man nie wusste, wer vorbeikommen und sich zu einem setzen würde.

Auf die heutige Begegnung allerdings war er nicht vorbereitet.

»Herr Botschafter.« Es war John Siegel Junior. Er hielt eine Aktentasche in der Hand und sah aus, als wäre er gerade auf dem Weg nach draußen.

»John! Wie schön, Sie zu sehen!« Roebuck stand auf und lächelte charmant. »Ich hatte mich schon auf unser Treffen heute Nachmittag gefreut.«

»Ja. Aber da ich nun mal hier bin …«

Allerdings hatte Roebuck keine Lust, am Mittagstisch über Geschäfte zu sprechen. »Lassen Sie uns das doch bitte am Nachmittag besprechen.« Er hielt ihm die Hand hin.

Siegel rührte sich nicht.

»In Ordnung. Dann erzählen Sie es mir jetzt. Warum auch nicht? So sparen wir uns das Treffen am Nachmittag.«

Siegels Gesicht war wie immer vollkommen ausdruckslos.

Roebuck bewunderte den Tunnelblick dieses Mannes, seinen Fokus auf Information und Effizienz. Und er wusste, wann er gegen eine Wand lief. »Nun gut«, sagte er. »Nehmen Sie Platz.«

Siegel setzte sich auf den Rand des freien Stuhls.

Roebuck senkte seine Stimme. »Ich wurde beauftragt, Sie darüber zu informieren, dass Sie die finanzielle Unterstützung bekommen werden, die Sie brauchen.«

»Was?« Siegels Gesichtsausdruck verzerrte sich.

Roebuck ging davon aus, dass es sich um ein ekstatisches Lächeln handelte. »Sie hatten doch sicher in den letzten Tagen Zeit, darüber nachzudenken«, fuhr er fort. »Also, was meinen Sie? Welchen Preis wollen Sie anbieten, um bei der Ausschreibung gewinnen zu können?«

Siegel war inzwischen rot angelaufen. »Ja, nun«, legte er los. »Wir sind mit unseren Zahlen im Moment sicher zu teuer. Ich muss sagen, ich bin …«

»Nun?«, unterbrach ihn Roebuck, der sich für einen Moment freute, Siegel aus der Fassung gebracht zu haben.

»Vier Milliarden.«

»Wie bitte? Haben Sie *vier* Milliarden gesagt?« Plötzlich war Roebuck dankbar für die allgemeinen Hintergrundgeräusche. Das war eine Unterhaltung, die man nicht in der Öffentlichkeit führen sollte. Er flüsterte mit vorgehaltener Hand. »Sind Sie sich sicher?«

Siegel nickte. »Mein Finanzchef und ich sind uns einig, dass wir ohne Unterstützung auf fünf Milliarden runtergehen können und wir vielleicht mit Glück dabei sind. Aber wenn die Regierung eine Unterstützung von einer Milliarde einbringen könnte, wären wir mit vier sicher dabei.«

»Das sind mehr als zwei Milliarden weniger als die ursprüngliche Summe. Das ist ein riesiger Einschnitt.«

»Sir, Sie haben mich gefragt, was wir brauchen würden, um den Zuschlag zu erhalten, und ich habe es Ihnen gesagt.«

Roebuck bemerkte, dass Siegel unruhig wurde, und rutschte in seinem Sessel hin und her. »John, ich muss sagen, ich fühle mich damit nicht wohl.«

»Natürlich nicht. Sie sind Botschafter und kein Unternehmer.«

Roebuck ignorierte den Ton und insistierte: »Es war schon ein großes Risiko, die Sache bis nach Washington zu tragen, aber wenn Sie es forcieren …« Er atmete aus und sah sich abermals im Restaurant um. »Es könnte so aussehen, als ob Sie vom guten Willen der Regierung profitieren wollen.«

Siegel runzelte die Stirn. »Wie schon gesagt: Wir haben eine Einschätzung vorgenommen. Und unter den gegebenen Bedingungen glauben wir, dass wir damit richtigliegen.« Er stand auf und umklammerte seine Aktentasche.

»Und was, wenn ein anderes Konsortium ein noch niedrigeres Angebot macht?«, fragte Roebuck.

Überraschenderweise lachte Siegel kurz auf. »Werden sie nicht. Niemand mit Verstand würde jemals ein niedrigeres Angebot als das abgeben.« Jetzt wieder ganz ernst, nickte er Roebuck zu. »Ich habe Ihnen gesagt, dass die Regierung die Zusammenhänge sehen würde.«

Roebuck spürte, wie sich Widerspruch in ihm regte, aber er hielt sich zurück. »Haben Sie. Und vielen Dank, dass Sie mich darauf aufmerksam gemacht haben. Ich gehe davon aus, dass wir heute Nachmittag kein Treffen mehr benötigen?«

Siegel schüttelte den Kopf. »Ich weiß jetzt, was ich wissen muss.«

»Sehr gut«, sagte Roebuck, als Siegel aufstand. »Und, John … Ich möchte nur darauf hinweisen, dass Sie bitte dafür Sorge tragen, dass Ihr Angebot und Ihre Dokumentation sicher unter Verschluss gehalten werden. Wie wir wissen, kann man niemandem trauen.«

Siegel nickte kurz und ging direkt auf den Haupteingang zu. Durch die riesigen, bodentiefen Fenster konnte Roebuck ihn vor dem Hotel in seinen Wagen steigen sehen.

Roebuck atmete schwer aus und wandte sich ab. Sein Blick fiel auf ein Muster an der Wand direkt vor ihm über der Bar. Es zeigte eine lange, aquamarinblaue Wasserlinie und ein Transportschiff im Art-déco-Stil, das auf ihr entlangfuhr. Zum ersten Mal seit vielen Monaten spürte er ein quälendes Unwohlsein und er fragte sich, ob er nicht einen größeren Happen genommen hatte, als er vertragen konnte. Er schob den Gedanken beiseite. Wenn Siegel auch sonst keine überragenden Qualitäten mitbrachte, auf jeden Fall kannte er sein Geschäft, und das musste man ihm zugutehalten. Der richtige Mann für den Job, ohne jeden Zweifel.

KAPITEL 23

Obarrio, Panama-Stadt,
Panama

Godfredo wartete ungeduldig, bis Sofia fertig war.

Er hob seinen Blick und beobachtete, wie sich der hölzerne Deckenventilator langsam drehte. Genauso langsam zählte er bis zehn.

Endlich, Sofia schluckte. Sie lehnte sich mit einem langen Seufzer zurück.

»Und?« Godfredo haute auf den Tisch, sodass das Besteck einen Satz machte. »Ich warte jetzt schon lange genug.«

»Wo soll ich anfangen?«

»Du könntest mir als Erstes erzählen, wer bieten wird.«

»Okay, die Deutschen und die Japaner haben ein Team vor Ort.«

»Also sind die auf jeden Fall dabei?

Sie nickte und nahm noch einen Löffel Erdbeermousse.

»Und die Chinesen?«

Ihre normalerweise glatte Stirn war jetzt gerunzelt. »Bis jetzt absolut nichts. Baby, ich denke, die werden gar nicht bieten. Außer sie arbeiten weit weg oder irgendwo in einem Geheimversteck.«

»Wie meinst du das? Natürlich bieten sie.«

Sofia zuckte mit den Achseln. »Panama-Stadt ist eine kleine Stadt. Ich hätte es erfahren, wenn sie hier wären, da bin ich mir ganz sicher.«

Godfredo sah sie genervt an. »Okay. Wie auch immer«, sagte er, aber er glaubte nicht, was sie sagte. Um keinen Preis der Welt würden die Chinesen sich das nehmen lassen. Vor allem, weil sie schon die atlantischen und die pazifischen Häfen auf beiden Seiten des Kanals unter Kontrolle hatten. »Also, was hast du noch herausgefunden?«, fragte er.

»Ich habe mich mit einem Amerikaner getroffen. Er war nett. Ich mochte ihn. Er hat mich an einen meiner Onkel aus Kolumbien erinnert.«

»Tatsächlich? Los, Sofia, weiter!« Godfredo war kurz vorm Explodieren. Die Frau erzählte noch langsamer, als sie lief.

»Wir sind in eine Bar gegangen und haben geredet.« Sofia beugte sich nach vorne, stützte ihre Ellbogen auf die weiße Tischdecke und sah sehnsuchtsvoll in ihre leere Dessertschale.

»Ihr habt geredet?«, fragte Godfredo. »Das ist alles? Du musstest ihn nicht – du weißt schon – mit Fesseln und einer Peitsche verführen? Um Mitternacht mit einer Taschenlampe in sein Zimmer einbrechen?«

Ungerührt sah sie ihn an. »Nein, das musste ich nicht.« Sie lehnte sich zurück.

»Okay. Hat er dir die Zahlen genannt?« Er bemühte sich nicht, leise zu sprechen. Sie waren die letzten beiden Kunden zur Mittagszeit in einem normalerweise gut besuchten Restaurant in der Innenstadt, nur ein paar Blocks von seinem Hotel entfernt.

»Vier Milliarden.«

»*Vier* Milliarden?« Er brach in Gelächter aus. »Sofia, bitte! Meinst du, das alles ist ein Scherz?«

Sie neigte ihren Kopf zur Seite. »Godfredo, das ist der Preis.«

»Nein, das kann nicht sein.« Godfredo pfiff durch die Zähne und lehnte sich in seinem Rohrstuhl zurück.

»Die Zahlen, die wir kalkuliert haben, sind schon verdammt niedrig. Aber *vier* Milliarden? Das wäre Wahnsinn!« Er begann wieder zu lachen und sah Sofia an. »Vielleicht solltest du weniger reden und mehr bumsen. Ich glaube, da hat dich jemand auf den Arm genommen.«

»Das glaube ich nicht.« Sofias Gesichtsausdruck blieb freundlich, auch wenn Godfredo das Flackern in ihren Augen sehen konnte.

»Dann sag mal: Wer ist dieser geheimnisvolle Kunde?«

»Mein Geschäft beruht auf Vertrauen. Das weißt du.«

»Was soll's.« Godfredo hatte genug für heute. Er legte einen Geldschein zur Rechnung und wandte sich Sofia zu, nachdem der Kellner gegangen war. »Ich hoffe, dein kleines Gespräch war wenigstens diskret. Ich möchte nicht, dass die Amerikaner Verdacht schöpfen. Auch wenn sie dir einfach nur einen Haufen Mist erzählt haben.«

»Natürlich, Baby.«

Godfredo stand auf und sah sie von der Seite an. Er schüttelte den Kopf. »Extrafähigkeiten sollen das sein – so ein Blödsinn! Hol deine Tasche. Wir fahren zurück nach Contadora. Ich möchte nicht, dass du die Straßen von Panama unsicher machst. Zumindest nicht, bis unser Angebot unterzeichnet und eingereicht ist.«

Er sah zu, wie sie nach ihrer Jacke und der zu ihren Schuhen passenden Handtasche griff.

»Vier Milliarden!« Er lachte abermals und half ihr in die Jacke. »Wenn wir weniger als viereinhalb Milliarden bieten, geht all mein Gewinn flöten. Jeder einzelne verdammte Penny.« Er zog sie zu sich heran, sodass ihre Handtasche zwischen ihnen zerdrückt wurde, und küsste ihren Nacken. »Das würden wir doch nicht wollen, oder?«

»Nein, Baby.«

Godfredo klatschte Sofia auf den Hintern und sie ging zum Haupteingang, wo ihr Fahrer am Auto wartete.

»Bring sie zur Fähre«, wies er Fuentes an. Im selben Moment begann sein Handy zu läuten.

Sofia schaute ihn verdutzt an. »Kommst du nicht mit?«

Godfredo schüttelte den Kopf, während er das Handy aus seiner Tasche zog. »Ich habe noch ein paar wichtige Verabredungen. In ein paar Tagen bin ich da.« Er winkte ihr kurz zu und nahm schließlich den Anruf entgegen. Es war Paco.

»Paps, ich bin unterwegs …«

»Hast du die Nachrichten gesehen?«

»Nein, was ist passiert?« Godfredo ging mit raschen Schritten die Straße hoch.

»Die Chinesen bieten nicht für die Kanalerweiterung!«

»Was?« Godfredo blieb stehen.

»Die Chinesen geben kein Gebot ab! Fredo, das sind verdammt noch mal die besten Neuigkeiten, die ich in diesem Jahr gehörte habe.«

Augenblicklich sah sich Godfredo um und ließ seinen

Blick durch die Straße wandern. Der Wagen mit Sofia war gerade eben um die Kurve verschwunden. »Heilige Scheiße. Sie hatte recht«, murmelte er.

»Wer hatte recht?«

»Nicht wichtig. Ich bin in ein paar Minuten bei dir.« Godfredo unterbrach die Verbindung und eilte die Straße hinauf zum Hotel.

KAPITEL 24

Contadora, Perleninseln,
Bucht von Panama, Juni 2009

»Wo, zum Teufel, ist Godfredo?«

Max stellte weitere Dokumente auf die Boxen in dem ersten der vier Golfwagen und fuhr sich mit der Hand durch das Haar. Er hatte nicht geduscht. Aber er hatte auch nicht geschlafen. In vierundzwanzig Stunden mussten sie ihr Gebot abgeben. Sie waren zusammen mit all den anderen konkurrierenden Konsortien in die Nationalbank von Panama, die *Banco Nacional*, eingeladen worden, um vor Ort die technische Dokumentation zu übergeben.

»Überrascht es dich wirklich, dass er uns nicht hilft?« Alex schwankte unter dem Gewicht zweier Boxen. »Vielleicht hat es ihm endlich gedämmert, dass er besser ein Bordell führen sollte, und ist deshalb auf dem Festland geblieben und …«

»Wirklich?!« Max unterbrach sie verärgert. Er war hinübergerannt, um ihr zu helfen, aber jetzt stand er vor ihr und sah sie nur an. Der Drang, ihr zur Hand zu gehen, hatte sich in Luft aufgelöst. »Alex, bitte. Wir sind alle müde. Und diese negative Einstellung hilft niemandem.«

Alex funkelte ihn an. »Wie auch immer. Kannst du

eine von den Boxen nehmen?! Ich muss los. Das Flugzeug startet in fünfzehn Minuten.«

Max nahm ihr beide Boxen ab und stellte sie in den zweiten Golfwagen. Als er sich umdrehte, beugte sich Alex nach vorne und hielt sich die Waden. Sie waren immer noch über und über mit zum Teil entzündeten und nässenden Sandmückenstichen bedeckt.

»Aua!« Sie richtete sich auf und lief einen engen Kreis. »Verdammte Sandmücken! Die machen mich wahnsinnig!«

Eine Gruppe Männer – die Fahrer der Golfwagen – kam auf sie zu und Max überprüfte noch mal die Boxen, um sicherzugehen, dass sie richtig festgemacht waren. Er mochte sich nicht vorstellen, wie das Ergebnis monatelanger Arbeit von einem Golfwagen fiel und aufs Meer hinaus geweht würde.

»Sie können sie jetzt wegbringen!«, rief Max den Männern zu. »*Gracias!*« Er drehte sich zu Alex um und umarmte sie fest. »Du hast hier fantastische Arbeit geleistet.«

Sie nickte. »Es tut mir leid, dass ich nicht bis zur Übergabe bleiben kann.«

Max schüttelte den Kopf. »Das kann ich verstehen. Du hast bis zum Schluss durchgehalten, und dafür bin ich dir unendlich dankbar. Ruf mich bitte an, wenn du zu Hause angekommen bist.«

Sie nickte. »Natürlich.«

Die Männer hatten die Golfwagen bereits gestartet. Die ersten drei warteten schon auf dem Weg zur Straße, die zu der winzigen Landebahn der Insel führte. Der Fahrer des verbliebenen Wagens hatte Alex' Koffer genommen und schob ihn zwischen die Boxen, die sich in dem Wagen befanden.

»Hey! Vorsichtig!« Alex sprang auf das winzige Gefährt zu. Sie wollte sich persönlich versichern, dass alles gut verladen war. Dann drehte sie sich noch einmal zu Max um und winkte. »Die Daumen sind gedrückt!«

Max sah ihr hinterher, als der letzte Golfwagen losfuhr. »Warte!«, rief eine Stimme hinter ihm. »Alex! Ich habe noch etwas für dich!« Er drehte sich um und sah, wie Sofia auf die fahrende Karawane zueilte. Sie trug einen langen, grünen Rock und hielt etwas über ihrem Kopf in der Hand.

Der Wagen wurde langsamer, Alex sprang heraus und blickte fragend drein. »Hallo Sofia, habe ich etwas vergessen?«

»Das ist für dich.« Außer Atem ging Sofia auf Alex zu. »Ich hoffe, das hilft dir gegen die Schmerzen.« Sie drückte ihr ein kleines Päckchen in die Hand.

»Ich … oh … das ist sehr nett von dir.« Alex warf einen Blick auf das Päckchen. Dann ließ sie es in ihre Handtasche gleiten.

»Hab eine gute Heimreise!« Sofia gab dem Fahrer ein Zeichen und schaute dabei zu, wie die Wagen wieder losfuhren.

Max sah Sofia erstaunt an. »Ich wusste gar nicht, dass du mit Alexandra Wong befreundet bist.«

Sofia schüttelte den Kopf und kam auf ihn zu. »Bin ich nicht. Aber ich dachte, sie könnte etwas Salbe gebrauchen. Gegen ihre *Chitra*-Stiche«, sagte sie. Sie neigte den Kopf zur Seite. »Du siehst fürchterlich aus.«

»Das kann ich mir vorstellen.« Max lachte auf.

Als sie zurück zur Villa gingen, spürte Max, wie Sofia ihn musterte.

Sie lächelte. »Du bist ein wirklich netter Typ, Max.«

»Das ist lieb von dir, Sofia …«

»Ja, aber ich bin mir nicht sicher, ob du auf Frauen stehst.«

Max lachte wieder. »Natürlich tue ich das!«

Sie antwortete mit einem kurzen »Hm«.

»Was?« Er sah sie an. Er hatte keine Ahnung, was los war.

»Ich bin nicht beleidigt«, sagte sie. »Ich finde sogar, das ist süß.«

»Was?«

»Na, du siehst mich nicht an, wie die anderen Männer auf der Insel es tun.«

»Stimmt. Ich verstehe.« Max musste schmunzeln. »Doch, Sofia, ich stehe definitiv auf Frauen.«

»Soll ich eine meiner Freundinnen bitten zu kommen? Du bist heute Nacht in der Stadt im *Casco Viejo*, richtig? Vielleicht willst du eine Massage …?«

Max lachte laut auf und schüttelte den Kopf. »Mach dir keine Sorgen, Sofia. Mir geht es gut.« Er grinste. »Wirklich. Alles in Ordnung.«

KAPITEL 25

Mensch, Godfredo! Wo bist du nur? Max blickte über die Menschenmenge, die sich vor Panamas *Banco Nacional* versammelt hatte, hinweg. Er hatte sein Handy am Ohr. Alex war in der Leitung, sie rief aus London an.

»Bisher noch keine Spur von ihm«, sagte er.

»Warum bin ich nicht überrascht?«

Max ignorierte ihren Tonfall und reckte sich, um den Haupteingang besser sehen zu können.

Ein großer Bildschirm und verschiedene Lautsprecher waren auf dem Platz vor dem Gebäude aufgebaut worden. Über dem Glockenturm und der Kuppel im spanischen Stil kreisten Möwen. Der Himmel war bewölkt und es sah nach einem der üblichen nassen Stürme aus, die von der See her aufzogen.

Drinnen, wo er stand, scharten sich die Reporter und Fotografen um ein Podium. Stuhlreihen waren in der Mitte des großen, vornehmen Eingangsbereichs aufgebaut und die Teammitglieder der konkurrierenden Konsortien bahnten sich nach und nach ihren Weg zu den Stühlen.

Max wusste, dass er während der nächsten Minuten auf einem dieser Stühle sitzen musste – mit oder ohne

Paco und Godfredo, denn jetzt war es so weit. Der Tag des Abgabetermins war gekommen. Der Tag, an dem alle Teams ihre Boxen mit der technischen Dokumentation übergeben sollten und ihre Angebote in offiziellen, creme-farbenen Umschlägen in den Hochsicherheits-Tresorraum der *Banco Nacional* von Panama eingelagert würden. Die Angebote würde man für mehrere Wochen unter Verschluss halten, während die technischen Daten geprüft und bewertet wurden.

Max war als einziges führendes Mitglied des britischen Konsortiums vor Ort, obwohl sie vereinbart hatten, dass Paco und Godfredo den offiziellen Umschlag mit ihrem Preisangebot persönlich bringen würden.

Er sah ein weiteres Mal auf seine Uhr, als der Direktor der *Banco Nacional* mit dem Vorsitzenden des Verwaltungs-rats des Panamakanals, José Gonzáles, ankam. Sie blieben nebeneinander stehen und überprüften drei Reihen von Transportwagen, auf denen jeweils fünfzig und mehr Boxen voller Blaupausen, Pläne und Berichte standen. Dann verifizierten sie die digitale Version der Unterlagen aller Teams. Die Papiere und die Kopien wurden nur zur Absicherung eingereicht, damit sich niemand an den eigenen oder an fremden Unterlagen zu schaffen machen konnte.

»Immer noch keine Nachrichten?«, fragte Alex durchs Telefon.

Max spähte die Straße hinunter. »Sie werden kommen.«

»Das glaubst nur du«, spottete sie. »Du meine Güte, ich kann dir gar nicht sagen, wie froh ich bin, zurück zu sein …«

»Warte! Ich sehe Godfredo! Ich muss los, Alex. Wir telefonieren später.« Max legte auf und behielt den Wagen seines Freundes im Blick, während dieser auf den Platz einbog.

Als Godfredo vor der Bank ausgestiegen war ging ein junger Mann auf ihn zu und sagte etwas zu ihm. Godfredo hielt an, lachte und klopfte dem Mann auf die Schulter.

»Bitte lauf weiter, Fredo!« Max verließ die Bank, lief auf die Straße und eilte zu seinem Freund. Als er näher kam, erkannte er den Mann bei Godfredo. Es war Eduardo, der Concierge, der ihn vor so vielen Monaten am Flughafen in Empfang genommen hatte.

Paco kam hinter dem nun geparkten Auto hervor, nickte Max kurz zu und ging direkt auf den Haupteingang der Bank zu.

Godfredo hörte auf zu plaudern und winkte. »Hallo, Max!«

»Los, komm jetzt!«

»Eine Minute noch, *Hermano*, ich habe Eduardo seit Wochen nicht gesehen! Du kennst Eduardo doch, richtig?«

»Fredo, wo zum Teufel warst du? Die verdammte Feier fängt gleich an …«

»Entspann dich. Wir waren bei der falschen Filiale der Bank. Aber jetzt sind wir ja da.« Godfredo setzte sich in Bewegung und folgte seinem Vater zum Haupteingang. »Kommst du oder was?«

»Die falsche …? *Was soll das*, Godfredo. Die Nationalbank hat gar keine Filialen.« Max reckte die Hände in den Himmel. Dann sprintete er los, um Godfredo einzuholen. Eduardo lief gut gelaunt nebenher.

Als sie den Eingang erreicht hatten, zückte Godfredo seinen Ausweis, drehte sich zu Eduardo um und verabschiedete sich rasch auf Spanisch. Eduardo winkte freudig zurück. Kurz darauf war er bereits in der Menge verschwunden.

An der Sicherheitskontrolle wurden sie durchgewunken.

»Hast du den Umschlag?«, fragte Max.

»Paps hat ihn, keine Sorge.« Rasch ließ Godfredo seinen Blick durch den Raum wandern. »Eduardo hat mir von einem verrückten Gauner erzählt, der soeben aus dem Gefängnis entlassen wurde. Er hat im zweiten Stock dieses großen Hotels um die Ecke gewohnt, das American Trade Hotel, als das noch ein Bandenviertel war. Er hat gesagt, der Typ sei einmal aus einem Fenster im zweiten Stock gesprungen, weil in seinem Zimmer auf ihn geschossen wurde …« Er deutete nach vorne. »Paps hat uns dort drüben Plätze reserviert.« Zu Max gewandt sagte er: »Der Gauner hat sich schlimm verletzt und kann jetzt die eine Körperhälfte nicht mehr bewegen.«

Godfredo hinkte ein paar Schritte, als wolle er Max zeigen, was er meinte. »Und sein Schädelknochen bewegt sich immer noch, wenn man hier drückt.« Er presste einen Finger gegen seine Stirn. »Verrückte Geschichte, nicht?«

Max' Mund stand offen. »Und das erzählst du mir … *warum*?«

»Weil ich solchen Scheiß mag. Du solltest mir dankbar sein, dass ich dein kleines, langweiliges Akademikerleben aufregender mache.« Er bahnte sich seinen Weg zu den freien Sitzen.

Max folgte ihm.

Als sie Platz nahmen, rief Godfredo: »Wow, jede

Menge Leute hier! Wo ist Alex? Ich habe schon darauf gewartet, dass sie mir sagt, wie spät ich wieder dran bin.«

»Sie ist weg.«

»Weg wie in ›Sie ist gegangen, damit wir ein schlechtes Gewissen haben, weil wir spät dran sind‹?«

»Nein. Weg wie in ›nach Hause geflogen‹. Zurück nach England. Gestern.«

»Wie bitte?« Godfredo hielt inne. »Wow. Sie ist wirklich weg?« Offenbar erwartete er keine Antwort auf seine Frage.

»Sie hat ein kleines Kind zu Hause.«

»Was?!«

»Ja. Wie du weißt, gibt sie nicht viel von ihrem Privatleben preis.«

Godfredo blickte ihn ungläubig an. »Es hat sie also tatsächlich jemand flachgelegt?« Er warf seinen Kopf in den Nacken und lachte. »Na ja, das erklärt zumindest, warum ich nicht mehr jeden Morgen zwanzig Mails bekomme, in denen sie sich über die kaputte Klimaanlage und das schreckliche Essen beschwert. Wusstest du, dass *Hojaldras* absolut keinen Nährwert haben? Das ist im Grunde nur frittierter Teig, der mit Puderzucker bestäubt wird. Und weißt du, wer das auch weiß? Wong. Sie hat eine wissenschaftliche Abhandlung dazu geschrieben und sie mir auf den Schreibtisch gelegt.« Er seufzte grinsend. »Ich glaube, sie wird mir fehlen …«

»Meine Damen und Herren!«

Max stieß Godfredo den Ellbogen in die Seite und machte eine Kopfbewegung in Richtung Podium. Die Bankdirektorin stand bereit. »Ich übergebe das Wort an … den Vorsitzenden des Verwaltungsrates des Panamakanals … José Gonzáles!«

Die Menge vor dem Gebäude begann spontan zu jubeln.

Max grinste Godfredo an. »Es geht los!«

Gonzáles trat ans Mikrofon. »Im Namen des Volkes von Panama nehme ich hiermit die technischen Dokumentationen für die Expansion des Panamakanals entgegen!«

Jubel ertönte, Kameras blitzten und Fernsehcrews folgten den uniformierten Angestellten der Kanalbehörde, die die Boxen mit den technischen Daten in den Aufzug der Bank schoben.

Auf einem großen Bildschirm hinter dem Podium verfolgte Max, wie ein Wagen nach dem anderen seine Last in den Tresorraum im Untergeschoss der Bank brachte.

Der Vorsitzende des Verwaltungsrates ließ seinen Blick erneut durch den Raum schweifen. »Und nun bitte ich die Delegierten der Konsortien um den zweiten Teil des Angebots, die Kuverts mit Ihren Angeboten.« Er wandte sich zu der Generaldirektorin, die neben einer Plexiglasbox seitlich auf dem Podium stand.

Schweigend schritt der erste Delegierte nach vorne und ließ den cremefarbenen Umschlag durch einen schmalen Schlitz auf der Oberseite in die Box gleiten.

Als sich der zweite Delegierte der Box näherte, nahm Max aus dem Augenwinkel heraus eine Handbewegung von Paco wahr, der ihn zu sich winkte. Unsicher sah er zu Godfredo, aber Godfredos Blick ruhte, wie es schien, auf den Beinen der Generaldirektorin.

Max stand auf und ging zu Paco, der sich an der Seite des Saals aufhielt. »Stimmt etwas nicht?«, flüsterte er.

Paco schüttelte den Kopf und legte Max den cremefarbenen Umschlag in die Hand.

»Paco, ich …«

»Du solltest derjenige sein, der das Team repräsentiert.«

»Sind Sie sich sicher?«

»Ja. Das ist ein wichtiger Augenblick für CISCO. Und ohne dich hätten wir das nicht geschafft.« Er nickte respektvoll und stieß ihn mit dem Ellbogen an. »Los. Wir sind als Letzte dran.«

Max drehte sich um, ging auf die Box zu und ließ den Umschlag hineingleiten.

Das Publikum brach erneut in Applaus aus und erhob sich von den Sitzen.

Wieder waren alle Augen auf den Bildschirm hinter dem Vorsitzenden gerichtet, als zwei bewaffnete Security-Leute die Box hochhoben und sie, gefolgt von den Fernsehcrews, zum Tresorraum trugen.

Als sich die Tür des Tresorraums schloss, tobte die Menge vor dem Gebäude und die Stimme des Vorsitzenden Gonzáles ertönte mit leichtem Widerhall durch den Saal und über die Straße. »Ich erkläre hiermit die Einreichungsfrist für die Expansion des Panamakanals für beendet!«

Erfreut und zugleich erleichtert suchte Max mit seinen Augen nach Godfredo, aber der war schon in der Menge verschwunden.

TEIL III

KAPITEL 26

Casco Viejo, Panama-Stadt,
Panama, Juli 2009

»Also, Max, mein Junge … wollte dir nur sagen, dass ich ein bisschen im Internet recherchiert habe.«

»Hast du? Wo denn? In der Bibliothek?«

»Ja. Die haben dort einen von diesen Computern stehen. Also, da hab ich letzte Woche wegen Kreuzfahrten nachgesehen. Nach der, von der ich dir erzählt habe. Caribbean Cruises: *Unser Schiff ist der Schlüssel zu Ihren Träumen.*«

»Klingt gut. Ist das ein großes Schiff?«

»Ja, es sieht riesig aus. So als ob das halbe Wembley-Stadion reinpassen würde.«

»Fantastisch! Hast du noch nach anderen gesucht?«

»Hab ich. Aber dieses ist einfach eine Schönheit! Und es hat »Kino unter den Sternen«. Das ist der schicke Name dafür, dass man sich nachts an Deck einen Film ansehen kann.«

»Ah! Klingt perfekt. Hast du schon gebucht?«

»Vielleicht nächstes Jahr … Max, wann weißt du, ob du in Panama bleiben wirst?«

»In ein paar Wochen. Du wirst es nicht glauben, wie viele Dokumente wir für unser Gebot abgeben mussten. Kisten voller Papier!«

»Ach ja … Hab ich es dir schon gesagt? Sarah lässt dich grüßen.«

»Sarah?«

»Ja, sie hat ein paar Mal angerufen. Mich gefragt, wie ich so allein zurechtkomme. Ich glaube, sie vermisst dich.«

»Oh. Hat sie das gesagt?«

»Nein. Aber glaub mir, Kumpel, manchmal muss man was nicht sagen, um was zu sagen.«

»Stimmt. Verstehe. Tja, das war nett von ihr, sich bei dir zu melden … Alan, ich bin zum Abendessen mit ein paar Ingenieuren verabredet, daher muss ich jetzt los.«

»Klar. Dann viel Glück, Kumpel.«

»Danke, Alan. Glück können wir gebrauchen. Und viel davon.«

KAPITEL 27

Balboa, Panama-Stadt,
Panama, August 2009

In dem Auditorium gab es nur Stehplätze und die Leute drängelten, um gut sehen zu können, was auf der Bühne vor sich ging.

Max ließ seinen Blick über die Menge schweifen. Er entdeckte Godfredo in der Nähe des Mittelgangs.

Godfredo winkte ihn zu sich, grinste und zeigte auf das Kamerateam, das im Gang Aufstellung genommen hatte. »Wir werden verdammt noch mal weltweit im Fernsehen sein!«, sagte er, als Max ihn erreicht hatte.

In diesem Augenblick wurde eine Stelle in ihrer Nähe mit Spots ausgeleuchtet und ein Produktionsassistent bat die Menge zurückzutreten. Sobald er mit dem Resultat zufrieden war, nickte er zur Kamera.

Die Reporterin hob das Mikrofon und begann mit amerikanischem Akzent zu sprechen. »Ich stehe hier live im Auditorium der alten amerikanischen Schule in der Balboa-Straße und wir warten auf die Ankunft des Staatspräsidenten von Panama, der heute offiziell bekannt geben wird, welches Konsortium den Auftrag für die Erweiterung des Panamakanals gewonnen hat. Dies ist ein wichtiger Tag für das Volk von Panama ebenso wie für die ganze Welt und hoffentlich besonders auch für die Vereinigten Staaten. Die größte Überraschung war natürlich, dass China nicht mitgeboten hat, worüber in den letzten zwei Wochen viel spekuliert wurde …«

Max sah über den Gang hinweg zum deutschen Team, das dort zusammenstand und der Menge mit deutschen Fähnchen lächelnd zuwinkte.

»Und hier kommen die Verantwortlichen!«

Die Fernsehteams begannen sich wie ein Fischschwarm zu bewegen, als der Vorsitzende des Verwaltungsrates des Panamakanals José Gonzáles und Panamas Präsident Fernando Guardia im Eingangsbereich erschienen, umringt von Bodyguards in schwarzen Anzügen und mit Knopf im Ohr.

Hinter ihnen betraten Paco Roco und die Chefs der anderen Konsortien den Raum. Unter gewaltigem Applaus nahmen sie auf der Bühne Platz.

»Die Show kann beginnen!« Godfredo sah begeistert zu Max hinüber. »Bist du bereit, *Hermano*?«

Der Vorsitzende José Gonzáles lehnte sich über das Mikrofon, das in der Mitte der Bühne stand. Die Menge verstummte.

»*Buenas tardes, damas y caballeros* … Guten Abend, meine Damen und Herren … und ein herzliches Willkommen an all unsere Freunde in der ganzen Welt, die diesen bedeutsamen Augenblick über unseren Livestream verfolgen.«

Die Menge im Auditorium brach in Jubel aus und Max musste an die mit Rechtschreibfehlern gespickte Nachricht denken, die er heute Morgen von Alan bekommen hatte: »Halz- und Bainbruch, Max.« Er nahm nicht an, dass sein Onkel sich die Zeremonie ansah, aber man konnte ja nie wissen. In seinem Pub vor Ort gab es Fernseher und in England war es erst zehn Uhr abends.

»Es ist Zeit, den Gewinner der Ausschreibung für die Expansion des Panamakanals zu verkünden!« Gonzáles lächelte und nickte fast unmerklich, als das Publikum applaudierte. »Es war keine leichte Aufgabe, die eingereichten Konzepte zu beurteilen, und ich möchte daher zunächst unserem Expertenteam dafür danken, dass sie den Prozess begleitet haben, und mich auch für die Hingabe und Sorgfalt, mit der sie ihre Entscheidung getroffen haben, bedanken.« Er machte erneut eine kurze Pause. »Ich möchte jedem Team für seine Geduld danken und für die Bereitschaft, uns während des Beurteilungsprozesses Fragen zu beantworten, und heute natürlich dafür, dass sie dabei sind, wenn die Umschläge aus dem Tresor der *Banco Nacional* geholt werden.«

Er unterbrach seine Rede, während auf dem Bildschirm hinter ihm ein weiteres Mal gezeigt wurde, wie vor knapp einer halben Stunde die Regierungsvertreter, von bewaffneten Wachen begleitet, die Plexiglasbox aus dem Tresorraum geholt hatten.

Max atmete langsam aus. War es wirklich erst zwei Wochen her, seit die Angebote abgegeben worden waren?

Gonzáles drehte sich zu der verschlossenen Box um, die jetzt auf einem Tisch vor dem Präsidenten von Panama stand. In ihr lagen gut erkennbar die Umschläge. »Zunächst werden die Ergebnisse der ersten Runde für die technische Konzeption verkündet.« Gonzáles streckte einen Arm nach oben, um die Menge zum Schweigen zu bringen. »Direkt danach wird Präsident Guardia ...« Er wartete, bis der Jubel abebbte. »Präsident Guardia wird das Öffnen jedes Umschlags mit den finanziellen Angeboten überwachen. Die detaillierte Aufschlüsselung und die Analysen finden Sie auf der Webseite der Kanalbehörde heute Abend ab fünf Uhr.«

Godfredo legte seinen linken Arm um Max' Schulter. »*Buena suerte, Hermano*!« Er boxte ihn spielerisch in den Oberarm.

Max grinste. »Wir haben einen ganz schön langen Weg hinter uns seit dem Eishockeyteam in der Schule, nicht wahr?«

»Ja, allerdings, das haben wir.«

Gonzáles räusperte sich. »Meine Damen und Herren, die technischen Konzepte erhalten eine Bewertung, die vierzig Prozent der Gesamtbewertung ausmachen wird. Das finanzielle Angebot wird sich mit sechzig Prozent in der Gesamtbewertung niederschlagen. Viel Glück für alle Teams, die ein Gebot eingereicht haben.«

Die Menge verstummte.

»Der vierte Platz mit einer Bewertung von 3.755,5 Punkten geht an das Konsortium Tobiishi.«

Nach einem kurzen Applaus verkündete er weiter: »Eine Bewertung von 3.790,0 Punkten hat das DBK-Konsortium des deutschen Unternehmens Löwenhof erreicht.« Er sah hoch und ließ seinen Blick durch das Auditorium schweifen.

»Auf dem zweiten Platz mit einer Bewertung von 3.890,5 Punkten …«

Max spürte, wie Godfredos Arm um seine Schulter ihn fester drückte.

Gonzáles wartete, bis der Lärm nachließ. »Auf dem zweiten Platz … die Siegel-Gruppe aus den Vereinigten Staaten von Amerika!«

Die Menge brüllte und Gonzáles sprach lauter: »Mit einem kleinen Vorsprung die höchste Bewertung von

3.990,0 Punkten ging an … CISCO, das Konsortium aus Großbritannien!«

Während er die letzten Worte aussprach, erschien auf dem großen Bildschirm hinter ihm eine einfache Aufstellung:

CISCO-Konsortium: 3.990,0
Siegel-Konsortium: 3.890,5
DBK/Löwenhof-Konsortium: 3.790,0
Tobiishi-Konsortium: 3.755,5

Max spürte, wie das Blut durch seine Adern schoss. Er sah zur Bühne, wo Paco die Arme in die Luft reckte. Als die Menge um ihn herum ebenfalls in Jubel ausbrach, beugten sich Godfredo und Tarocco schreiend zu ihm.

»Die verdammt noch mal höchste Bewertung bei der technischen Wertung! Max, du bist ein verflixtes Genie!«

Ein Blitzlichtgewitter durchzuckte den Raum und Max konnte die amerikanische Reporterin hinter sich hören. »Jetzt wird es kritisch: Wenn das amerikanische Team nicht den mit Abstand niedrigsten Preis angeboten hat, sind sie draußen! Dann ist alles vorbei. Sie haben nur eine Chance, und die steckt in einem dieser cremefarbenen Umschläge dort drüben …«

Godfredo griff nach Max' Hand und hob sie über ihre Köpfe.

Max zwang sich zu atmen, als die Blitze der Kameras ihn blendeten. »Immer mit der Ruhe, Fredo«, sagte er lachend. »Noch kann jeder gewinnen, der einen niedrigeren Preis angeboten hat als wir.«

»Und jetzt ...« Gonzáles' Stimme übertönte den Lärm der Menge. Wieder wurde es langsam still im Saal.

»Und jetzt ... der entscheidende Teil, der sechzig Prozent der Gesamtwertung ausmacht.« Er lehnte sich über das Mikrofon. »Die Umschläge mit den Preisangeboten werden in diesem Moment geöffnet.«

Im Saal war nur noch das leise Geräusch von Gonzáles' Kleidung zu hören, als er über die Bühne ging und das Mikrofon so in der Hand hielt, dass es an seinem Anzug rieb. Sobald er die Plexiglasbox erreicht hatte, steckte er seine Hand hinein und zog vier Umschläge heraus.

»Die Reihenfolge ist zufällig ...«, begann er.

Er warf einen Blick auf die Vorderseite des ersten Umschlags.

»DBK Löwenhof«, verkündete er.

Er reichte den Umschlag dem Präsidenten, der das Siegel überprüfte, zustimmend nickte und ihn zurückgab.

»Der erste Umschlag wurde überprüft und ich darf das Gebot verlesen ... In US-Dollar ... sechs Milliarden achthundertzweiundsiebzig Millionen fünftausendachtzig ...«

Er sah nervös hoch, da er über die riesige Zahl gestolpert war. »Bitte entschuldigen Sie, fünfhundertsiebenundachtzig Tausend.«

Er sah zu dem großen Monitor. Die Menge schwieg.

Eine Reihe von Zahlen wurde eingeblendet und die Menge begann wieder zu schwatzen und zu applaudieren.

DBK/Löwenhof: US $6.872.587.000,00
Erreichte Punktzahl: 4.110

Das war's! Die sind draußen!«, brüllte Godfredo. »Noch zwei!«

Beide drehten sich zu dem deutschen Team um, das in der allgemeinen Anspannung seine Fähnchen nicht mehr schwenkte.

Der Präsident prüfte den zweiten Umschlag. Er nickte und gab ihn Gonzáles zurück.

»Siegel«, verkündete Gonzáles. »In US-Dollar … vier Milliarden sechshunderttausend.«

»*Vier Milliarden*?« Bestürzt wandte sich Max Godfredo zu. »Das kann nicht sein. Das ist lächerlich!« Er schüttelte den Kopf. Er war mehr als nur ein bisschen enttäuscht. »Wir sind draußen, Fredo. Wir sind draußen.«

Siegel: US $4.000.600.000,00
Erreichte Punktzahl: 5.194

Niedergeschlagen zog er sein Handy aus der Tasche und warf einen Blick auf das Display. Alex hatte angerufen. Vier Mal.

»CISCO-Konsortium …« Gonzáles' Stimme tönte durch das Auditorium.

Max ließ das Handy wieder in seine Tasche gleiten, während Gonzáles den Umschlag öffnete.

»In US-Dollar … drei Milliarden, sechshundert …«
Hier stimmt was nicht.

Der Lärm der Menge war ohrenbetäubend.

Max sah sich um. Er griff nach Godfredos Arm. Godfredos Blick war auf den riesigen Bildschirm gerichtet. Auch Max blickte zu dem Bildschirm. »Was?«

CISCO-Konsortium US $3.600.500.000,00
Erreichte Punktzahl: 5.330

Max starrte verständnislos auf die Zahlen. *Drei Milliarden?* Er sah wieder zu Godfredo. »Was ist hier los? Fredo! Was ist hier los?«

Aber auch Godfredo starrte auf den Monitor und hielt eine Hand vor den Mund.

»Fredo! Sprich mit mir!«, schrie Max. Es war egal, welche Punktzahl das Team Tobiishi erreichte. Selbst mit der besten Bewertung konnte es nicht mehr gewinnen. CISCO war eindeutig der Sieger.

»Dr Burns! Dr Burns, wie fühlen Sie sich gerade?« Jedes Blitzen der Kameras traf wie ein Blitzschlag. *Ist es möglich, dass Godfredo oder Paco einen Fehler gemacht haben?* Durch das Stimmengewirr hörte er vage Gonzáles reden, als auf dem großen Monitor die endgültigen Ergebnisse angezeigt wurden.

Preisangebote (in US-Dollar)

1. Platz CISCO
US $3.600.500.000,00 PUNKTE: 5.330

2. Platz Siegel
US $4.000.600.000,00 PUNKTE: 5.194

3. Platz DBK/Löwenhof
US $6.872.587.000,00 PUNKTE: 4.110

4. Platz Tobiishi
US $6.100.000.000,00 PUNKTE: 3.900

Dann stand Paco neben ihnen. Er griff nach Godfredo und zog ihn grob zu sich. Lächelnd und ohne die Lippen zu bewegen, zischte er: »Du bist im Bild, Godfredo!«

Zu erstaunt, um etwas anderes zu tun, als zu lächeln, stand Max zwischen den Rocos, während ein Stakkato von Blitzen ihn blendete. Langsam sank es in sein Bewusstsein: Er, Max Burns, war der Chefingenieur des Gewinnerteams.

KAPITEL 28

*Balboa, Panama-Stadt,
Panama*

Die Tür schlug hinter ihm zu und Max ließ sich dagegen-
sinken. Der lange Gang hinter der Bühne war menschen-
leer. Zum Glück war die Luft kühl. Er riss sich das Jackett
herunter und wischte sich mit dem Ärmel über die Augenbrauen. Im Auditorium war es unter dem Blitzlichtgewitter
und den Fernsehscheinwerfern wie in einem Ofen gewesen. Und doch wusste er, dass dies erst der Anfang war:
Die Reporter würden vor dem Gebäude auf ihn warten.

Er zog sein Handy heraus und sah auf den Bildschirm.
Elf verpasste Anrufe von Alex. Aber sie musste warten, bis
er Antworten hatte. Er rief Godfredo an.

Los, Fredo, nimm ab!

Sie waren getrennt worden, als die Menge zu ihnen
gestürmt war, und danach hatte er weder seinen Freund
noch Paco wiederfinden können. Max hatte noch gesehen, wie beide weit entfernt von der Menge das Auditorium durch eine Seitentür verließen. Bei dem Versuch,
zu ihnen vorzudringen, hatte die Medienmeute ihm den
Weg blockiert. »Max! *Dr Burns!* Das ist ein unglaubliches
Preisangebot … Wie haben Sie das angestellt?«

Max beendete den Anruf und lockerte seine Krawatte,
während er langsam den Flur hinunterging, bis er das

Zimmer erreichte, das seinem Team zugewiesen worden war. Vor der Tür stoppte er. Ihm war klar, dass er zu Tarocco und den anderen gehen musste, aber im Moment konnte er es nicht. Nicht bis er eine Erklärung hatte. Er wählte erneut Godfredos Nummer.

Eine kleine Gruppe kam auf ihn zu. Mit dem Handy am Ohr drehte er sich weg und hoffte, dass ihn niemand erkannte. Wieder wartete er darauf, dass Godfredo endlich abnahm.

Als die Leute – es waren einige Männer und Frauen – an ihm vorbeiliefen, konnte er sie reden hören:

»Hast du den Blick von Siegel gesehen? Er hat mir fast schon leidgetan.«

»Ich weiß. Mein Gott, das wird eine Mörderparty.«

Max sah ihnen nach. Es waren Amerikaner. Und da sie ihn nicht angesprochen hatten, waren es vermutlich keine Reporter.

Eine der Frauen drehte sich zu ihm um und sah ihn an. Schüchtern lächelte sie ihm zu, ging aber weiter. Ohne darüber nachzudenken, ob sein Anruf Godfredo in diesem Moment erreichte, ließ Max sein Handy sinken. Die junge Frau hatte unglaublich schöne blaue Augen. Dann sah sie wieder weg. Ihre Begleiter trugen Outdoor-Kleidung. An ihr nahm er khakifarbene Cargohosen wahr und sie trug einen hochmodernen Rucksack auf dem Rücken. Etwas in ihm wünschte sich, dass sie zurück-käme. Sie hatte ein süßes Lächeln und langes, dunkles, lockiges Haar.

Seufzend streckte er die Hand nach der Türklinke aus. Er musste wirklich neben sich stehen, wenn er in einem Augenblick wie diesem an das Lächeln einer Fremden dachte. Oder vielleicht war es genau die richtige Zeit dafür. Denn die ganze Situation fühlte sich so absurd an.

Wie auf ein Stichwort piepste sein Handy, und als er auf das Display sah, erblickte er eine Nachricht von Alan: »Verdammt noch mal, das hast du gut gemacht, Max. Übrigens hat der Bau des Kanals zwischen Liverpool und Leeds eine verdammte halbe Ewigkeit gedauert, also komm bitte noch einmal zu Besuch, bevor ich 'nen Rollator brauche. Hab gehört, das kostet einen Haufen Kohle, aber mach dir darüber keine Gedanken.« Dann kam noch eine Nachricht: »Hab den Kanal gemeint, nicht den Rollator. Kostet viel.« Max wartete. Bestimmt kam noch mehr. Und tatsächlich erreichte ihn eine weitere Nachricht: »Von Alan.«

Max musste lächeln und steckte sein Handy in die Tasche. Dann überlegte er sich, wie er die bevorstehenden Fragen seines Teams am besten beantwortete.

KAPITEL 29

Der Wagen hielt vor dem Marriott Hotel. Fuentes, der Fahrer, stieg aus.

Godfredo ignorierte das Surren des Handys in seiner Tasche. Er wusste, es war Max. Er schaute so weit zur Seite, dass er seinen Vater sehen konnte. Paco telefonierte immer noch mit der italienischen Stahlfirma.

Im selben Moment drehte Paco sich zu Godfredo um. Vielleicht hatte er den Blick seines Sohnes gespürt. Er hob seine freie Hand und formte mit den Lippen die lautlosen Worte: »Warum zum Teufel starrst du mich so an?«

Als Godfredo sich abwandte und nach der Türklinke griff, schnellte Pacos Hand vor und er umfasste den Arm seines Sohnes wie ein Schraubstock.

Godfredo sank zurück auf seinen Sitz und Pacos Griff lockerte sich.

»*Ciao, ciao, Antonio.*« Paco beendete sein Telefonat und warf das Handy auf den Sitz zwischen sich und Godfredo.

»Sie sind immer noch dabei«, verkündete er. »Der Preis gefällt ihnen zwar gar nicht, aber sie werden es tun.«

»Niemand mag den Preis«, sagte Godfredo, »denn es ist verdammt noch mal *unmöglich*, den Job für weniger als fünf Milliarden zu erledigen. Das weißt du ganz genau!« Er schüttelte den Kopf. »Wie konntest du das nur tun?!«

Fuentes öffnete Pacos Wagentür, aber Paco fasste nach dem Griff und zog daran. Die Tür schlug wieder zu. »Warum kann denn verdammt noch mal niemand warten, bis ich zu Ende geredet habe?!«

Verdutzt machte Fuentes ein paar Schritte vom Wagen weg.

Godfredo lehnte sich nach vorne. »Paps, warum zum Teufel hast du an dem Preis herumgepfuscht?« Er schrie die letzten Worte beinahe.

Ohne zu zögern hob Paco seine Hand und schlug Godfredo fest auf den Hinterkopf. »Werd erwachsen! Das ist nur eine Zahl! Du wirst einen großen Anteil von dem, was auch immer wir verdienen werden, bekommen. Und das wird viel sein.«

»Verdammt noch mal, Paps! *Was soll das?*« Godfredo zuckte vor Schmerz zusammen und fasste sich seitlich an den Kopf. »Du weißt, dass du einen Metallring trägst, oder?« Als Paco nicht antwortete, fuhr er fort: »Du hast dich über die Information, die wir erhalten haben, lustig gemacht. Weil du nicht geglaubt hast, dass Sofia recht hat. Weil ›sie‹ nur ein dummes Schoßhündchen ist. Unsere Preise seien konkurrenzfähig. Kannst du dich erinnern?«

Paco drehte sich zu ihm. »Ja. Das habe ich gesagt. Und das habe ich auch so gemeint.«

»Warum zum Teufel hast du also deine Meinung geändert und mir nichts davon gesagt?«

»Weil mir die Zahl danach bestätigt wurde.«

»Was meinst du mit ›bestätigt‹? Von wem?«

»Von José Gonzáles.«

Godfredo zuckte zusammen. »Du meinst den *Vorsitzenden der Kanalbehörde* Gonzáles?«

»Ja. Und dann wussten wir trotzdem nicht sicher, wie das endgültige Gebot der Amerikaner aussehen würde. Daher haben wir beschlossen, unser Gebot noch niedriger anzusetzen.«

»Verflixt. Es ist also Gonzáles, mit dem du Geschäfte machst?«

»Nicht ich, Godfredo. *Wir.*«

»Aber wieso kannte er ihr endgültiges Angebot?«

»Er hatte einen Informanten. Ich weiß nicht, wen. Das konnte er mir nicht sagen. Und ich glaube, es ist besser für uns, wenn wir es nicht wissen.«

Godfredo atmete aus und sah aus dem Fenster, wobei er versuchte, das alles zu verdauen. Der Verkehr auf der Straße bewegte sich langsam und stockend. Fuentes stand immer noch geduldig neben der Stoßstange des Autos.

Nach einem kurzen Augenblick wandte sich Godfredo seinem Vater zu. »Ich hoffe, du weißt, was du da tust, Paps, denn wenn du weiterhin solche Überraschungen aus dem Hut zauberst, wird Max von Bord gehen – falls er das nicht schon getan hat.«

»Max ist deine Baustelle. Ich will nur, dass er seine Arbeit macht.«

»Aber das ist es doch, was ich gerade gemeint habe! So, wie die Dinge laufen, könnte er einfach abhauen und sagen, dass wir zur Hölle fahren sollen. Und ich könnte ihm das nicht einmal übel nehmen.«

Paco beugte sich nach vorne und sein Blick durchbohrte Godfredo. »Hör mir genau zu, du kleiner Scheißer«, sagte er. »Ich bringe die Dinge ins Rollen, wie ich es schon immer getan habe. Besser du springst jetzt auf den Zug auf und zeigst mir, dass du dich um dein Team kümmern kannst und es dazu bringst, die Sache durchzuziehen. Ist das möglich für dich? Oder muss ich mir jemand anderen suchen, der das kann?« Er hielt kurz inne. »Das hier ist ein Haifischbecken, und ich habe im Moment gerade große Zweifel, ob du überhaupt schwimmen kannst.«

Godfredo schüttelte den Kopf. »Du hättest es mir sagen sollen.« Nach einer kurzen Pause streckte er abermals die Hand nach dem Türgriff aus. Gleichzeitig hörte er Pacos Tür zuschlagen – sein Vater war schon auf dem Weg zur Hotellobby. Langsam ging Godfredo um das Auto herum. *Danke fürs Warten, du Arschloch.*

»Ist alles in Ordnung, *Señor* Godfredo?« Fuentes kam näher.

Godfredo wurde verlegen. »Natürlich«, blaffte er ihn an. »Hol uns um halb sieben wieder ab.«

»Ja, *Señor* Godfredo.«

Als Fuentes zum Wagen zurückging, spürte Godfredo sein Handy vibrieren. Er blieb regungslos stehen, bis es aufhörte. Er konnte jetzt nicht mit Max sprechen. Nicht jetzt!

Während Fuentes davonfuhr, überquerte Godfredo die Straße. Dort setzte er sich in den ruhigen Innenhof der Bar unter ein Dach aus künstlichen Weinreben und bestellte drei Bourbon.

»Drei, *Señor*?«

Godfredo stieß einen Schwall Schimpfworte aus und die Kellnerin wieselte davon.

KAPITEL 30

»Wow, dieses Gewinnerdossier ist richtig gut!« Dalisha saß mit übereinandergeschlagenen Beinen auf der Bettkante und starrte auf ihren Laptopbildschirm. Sie trug nur Unterwäsche.

»Der Entwurf für die Kanalerweiterung?«

»Ja, er wurde soeben online gestellt. Ich hätte das so nicht erwartet.«

Karis lachte. »Siehst du? Ich habe es dir doch gesagt.«

Dalisha griff nach einem Paar Socken, das auf dem Sessel an der Tür lag, und warf es in den Koffer. »Ich habe mir wirklich große Sorgen gemacht.« Als Nächstes nahm sie einen Stapel Kleider und warf ihn auf die Socken. »Im Nachhinein«, nun schlug sie einen geschäftigen Ton an, »bin ich eigentlich gar nicht so überrascht, denn dieser britische Ingenieur ist echt heiß. Das musste ja gut kommen.«

Karis lachte. »Ja, ich bin mir sicher, dass sie berücksichtigt haben, wie toll der Chefingenieur aussieht, als sie die Angebote geprüft haben.« Sie dachte wieder an diesen Max Burns, den sie am Nachmittag, wenn auch nur kurz, in Fleisch und Blut gesehen hatte. Sie war überrascht gewesen: In Wirklichkeit sah er noch viel besser aus als auf dem Bildschirm. Sie blickte zu Dalisha und lachte wieder. »Und du hast wirklich beschlossen, das heute Abend zu Ehren der Vertragsunterzeichnung zu tragen? Im Präsidentenpalast?«

Dalisha warf einen Blick auf ihre bunte Unterwäsche. »Was stimmt damit nicht?«

Karis zog ihr Handy hervor und tat so, als würde sie sie fotografieren.

»Leg das weg, Deen.« Dalisha lachte und klappte ihren Laptop zu. »Auf den ersten Blick sieht der Bericht der Kanalbehörde zu dem Gewinnerentwurf ganz gut aus, aber ich werde erst restlos überzeugt sein, nachdem ich Zeit hatte, mir alle ökologischen Ansätze im Detail anzusehen.«

»Okay. Wenn ich die britischen Jungs heute Abend treffe, werde ich sie zu dir schicken, damit sie sich deine Erlaubnis einholen können«, neckte Karis ihre Kollegin.

Dalisha griff nach ihrem violetten Kleid und zog es sich über den Kopf. »Ich kann es immer noch nicht glauben, dass die Chinesen kein Gebot eingereicht haben. Im Internet sind alle ganz verrückt deswegen.« Sie wand sich und zog den Stoff zurecht. »Du hättest doch auch gedacht, dass sie als Erste Gewehr bei Fuß stehen, um bei der Erweiterung mitzumachen, oder?«, fuhr sie fort. »Außerdem haben die Chinesen alles Geld der Welt. Damit kaufen sie sich halbe Kontinente zusammen. Warum sie genau in Panama nicht zuschlagen, ist mir schleierhaft.«

»Ich versteh's auch nicht«, sagte Karis. »Aber man weiß ja nie, was hinter den verschlossenen Türen passiert, besonders in der Politik.«

»Wie sehe ich aus?« Dalisha drückte sich die Hände auf die Lippen.

Karis lächelte. »Bereit, um einen König zu treffen.«

»Oder einen heißen Ingenieur?«

»Sicher. Oder einen heißen Ingenieur. Obwohl …« Karis hielt kurz inne und legte die Hand an ihr Kinn, während sie ihre Kollegin betrachtete. »Vielleicht hätten deine Achselhöhlen mal ein Update verdient?« Sie hob eine Augenbraue an.

»Ha!« Dalisha schnaubte. Sie nahm eine kleine schwarze Tasche von ihrem Bett. »Das ist mein Stil. Warum soll ich der Natur ins Handwerk pfuschen? Mir gefällt es so.«

Karis grinste. »Ich zieh dich nur auf. Du weißt, dass ich nie versuchen würde, dir vorzuschreiben, was du tun sollst. Dazu habe ich viel zu viel Angst vor dir.« Sie schlüpfte in ein Paar einfache Abendsandalen und schloss die Bänder an den Fußknöcheln.

»Du wirst mir fehlen, Deen«, sagte Dalisha plötzlich.

»Danke, Dalisha.« Karis sah hoch und lächelte. »Ich werde dich auch vermissen.«

»Möchtest du, dass ich mit zum Flughafen komme?«

Karis schüttelte den Kopf. »Musst du nicht.«

»Meinst du, du wirst zurückkommen können?«

»Das hängt davon ab, wie es mit meiner Familie weitergeht.«

Dalisha seufzte. »Viel Glück mit all dem …«

Karis lächelte und schloss ihren Koffer. Sie griff nach einer kleinen, pailettenbesetzten Abendtasche. »Ich könnte töten für ein Bier«, sagte sie.

»Dann lass uns gehen!«

Als sie die Tür hinter sich geschlossen hatten, lachte Dalisha laut auf und sah Karis mit frechem Blick an. »Ich habe nicht die Absicht, mich heute Abend nur vernünftig zu verhalten.«

»Na, dann ›GO TIGER‹!«, erwiderte Karis lachend. »Ich hoffe, du hast was zum Schutz dabei.«

KAPITEL 31

Larry Roebuck saß im frisch gedämpften Smoking an seinem Schreibtisch. Das Telefon auf Laufsprecher gestellt, wartete er, bis er zu der Außenministerin Rebecca Eisenhower durchgestellt wurde. Er war sich nicht sicher, wie sie darauf reagieren würde, dass das amerikanische Team verloren hatte, aber er hatte es auch nicht wirklich eilig, das zu erfahren.

Er ließ seinen Blick über das Gelände der Botschaft und seine sauberen, von Palmen gesäumten Straßen schweifen, und kurz stieg ein Gefühl der Befriedigung in ihm auf, als er sah, wie die einheimischen Arbeiter nach den Regenfällen der letzten Tage alles wieder aufräumten.

»Roebuck. Was in Gottes Namen ist nur passiert?«, tönte es durch den Lautsprecher.

»Frau Ministerin.«

»Sie hatten mir zugesichert, dass die Siegel-Gruppe das Erweiterungsprojekt schon so gut wie gewonnen hatte.« Ihr Tonfall spiegelte ihre große Verärgerung wider.

»Ich bin genauso schockiert wie Sie.«

»Ich brauche Ihnen ja nicht zu sagen, welcher Medienrummel jetzt auf uns zurollt. Der Präsident will Antworten – und ich habe keine.«

»Glauben Sie mir, sobald ich mehr weiß …«

»Was sagt Siegel zu dem Ganzen?«, unterbrach sie Roebuck forsch.

»Er ist perplex. Und natürlich wütend.«

»Richtig so. Wir sind sehr besorgt, weil der Preis so niedrig ist – gefährlich niedrig. Könnte es sein, dass Siegels Zahlen ausspioniert wurden? Das Angebot der Briten ergibt keinen Sinn, wenn sie kein Sicherheitsnetz haben.«

»Da stimme ich Ihnen zu, Frau Ministerin. Gibt es im Außenministerium schon irgendwelche Erkenntnisse dazu?«

»Nein. Unser Mann in London hat mir versichert, dass die britische Regierung in keiner Weise informiert oder involviert ist und auch keine finanzielle Unterstützung leistet, und wir haben keinen Grund, diese Aussage anzuzweifeln.« Sie schwieg kurz. »Gibt es nicht wenigstens einen Anhaltspunkt, wer das britische Konsortium unterstützen könnte? Ich kann nicht glauben, dass sie ein Projekt dieser Größe für weniger als vier Milliarden umsetzen wollen.«

»Ja. Ganz zu schweigen von den Kosten für Panama, um die Katastrophe in den Griff zu bekommen, wenn es zu großen Verzögerungen kommt oder sie es gar nicht schaffen …« Roebuck seufzte. »Das könnte die gesamte Wirtschaft lahmlegen. Es könnte zum Bankrott des Kanals führen – und zu dem des ganzen Landes.«

»Larry, wir müssen uns auf alle Eventualitäten vorbereiten. Die Expansion des Kanals ist für unser Land zu wichtig, als dass wir sie Amateuren überlassen könnten. Ich schlage vor, dass Siegel zumindest ein Rumpfteam in Panama belässt. Er sollte das Projekt beobachten und uns über die Fortschritte auf dem Laufenden halten.«

Rasch sagte Roebuck: »Das sehe ich auch so. Überlassen Sie das mir. Ich werde mit Siegel sprechen.« Es war besser, wenn nicht noch mehr Leute unnötig involviert würden. Bei einem Projekt dieser Tragweite war es wichtig, die Komplikationen so gering wie möglich zu halten. Er musste an den Bau des ursprünglichen Kanals denken, an dieses Projekt, welches um die Jahrhundertwende vollendet worden und von einer Katastrophe in die nächste gesteuert war, das mit Monsunregen, Überflutungen, einbrechenden Felsufern, Tausenden und Abertausenden von Toten und teuren Maschinen, die in endlosen Sümpfen versanken, zu kämpfen gehabt hatte. Nach vier Führungswechseln über die Jahre hinweg und dem Fehlen jeder zusammenhängenden Strategie war der Chefingenieur Goethels verrückt geworden. Das Projekt hatte ihn schlichtweg um den Verstand gebracht. Roebuck wollte nichts davon selber erleben.

Eisenhower riss ihn aus seinen Gedanken. »Halten Sie mich auf dem Laufenden.« Dann war die Leitung tot.

Roebuck atmete aus. Als er hochsah, stand sein Assistent Summers mitten im Raum.

»Himmel, Arsch und Zwirn! Warum schleichen Sie sich immer unbemerkt an?«

»Tut mir leid, Sir.« Summers umklammerte etwas mit seiner Hand. »Eine neue Reversnadel«, sagte er. »Ich habe sie für heute Abend anfertigen lassen. Für den Empfang im Präsidentenpalast.« Er war sichtlich nervös, als er Roebuck die kleine Nadel mit der amerikanischen Flagge überreichte.

»Danke, Summers, das ist sehr aufmerksam.«

Roebuck fragte sich, ob er den Jungen vielleicht auf die für den Präsidenten typischerweise sehr großzügige Gästeliste hätte setzen lassen sollen. Zweifelsohne würden Horden junger Smithsonian-Wissenschaftler aller Fachrichtungen anwesend sein, ebenso wie lokale Würdenträger und Botschafter samt Begleitung.

»Ihre Frau erwartet Sie unten im Wagen«, sagte Summers. »Ich wünsche Ihnen einen schönen Abend, Sir.«

Als Summers gegangen war, öffnete Roebuck die Tür zu seinem Bad, stellte sich vor den Spiegel und warf einen prüfenden Blick hinein. Nicht schlecht für sein Alter. Er sah immer noch sehr gut aus.

Während er nachdenklich sein Spiegelbild musterte, beschloss er, dass Summers sich den Abend im Präsidentenpalast vielleicht doch verdient hatte. Er könnte zusehen und lernen. Mitbekommen, wie es auf Staatsempfängen zuging. Mit einer plötzlichen Anwandlung von Großzügigkeit brüllte er: »Summers!« Behutsam – und stolz – befestigte der die Nadel an seinem Revers.

KAPITEL 32

Casco Viejo, Panama-Stadt,
Panama

»Was soll das, Max, kannst du mir das bitte erklären?«

Max band sich gerade seinen zweiten Schuh zu und saß im Smoking am Rand seines Bettes in seinem Hotelzimmer. Er war froh, dass er Alexandra Wong gerade nicht ins Gesicht blicken musste. »Alex, es tut mir leid, ich habe keine Ahnung, wie das passieren konnte …«

»Dann sind wir schon zu zweit. Drei Komma sechs Milliarden? *Drei*, Max?«

»Es sind beinahe vier …« Max konnte sich nicht erklären, warum er sich die Mühe machte, die Zahl zu verteidigen. Er rieb sich die Stirn.

»Auf was für einem Planeten lebst du eigentlich? Ich hatte dich gewarnt, richtig? Vor deinem sogenannten ›Freund‹ Godfredo?«

»Wir haben gewonnen, Alex. Unser Entwurf hat mit mehr als hundert Punkten Vorsprung gewonnen. Bist du darüber nicht wenigstens etwas glücklich?«

»Ach … halt einfach den Mund! Halt den Mund! Du weißt, was ich meine. Das Risiko ist enorm. Was, wenn wir das Projekt nicht zu Ende bringen können, weil uns die Mittel ausgehen?«

»Alex, hör auf, dir Sorgen zu machen. Ernsthaft. Wir

sind hier die Ingenieure, nicht die Finanzexperten. Ich weiß, das Budget ist sehr optimistisch geplant, aber ich bin mir sicher, dass Paco sich in der Branche auskennt und weiß, was er tut. Er hat das sein Leben lang gemacht ...«

»Hast du mit ihm gesprochen? Was sagt er dazu? Und was ist mit Godfredo?«

»Ich habe bisher weder Godfredo noch Paco erreicht ...«

»Na, das ist ja beruhigend ...«

»Aber ich treffe sie in ein paar Minuten und verspreche dir, ich erzähle dir dann alles im Detail.«

»Nein«, antwortete Alex bestimmt. »Es tut mir leid. Du musst jemand anderen finden, der dich unterstützt, wenn du in Panama bleibst. Ich möchte nicht, dass mein Name mit all dem in Verbindung gebracht wird.«

»Alex, was soll das denn? Wir sind doch schon so weit gekommen ...« Plötzlich fühlte sich Max, als würde eine Welle der Erschöpfung über ihm zusammenbrechen. »Können wir das später besprechen? Der Wagen kommt gleich. Ich muss zur Feier der Vertragsunterzeichnung.«

Er bekam keine Antwort.

»Es tut mir leid, dass du es so siehst«, fuhr er fort. »Wir haben ein fantastisches Angebot ausgearbeitet. Darauf kannst auch du stolz sein.«

Er legte auf und sah aus dem Fenster hinaus auf den Innenhof des Hotels. Der Pool war verlassen, die grün-weiß gestreiften Sonnenschirme schaukelten in der Meeresbrise. Er ging zur Tür.

Als er aus dem Hotel schritt, ließ die dichte Wolkendecke keine Sonne durch. Die Luft war drückend heiß und feucht, der Boden immer noch nass von dem Sturzregen am Nachmittag.

Max bedauerte es, sein Jackett angezogen zu haben. Es war, als befände er sich in einer Sauna.

Noch einmal versuchte er seine Gedanken zu sammeln und sich zurechtzulegen, was er Godfredo und Paco gleich sagen würde. Nach den letzten Stunden fühlte er sich müde und ausgelaugt. Er wusste einfach nicht, wie er reagieren sollte. Besonders nicht, was er zu Godfredo sagen würde, der kurz nach der Verkündigung einfach verschwunden war und es ihm überlassen hatte, mit der Presse zu sprechen.

Eine schwarze Limousine hielt neben ihm und das Heckfenster glitt langsam nach unten.

»Steig ein, Sohn.« Pacos Gesicht erschien in dem Fenster und er winkte Max zu sich.

Max öffnete die Tür und kletterte in den Wagen. »Wo ist Godfredo?«, fragt er knapp.

Paco gab nur ein verärgertes »Pfft!« von sich.

Max spürte, wie sich seine Nackenhaare aufstellten. »Was soll das heißen?«

»Er hat Kopfschmerzen.«

Das müssen ja höllische Kopfschmerzen sein. Instinktiv griff er nach seinem Handy.

»Ich würde ihn nicht stören. Er wird nicht rangehen.«

Trotzdem wählte Max. Er wartete, während es läutete. Und läutete. Bis die Stimme einer Combox erwachte.

»Mach dir keine Sorgen um Godfredo. Er ist ein großer Junge. Er ist bald wieder auf den Füßen. Er ist ein Roco, durch und durch.«

So scheint es wohl. Max ließ das Handy sinken und sah gedankenverloren aus dem Fenster.

Den kurzen Weg zum Präsidentenpalast legten sie schweigend zurück. Als sie sich dem Eingangstor näherten, ließ der Fahrer sein Fenster herunter. Er sprach mit der bewaffneten Wache, die sie durchwinkte. Max wusste nicht, wie er beginnen sollte, aber ihm war klar, dass, wenn er es jetzt nicht wagte, er und Paco in die Feier hineingezogen würden und seine Fragen unbeantwortet blieben.

Der Wagen hielt hinter einer anderen Limousine langsam an. Sie befanden sich jetzt in der Nähe der steinernen Stufen, die zu dem majestätischen, weiß getünchten Palast führten. Drei Männer sprangen aus dem Wagen vor ihnen und posierten lächelnd vor der versammelten internationalen Presse.

»Paco, was ist mit den Zahlen passiert?« Max kam direkt auf den Punkt.

Paco sah ihn erstaunt an. »Was meinst du?«

»Sie wissen genau, was ich meine.«

»Das Budget beruht auf deinen Kalkulationen«, sagte er.

»Nein, das tut es gewiss nicht.«

Ein Türsteher griff nach dem Türknauf von Pacos Wagentür.

Im selben Moment verriegelte Paco die Tür und sah Max direkt an. »Doch, tun sie. Deine Berechnungen sind hieb- und stichfest. Aber ich bin schon sehr lange in diesem Business unterwegs und ich weiß, was man tun muss, um mit den ganz Großen mitspielen zu können. Daher habe ich deine Zahlen als Basis genommen und daraus ein Gewinnerbudget zusammengestellt.«

Ungeduldiges Hupen ertönte hinter ihnen. Der Türsteher kämpfte mit Pacos Tür und gab schließlich auf. Die

Limousine rollte weiter vorwärts, um genau vor den mit rotem Teppich belegten Stufen zu halten.

Max sah Paco in die Augen. »Ich weiß, wie viel Arbeit ein Projekt dieser Dimension bedeutet, und ich bin bereit, alles zu geben, meinen Teil dazu beizutragen. Ich hoffe nur, dass Sie genau wissen, was Sie tun, was die Bereitstellung der Mittel anbelangt. Denn von meinem Standpunkt aus sind die Zahlen unrealistisch.«

»Max«, sagte Paco. Seine Stimme nahm einen väterlichen Ton an. »Ich weiß, dass du die Theorie kennst. Und dass du unglaublich clever bist. Aber – es tut mir leid, das sagen zu müssen – ich weiß auch, dass weder du noch Godfredo Erfahrung mit Projekten in dieser Größenordnung vorzuweisen habt. Du musst mir vertrauen, ich kenne mich mit diesen Fragen sehr gut aus. Und ich würde nichts tun, was den Erfolg des Projekts gefährden könnte. Das hier ist eine Chance, der Welt zu zeigen, was CISCO Construction alles tun kann.« Er hielt inne. »Vermutlich hast du dich auch schon gefragt, warum ich so hart zu Godfredo bin.«

Max wartete schweigend.

»Ich möchte, dass er Erfolg hat. Wusstest du, dass CISCO früher Godfredos Mutter und ihrer Familie gehört hat? Nachdem sie es geschafft hatten, die Firma wirklich bis auf den letzten Heller zu ruinieren, haben sie und ihre Brüder mich damit allein gelassen, den ganzen Dreck wieder aufzuräumen. Was ich, wie du sehen kannst, ziemlich erfolgreich getan habe.« Pacos Faust ruhte auf dem Sitz zwischen ihnen. »Und da sie sich keinen Deut mehr für uns interessiert hat, lag es an mir, Godfredo allein großzuziehen.«

Max nickte bedächtig.

»Max«, sagte Paco, »Alexandra und du, ihr habt einen verdammt guten Job mit den Plänen gemacht. Ich bin mir sicher, dass deine Eltern stolz auf das wären, was du erreicht hast.« Er beugte sich zur Seite und legte eine Hand auf Max' Schulter. »Wie auch immer«, fuhr er fort, »das Budget war letztendlich nicht Godfredos Entscheidung, sondern meine. Meine, Paco Rocos. Und ich übernehme die volle Verantwortung dafür.«

»In Ordnung.« Max atmete aus. »Aber wenn Sie mich noch einmal hintergehen, Paco, kann ich Ihnen versichern, dass ich dann im nächsten Flieger nach London sitzen werde.«

»Natürlich.« Paco nickte. Er entriegelte seine Tür und der Türsteher hatte endlich Erfolg.

Erleichterung und eine Welle tropischer Hitze strömten durch den Wagen.

Godfredo hat nichts damit zu tun. Max stieg aus dem Wagen und ging neben Paco die marmornen Stufen empor.

KAPITEL 33

Der Bourbon hatte seine Pflicht erfüllt. Godfredo fühlte nichts mehr.

Unsicher taumelte er nach hinten, sein ganzes Körpergewicht lehnte nun an der Wand. Tastend schloss er die Tür.

»Wie mögen Sie es denn, *Señor*?«

Godfredo versuchte, die Gestalt, die in der Mitte des Zimmers stand, deutlicher zu sehen. Er kniff die Augen zusammen. »Nein.«

»Tut mir leid, *Señor*, nein ... was?«

Ungeschickt öffnete Godfredo seinen Gürtel. »Ich möchte jemand anderen ...« Er kämpfte mit der Schnalle und verhedderte sich in seinen Worten. »Ich möchte, dass du ...« Er hickste. »Ich möchte, dass du spürst, wie es ist.« Für einen Moment herrschte Schweigen. »Ich möchte, dass du fühlst, wie es ist, wenn man wie ein stinkender Haufen Scheiße behandelt wird. Ich möchte dich zwingen, Dinge zu tun, die du nicht tun willst. Und das, verdammt noch mal, die ganze Zeit.« Der Gürtel hing lose in seiner Hand.

»Okay. Du magst es hart.« Die Gestalt – ein junger Mann – riss sich ihr T-Shirt vom Leib und enthüllte ein erstaunlich gut geformtes Muskelpaket.

»Nein, du Penner«, brüllte Godfredo. »Ich möchte dich nicht ficken! Ich bin nicht schwul!«

»Aber ...?«

»Geh runter auf alle viere, wie ein verdammter Hund.«

Der Mann begab sich aufs Bett und tat, wie ihm geheißen. »So?« Er räkelte sich wie ein Chippendale.

Godfredo hob den Arm mit seinem Gürtel in der Faust. »Ich werde ...«

Der Mann sah ihn erwartungsvoll an. »*Sí?*«

Eine Welle der Übelkeit überrollte Godfredo und er fiel auf seine Knie. Er spürte Feuchtigkeit an seinem Handrücken, und erst jetzt wurde ihm klar, dass er weinte. »Ich kann das nicht«, schluchzte er. »Ich bin nicht wie er. Ich kann das nicht.«

Der junge Mann drehte sich um und setzte sich auf die Bettkante. »Hey, alles in Ordnung?« Er beugte sich nach vorne und streckte eine Hand aus.

»Raus! Raus hier! Hau ab, verdammt noch mal!«

KAPITEL 34

Langsam sah Max nach oben. Mehrere mit Perlmutt verzierte Säulen reckten sich vom marmornen Boden des Innenhofs aus hinauf zu dem titanweißen Verputz des abgetrennten Balkons. Dort saß hinter üppigen grünen Farnwedeln ein Streichquartett. Leichte, klassische Musik übertönte das dezente Plätschern der Wasserfontäne im Innenhof.

Hinter ihm standen Wachen diskret links und rechts neben massiven Eisentüren. Ein Mann mit einem Klemmbrett in der Hand näherte sich ihnen.

»Dr Burns und Francisco Roco vom CISCO-Konsortium«, verkündete Paco. Er klang stolz.

Der Mann ging die Namen auf seiner Liste durch.

Einige weiße Reiher standen in dem klaren Wasser im Bassin der Hauptfontäne. Die langbeinigen Vögel verhielten sich still und ließen sich von den erstaunten Gästen nicht beeindrucken.

»Die leben seit den 1920er Jahren hier«, sagte der Mann geduldig und mit einem breiten Grinsen. »Natürlich nicht immer die gleichen Vögel, aber ihretwegen wird der Präsidentenpalast auch *Palacio de las Garzas*, Reiherpalast, genannt«. Er wies mit seiner Hand in

Richtung des Eingangs. »Bitte gehen Sie diese Treppe hinauf.«

Max folgte Paco die Marmorstufen nach oben, wobei ihm die anderen tadellos gekleideten Gäste anerkennend zunickten oder ihn gratulierend anlächelten.

Sie kamen in einen Innenhof im andalusischen Stil, wo in einer Reihe nebeneinanderstehende Palastangestellte sie höflich empfingen. Alle Gäste wurden über den mit Mosaiken versehenen Boden und die wunderschöne Holztreppe zum Salón Amarillo geführt.

Während sie die Treppe hinaufgingen, konnte Max den Saal unter sich sehen, mit Spiegeln in massiven Goldrahmen, Samtvorhängen und Wandbehängen. Stühle, die aussahen, als kämen sie aus Frankreich und wären aus dem achtzehnten Jahrhundert, waren an beiden Seiten aufgestellt. Kerzenleuchter und goldene Wandapplikationen sorgten für ein warmes, strahlendes Licht. Es sah aus wie eine Schatzkammer aus purem Gold.

Plötzlich stockte Max. Diese Welt war ihm nur zu vertraut. Eine Welt voller repräsentativer Häuser, Überfluss und Glamour. Eine Welt, der er abrupt entrissen worden war, nachdem seine Eltern mit dem Helikopter abgestürzt waren.

Er fühlte sich plötzlich unwohl und ließ seinen Blick durch den Raum schweifen. Insgeheim suchte er nach jemandem, nach wenigstens einem vertrauten Gesicht. Aber da war niemand. Keine Alex, kein Godfredo, kein Alan …

Dann sah er zu Paco, der immer noch neben ihm stand.

Paco nickte und lächelte, als der Präsident zusammen mit dem Vorsitzenden José Gonzáles auf sie zusteuerte. »Mr Präsident, darf ich Ihnen Max Burns vorstellen?«

»Das ist wirklich ein wundervoller Tag! Meinen Glückwunsch!« Der Präsident schüttelte Max die Hand. Sein Englisch war tadellos, fast schon Oxford English. Er klopfte Max mit seiner freien Hand auf den Oberarm. »Ich bin sehr beeindruckt von Ihrer hervorragenden Bewerbung und weiß, dass Sie nun auch in der Umsetzung Ihr Bestes für Panama geben werden.«

Plötzlich brachen die Gäste in spontanen, lauten Applaus aus und Max wurde in die Mitte des Saals geschoben. Ein gut aussehender Mann mit grau meliertem Haar und einer amerikanischen Flagge auf seiner Reversnadel kam mit einem breiten Lächeln auf ihn zu. Er war groß und braun gebrannt.

»Dr Burns. Ich bin Larry Roebuck. Ich bin der US-Botschafter hier in Panama.«

Max griff nach seiner Hand. Roebucks Händedruck war kräftig. *Keiner, mit dem man es sich verderben sollte.*

Max lächelte. »Max Burns. Ich freue mich sehr, Sie kennenzulernen …«

»Sie sind also der Mann, der das Siegel-Team schlagen konnte.« Das war keine Frage.

»Schuldig im Sinne der Anklage«, sagte Max mit einem Lächeln. »Natürlich war ich es nicht allein. Ich wurde von einem großartigen Team unterstützt.«

»Es ist mir eine Ehre, Sie kennenzulernen.«

Roebuck ging weiter, um sich den anderen Gästen vorzustellen. Da drang eine Frauenstimme zu Max durch. »Hallo, da sind Sie ja!«

Max drehte sich zu der jungen Frau an seiner Seite um. Ihr schimmerndes, leicht gewelltes Haar war über ihre nackten Schultern nach hinten gekämmt und sie trug ein mitternachtsblaues Kleid, das in weichen, seidigen Falten bis zum Boden reichte.

Und da waren sie wieder, diese wunderschönen blauen Augen. Es war die süße Amerikanerin, die nach der Bekanntgabe der Resultate im Flur hinter der Bühne den Rucksack getragen hatte.

Sie lächelte. Dabei kräuselte sich ihre Nase leicht. »Sie haben mir heute Morgen nachgeschaut.«

»Habe ich das?«

»Sicher. So machen das die Männer. Das ist Teil ihres Balzrituals.«

Er unterdrückte ein Lächeln. »Ernsthaft?«

Ihr Lachen war erfrischend. »Nun, von Wissenschaftlern wird halt erwartet, dass sie komplexe Themen jedermann verständlich machen können. Das habe ich eben versucht.«

»Dann sind Sie also Wissenschaftlerin …?« Max streckte lächelnd seine Hand aus. »Max Burns.«

»Karis Deen. Promovierende Biologin im Smithsonian Tropical Research Institute in der Abteilung Paläontologie.« Ihre Hand war warm.

»Sonst noch etwas, was ich über mich wissen müsste?«

»Nein.« Sie lachte wieder. »Aber ich freue mich, Sie kennenzulernen, Max Burns.« Sie hielt inne. »Und … warum sind Sie hier? Haben Sie etwas Wichtiges getan?« Ein Lächeln glitt über ihre Lippen und Max merkte, dass sie ihn neckte.

Sie beugte sich nach vorne. »Sie können meine Hand jetzt loslassen.«

»Oh je.« Er ließ sie los. »Es tut mir leid.«

Sie war wunderschön. Für einen Augenblick hatte er vergessen, wo er war.

»Ich möchte nicht stören.«

Max zuckte zusammen. Die Stimme kam von einem älteren Mann, einem Asiaten mit einem breiten Lächeln.

»Aber Sie werden sicher verstehen, warum Sie heute wie ein Rockstar behandelt werden.«

Karis erwiderte das Lächeln. »Hallo«, sagte sie. »Ich bin Karis Deen. Vom Smithsonian Institute.«

Sie streckte ihre Hand aus. Der Mann war etwa so groß wie Max und trug eine rahmenlose Brille. Seine Augen blickten freundlich, die Haut an den Augenwinkeln hatte leichte Falten.

»Steven Zhang«, sagte er und deutete eine Verbeugung an. »Sehr erfreut, Frau Deen. Und Sie …«, er wandte sich Max zu, »sind der Mann der Stunde, Dr Max Burns.«

»Und ich … muss mir unbedingt etwas zu essen besorgen! Bitte entschuldigen Sie mich.« Karis drehte sich um und ging davon, wobei sie ein letztes charmantes Lächeln über ihre Schulter warf.

Max löste seinen Blick von Karis Deen.

»Bitte entschuldigen Sie«, sagte er zu Zhang. »Ja, natürlich, ich bin Max Burns. Es freut mich, Sie kennenzulernen.«

Zhang lächelte. »Ihre Leistung hat mich sehr beeindruckt. Ich wollte Ihnen von Herzen alles Gute für den Start dieses riesigen Unternehmens wünschen.«

»Danke, Herr Zhang.« Max versuchte, Zhangs Akzent einzuordnen. Sein Englisch war sehr gut und zeugte von einer hervorragenden Ausbildung. »Sind Sie schon lange in Panama?«

»Nein, eigentlich nicht«, sagte Zhang. »Ich bin letztes Jahr hergezogen.« Er lächelte. »Obwohl ich schon seit vielen Jahren geplant hatte, das Land zu besuchen. Ich hatte angefangen, Sprachen in Oxford zu studieren, und oft gedacht, dass Panama eines der interessanteren spanischsprachigen Länder wäre.« Er machte eine kurze Pause. »Sprechen Sie Spanisch?«

»Nein«, antwortete Max reumütig. »Ich hatte in den letzten sechs Monaten leider nicht genügend freie Zeit, um eine neue Sprache zu lernen. Aber ich gehe davon aus, dass meine Zeitplanung von jetzt an etwas anders aussehen wird.«

Ein Lächeln zog sich über Zhangs Gesicht. »Spielen Sie Golf?«

»Ja, aber vor Jahren zum letzten Mal. Mein Vater hat es mir beigebracht. Leider hatte ich lange Zeit keine Möglichkeit mehr zu spielen.«

Zhang zog einen Stift aus seiner Tasche. »Darf ich?« Er zeigte auf Max' Serviette, die er zusammen mit einem kleinen Glas mit köstlichem Ceviche von einem der geschäftig herumlaufenden Kellner bekommen hatte.

Max reichte sie ihm und er schrieb direkt unter das Staatssiegel von Panama eine Nummer. »Das ist meine Durchwahl.« Er faltete die Serviette sorgfältig und gab sie Max zurück. »Sollte Sie einmal ein freies Wochenende haben, würde ich mich freuen, Sie als meinen Gast in den Panama City Golf Club einladen zu dürfen.«

Der Gedanke, wieder Golf zu spielen, erschien Max plötzlich sehr attraktiv. Wesentlich attraktiver als ein weiterer Jachtausflug oder irgendein Insel-Hopping mit Godfredo, Sofia und ihrer Entourage aus Partygängern.

»Das ist sehr großzügig von Ihnen«, sagte er. »Danke, ich weiß das wirklich zu schätzen.«

»Nicht der Rede wert.« Zhang nickte ihm zu. »Aber ich muss Sie warnen. Hier in Panama müssen Sie lernen, Ihre Schläge dem Wind anzupassen. Der kann nämlich ziemlich unberechenbar sein.« Er sah Max geradeheraus an. »Aber ich vermute, Sie sind schlau genug, um auch diese Besonderheit zu bewältigen.«

Max lachte. »Wir werden sehen. Es ist, wie gesagt, schon lange her, dass ich zum letzten Mal gespielt habe. Mein Können ist vermutlich etwas eingerostet.«

»Fähigkeiten, die man einmal erworben hat, wie zum Beispiel einen Golfschläger richtig zu schwingen, verlernt man normalerweise nicht mehr. Man muss sie nur den jeweiligen Gegebenheiten anpassen.« Zhang machte eine Pause und deutete erneut eine leichte Verbeugung an. »Ich freue mich, bald von Ihnen zu hören, Dr Burns.«

KAPITEL 35

Palacio de las Garzas,
Casco Viejo, Panama-Stadt,
Panama

Nachdem der Staatspräsident seine Ansprache gehalten hatte und die offiziellen Verträge unterzeichnet worden waren, stieg die Stimmung im Saal. Champagnerflaschen wurden entkorkt und kleine Häppchen machten auf silbernen Tabletts die Runde.

Max sah Paco dabei zu, wie er seine zahlreichen Gesprächspartner zum Lachen brachte, und bedauerte noch einmal, dass Alexandra und Godfredo nicht dabei sein konnten. Mit einem Drink in der Hand schlenderte er zurück in den zentralen Innenhof.

Mitten in einer Gruppe von Leuten seines Alters konnte er über den mit farbigen Fliesen ausgekleideten Brunnen hinweg einen Blick auf das ihm wohlbekannte mitternachtsblaue Kleid und Karis' gebräunte Schulter erhaschen. Sie lachte so herzhaft, dass sie sich Tränen von den Wangen wischen musste. Gedankenverloren ließ er ihre fröhliche Art auf sich wirken.

Dann wandte er sich bewusst ab, denn er wollte nicht wie der unheimliche Sonderling sein, der im Dunkeln lauerte und lautlos starrte. Als er schließlich doch wieder zu ihr hinübersah, schaute sie ihn geradeheraus an. Und während er ihrem Blick standhielt, verließ sie die Gruppe und kam direkt auf ihn zu.

»Bist du fertig mit deinen Small Talks?«, fragte sie mit einem herausfordernden Lächeln.

»Bin ich.«

»Gut ... sollen wir gehen?«

»Du möchtest gehen?« Max sah sich um. Es kam ihm vor, als wären es jetzt sogar noch mehr Gäste als während der Ansprache.

»Ja. Ich dachte, du hättest nun all deine wichtigen Pflichten erfüllt. Richtig?« Sie lächelte immer noch. »Oder musst du noch einen weiteren Vertrag mit dem Präsidenten unterzeichnen?«

»Nein ... stimmt! Natürlich ...«, antwortete er in seiner typisch englischen, leicht unbeholfenen, aber charmanten Art. »Ich werde hier definitiv nicht mehr benötigt.« Er lächelte und hielt seinen Arm nach vorne. »Gut, dann ... nach Ihnen, Frau Deen.«

KAPITEL 36

Im Morgengrauen stand Max auf dem Balkon seines Hotelzimmers. Neben ihm hatte Karis Deen ihre Ellbogen auf die Balustrade gestützt. Die Seeluft war mild und sie beide hatten sich lediglich in große, weiße Betttücher gehüllt. Unter ihnen rauschte die ruhelose, bewegte See.

Während sie lächelnd zu den wirbelnden Wolken über sich blickte, streckte Karis mit der Handfläche nach oben einen Arm aus. Sie sah aus wie jemand, der sich bereit machte zu springen, sich in den Morgenhimmel zu werfen. Max fragte sich, was sie wohl dachte. Wohin sie gehen würde.

»Karis … du bist dir also absolut sicher, dass du heute schon fliegen willst?«, fragte er.

Ihr Arm sank herab und sie wandte sich ihm zu. Er nahm ihre Hand und führte sie an seine Lippen.

»Ich bin mir sicher«, sagte sie.

»Wirst du mich anrufen, wenn du angekommen bist?«

Sie lächelte und küsste ihn. Dann machte sie sich los und sah ihm direkt in die Augen. »Ich werde dir nicht versprechen, dass ich mich melde. Aber sollte ich nach Panama zurückkommen – also wenn ich durch irgendein

Wunder in der Lage sein sollte, meine Doktorarbeit fertig zu schreiben –, dann werde ich mir das auf jeden Fall überlegen.«

Er lächelte. »Ja, bitte tu das. Ich hoffe, du wirst mich dann auch finden.«

»Na klar, auf einer Party mit deinem Konsortium auf irgendeiner Jacht vor den Küsten Panamas!«, sagte sie lachend. Sie bemerkte seinen belustigten Gesichtsausdruck und fügte hinzu: »Mit diesem ... wie heißt er noch mal ... der Jüngere von den Rocos, mit dem du zusammenarbeitest?«

»Godfredo?« Max grinste. »Woher kennst du ihn?«

Karis zog ihn zu sich heran. »Liest du eigentlich keine lokalen Klatsch-Blogs?«

Max war sich nicht sicher, ob Karis ihn neckte. Er rollte mit den Augen und schlang seinen Arm um ihre Taille. »Nein. Wie auch immer, du kannst dich gerne über Fredo lustig machen, wenn du willst – ich tue das auch –, aber er war mein Rettungsanker, nachdem meine Eltern gestorben waren. Sie kamen bei einem Helikopterabsturz ums Leben, als ich sechzehn war.«

»Deine Eltern sind so früh gestorben?« Betroffen schüttelte Karis den Kopf. »Das ist ... Das tut mir so leid, Max.«

Max wollte zu seiner üblichen Antwort ansetzen: *Es ist schon sehr lange her.* Stattdessen hielt er kurz inne und lächelte düster. »Es war Selbstmord, mein Vater hat mir einen Brief hinterlassen. Und er hat meine Mutter mit in den Tod genommen.«

»Oh mein Gott! Er muss wirklich unglücklich gewesen sein«, sagte Karis sanft.

»Es hat lange gedauert, bis ich akzeptieren konnte, dass er mit meiner Mutter gegangen ist und mich zurückgelassen hat. Welcher Vater würde das seinem Kind antun? Ich bin mir bis heute nicht sicher, ob ich es wirklich verstehe.« Er sah hinaus auf die Bucht und fuhr sich mit der Hand durch das Haar. »Er muss sehr unglücklich gewesen sein. Aber er hat sich nie etwas anmerken lassen. Er war ein großartiger Vater, weißt du? Er hat mich immer dazu ermutigt, nach den Sternen zu greifen. Mich dazu herausgefordert, besser zu werden. Und er hat meine Mutter sehr geliebt. Ich habe sie immer nur zusammen gesehen. Sie waren wie Bonnie und Clyde.«

Karis umarmte ihn fest.

»Alan glaubt, dass genau das das Problem war«, fuhr Max fort.

»Alan?«

»Mein Onkel. Der Bruder meiner Mutter. Und ich glaube, er hat recht.«

»Wieso?«

»Papa hätte alles für sie getan«, sagte Max. »Ich habe das damals nicht wirklich verstanden – ich war noch ein Kind und die meiste Zeit im Internat –, aber sie war ziemlich wild. Sie wollte unterhalten werden. Bei uns zu Hause waren immer Gäste, aber keine gewöhnlichen Leute, sondern jede Menge schillernder Charaktere.« Er hielt kurz inne. »Sie hat meinem Vater auch Rupert Garcia vorstellt, er war einer ihrer guten Freunde von früher.«

»Und was ist dann passiert?«

»Rupert ist Gott sei Dank seit dieser Zeit im Gefängnis. Er hatte meinen Vater und einige seiner Freunde davon überzeugt, riesige Summen in ein Vorhaben zu investieren, das eigentlich von Rupert nur dazu geschaffen worden war, einen Teil seiner privaten Schulden zu begleichen und seinen sehr extravaganten Lebensstil zu finanzieren. Mein Vater hat alles verloren, wofür schon sein Vater und sein Großvater gearbeitet hatten.« Er lächelte schief. »Das ganze Familienvermögen der Burns und noch mehr.«

Karis seufzte. »Wow. Das ist hart.«

»Seltsam daran ist, dass ich das Geld, die Häuser, die Jachten oder die Skiferien gar nicht vermisse«, sagte Max. »Auch wenn wir das alles hatten.«

»Wirklich?!« Karis' Augen funkelten misstrauisch. »Hattest du Hausmädchen und einen Butler und Angestellte, die dir am Abend deinen Pyjama angezogen haben?«

Max hielt ein Lächeln zurück. »Ja, wir hatten Hausangestellte. In London. Und auf unserem Anwesen in Sussex.« Er grinste und wischte zärtlich ein Haar von Karis' Gesicht. »Denn meine Mutter wollte das so. Mein Vater … Er erfüllte ihr jeden Wunsch und war einfach glücklich, so mit ihr zu leben, wie sie es sich immer erträumt hatte.«

Max räusperte sich. »Und als alles den Bach runterging … machte er sich davon und nahm sie mit.« Er stoppte und sah sie an. »Es tut mir leid, Karis. Ich wollte das alles nicht bei dir abladen.«

»Max …«, setzte Karis an. Ihre Augen suchten seine. »Mach dir keine Sorgen. Ich kann das gut verstehen.« Sie schwieg einen Moment, so als ob sie nach den richtigen Worten suchen würde. »Die meisten Menschen versuchen stets das Beste aus dem zu machen, was sie haben und was sie mitbekommen haben. Hier drinnen …«, sie legte eine Hand auf ihre Brust, »und auch da draußen in der Welt.« Sie zeigte in Richtung des Ozeans.

Max folgte ihr mit seinem Blick. Morgenlicht hatte den Ozean silbern gefärbt. Er sah sie einen Augenblick lang an. »Wie bist du nur so weise geworden, Karis Deen?«

Sie lachte spöttisch auf. »Ich bin nicht weise. Ich mache mir einfach oft meine eigenen Gedanken über das Leben.« Sie lächelte ihn mit dem gleichen wunderschönen, scheuen Lächeln an, mit dem sie seine Aufmerksamkeit gewonnen hatte. War das wirklich erst gestern gewesen? Max fühlte, wie sein Blut wieder in Wallung geriet.

»Also, Frau Deen ... was darf ich aus Ihrem spannenden Leben erfahren ...«, begann er spielerisch. »Du bist aus Iowa. Von wo genau dort?«

»Aus einer winzigen Stadt«, sagte sie fröhlich. »Ich bin mir zu neunundneunzig Komma sieben Prozent sicher, dass du sie nicht kennst.«

»Versuch es.« Er zog sie enger zu sich heran und küsste sie lange. Dabei spürte er, dass ihr Körper auf seine Berührung reagierte.

Plötzlich zog sie sich zurück. »Mist!«

»Was ist los?«

»Mein Flug! Er geht in ...« Sie blickte in den Raum hinter ihnen zum Wecker, der neben dem Bett auf einer Konsole stand. »Mist! In weniger als zwei Stunden!« Ich weiß nicht, ob ich das noch rechtzeitig schaffe. Sekundenschnell ließ sie das Betttuch fallen und schlüpfte in das mitternachtsblaue Kleid.

Rasch zog sich auch Max seine Kleider an und die beiden rannten barfuß durch das Hotel bis auf die Straße.

»Auf Wiedersehen, *Señora und Señor Max*!«, hörten sie die fröhliche Stimme des Türstehers, als sie auf die Schlange der wartenden Taxis zugingen.

Max öffnete lachend die Tür des vordersten Wagens. Er

drehte sich um und griff nach Karis' Hand. »Es war schön mit dir. Einfach viel zu kurz«, sagte er und beugte sich vor, um sie auf die Wange zu küssen.

Sie drückte seine Hand. »Fand ich auch. Ich glaube, ich habe nicht erwartet …« Sie schwieg. »Also«, sagte sie wenig später mit einem schiefen Lächeln, »ich hatte noch nie wirklich ein gutes Timing. Pass auf dich auf, Max Burns.« Und ohne einen Blick zurückzuwerfen, verschwand Karis Deen mit dem Taxi im aufkommenden Morgenverkehr.

KAPITEL 37

ALS GEHEIM EINGESTUFT VON:
Roebuck, Botschafter
GRUND: 1.4(B), (D)
9. August 2009

1. (C) In einem Gespräch am 8. August 2009 mit dem Botschafter anlässlich der Zeremonie zur Vertragsunterzeichnung im Präsidentenpalast von Panama äußerte John Siegel Jr (Siegel Chefingenieur) erneut ernste Bedenken das Angebot des britischen Konsortiums betreffend. Zitat: »Es ist unmöglich, die Erweiterung mit dem von CISCO angebotenen Preis umzusetzen. Die Möglichkeit, dass sie scheitern, ist durchaus real.«

2. (C) In einem nachfolgenden Mailwechsel mit Siegel kam der Vorschlag auf, dass die Siegel-Gruppe ein Rumpfteam in Panama belassen sollte, um die Fortschritte des britischen Konsortiums genau im Auge zu behalten.

KAPITEL 38

Flughafen Dulles, Washington, D.C.,
USA

Karis Deen ging durch die Schiebetür und musterte die Gesichter auf der anderen Seite. Sie erwartete zwar nicht, dass jemand sie so nah am Ankunftsgate abholen würde, trotzdem sah sie sich jedes Gesicht genau an. Aus Gewohnheit. Als sie sich davon überzeugt hatte, dass sie keinen der Wartenden kannte, richtete sie ihre Aufmerksamkeit auf die weiter entfernten Bereiche.

Auf der anderen Seite des Terminals lehnte ein Mann an der Wand, direkt unter dem Schild mit der Aufschrift »International Arrivals«. Er trug Zivilkleidung, eine Yankees-Baseballkappe und ein ausgeblichenes Jeanshirt mit Kragen. Genau so war er ihr beschrieben worden.

»Agentin Deen?«, fragte er.

Sie nickte kurz und ging mit ihm gemeinsam zum Parkplatz vor dem Terminal.

Ein schwarzer SUV hielt neben ihnen. Karis setzte sich auf den Beifahrersitz.

Nach einem kurzen Blick in den Rückspiegel fuhr der Fahrer los.

KAPITEL 39

Panama-Stadt,
Panama

Es war genau neun Uhr morgens. Ein Asiate stieg aus dem Auto und eilte mit einem Schirm durch den leichten Regen.

»Dr Burns?« Der Mann senkte den Kopf und wies mit seinem rechten Arm auf den Wagen. »Bitte.« Er hielt den Schirm über Max' Kopf und setzte sich in Bewegung, um die Tür zum Fond zu öffnen.

Nachdem Max eingestiegen war, ließ er seinen Blick über die Fassaden und Gebäude schweifen, an denen der Wagen vorbeifuhr. Er musste schmunzeln, als er bemerkte, dass der Engländer in ihm nach einer Uhr suchte. Nicht eine Uhr an einer der zahlreichen Kirchen oder an irgendeinem Amtsgebäude in der Altstadt von Panama-Stadt funktionierte. Keine hatte mehr Zeiger und sie alle waren so verrostet, dass nichts mehr zu erkennen war oder diese ganz einfach zu irgendeinem Zeitpunkt stehen geblieben waren. Das Land hatte die Zeit vergessen. Oder eine genaue Zeit war hier einfach nicht so wichtig wie zu Hause in London.

Wenige Augenblicke später sah er die Straße, die am Ufer der Altstadt entlangführte. *Calle Oeste.* Es war der gleiche Küstenstreifen, an dem er mit Karis gesessen hatte, auf einer hölzernen Bank vor knapp einer Woche, kurz bevor sie in sein Hotelzimmer gegangen waren.

Während der Wagen langsam die Straße entlangfuhr, stellte Max erneut fest, dass er von Steven Zhang, den er heute treffen sollte, eigentlich gar nichts wusste.

Als der Wagen am Ende einer Sackgasse hielt, öffnete der Fahrer das Fenster lange genug, damit ein Wachmann in Uniform und mit einem Gewehr mit weißem Bajonett ihn salutieren sehen konnte. Das eiserne Tor öffnete sich.

Am Ende der Auffahrt befand sich ein elegantes, weißes Haus im spanischen Kolonialstil. Am Flaggenmast wehte eine unverkennbare Fahne, rot mit gelben Sternen.

Max Burns betrat das Botschaftsgelände der Volksrepublik China.

TEIL IV

KAPITEL 40

Geheimer Standort, Virginia,
USA, September 2010

Aus dem Helikopter heraus konnte Karis Deen noch nicht viel erkennen. Erst als sie landeten und sich die Tür öffnete, sah sie die Ansammlung nüchterner Sandsteingebäude und eine lange, minimalistische Glasfassade mit Blick über eine ausgedehnte Rasenfläche.

Sie folgte ihren Kollegen und rannte vornübergebeugt vom Helikopter weg, wie sie es in den vergangenen Monaten schon viele Male getan hatte. Alle konnten Schritt halten. Alle trugen sie Kleidung mit Camouflage-Muster und blieben, wie sie es bei solchen Übungen gewohnt waren, als Team dicht beisammen. Doch das hier war keine Waldlichtung und auch kein Pfad am Fluss.

»Hier herüber!«, kam der Befehl von vorne. Die Gruppe wurde zu dem Haupteingang des größten Gebäudes geführt, dessen Glastür von blühenden Seidenakazien umrahmt war.

Im Inneren des Gebäudes blieb Karis stehen. Die Eingangshalle war riesig, mit Teppich ausgelegt und es war seltsam ruhig. Alles war makellos. Wie bei einem Kreuzgang breitete sich eine lange, unverputzte Sandsteinwand mit Blick auf einen modernen Innenhof vor ihr aus. Mitten im kurz geschnittenen Gras stand eine weiße Steinskulptur im Stil von Brancusi.

»Karis, weißt du, wo wir sind?«

Karis drehte sich zu dem Mann um, der neben ihr stand. »Nein, keine Ahnung«, sagte sie mit gedämpfter Stimme. »Aber wage es nicht, mich zu kneifen.« Sie grinste. »Wenn das hier irgendetwas mit unserer heutigen Übung zu tun hat, dann will ich noch nicht aufwachen.

Beide gingen durch die gediegene Eingangshalle und schlossen zur Gruppe auf.

Jay Stevenson war ein Freund. Er hatte das ganze Jahr mit ihr zusammen durchgestanden, und zwischen beiden hatte sich eine eingeschworene Freundschaft entwickelt, als das Training immer herausfordernder geworden und die Zahl der Auserwählten von ursprünglich hundert auf jetzt weniger als fünfzehn zurückgegangen war.

Als sie in das spärlich beleuchtete Auditorium traten, war Karis überrascht, dort etwa vierzig ihr unbekannte Personen anzutreffen, alle ebenfalls in Uniform, die bereits auf Stühlen mit niedrigen Rückenlehnen saßen. Karis und Jay gingen zu einigen freien Stühlen hinten im Raum. Da das Leder noch ganz neu roch, vermutete Karis, dass sie die Ersten waren, die auf den Möbeln Platz nahmen.

»Guten Morgen.« Eine pragmatische und befehlsgewohnte Frauenstimme übertönte das allgemeine Geplauder. »Willkommen in der ›Abtei‹!«

Es wurde still im Raum und Karis drehte sich um. Sie sah eine zierliche, blonde Frau mit einem eleganten Kurzhaarschnitt, die zu dem Pult vorne im Raum schritt. Selbstbewusst und die Hände hinter dem Rücken verschränkt blieb sie stehen.

»Wie ich sehe, sind Sie alle bereit für das anstehende Training.« Sie lächelte und ließ ihren Blick über die Gruppe schweifen. »Heute ...« Sie hielt inne. »Heute sollen Sie Ihre Wohnung beziehen und sich mit dem Ort hier vertraut machen. Das ist Ihr neues Zuhause.«

Es herrschte erstauntes Schweigen. Karis sah zu Jay.

»Mein Name ist Agentin Erika Fisher«, fuhr die Frau fort, »ich bin die Direktorin dieser Einrichtung.« Sie lächelte wieder. »Zurzeit weiß niemand, dass Sie hier sind. Und Sie sind die Einzigen, die wissen, dass dieser Ort überhaupt existiert.« Fisher sah in die Runde, wobei ihr Blick für kurze Zeit auf einigen Agenten ruhte.

»In den Jahren Ihres Dienstes für die Vereinigten Staaten haben Sie sich bewiesen und konstant unsere und wohl oft auch Ihre Erwartungen übertroffen. Sie haben in den letzten zwölf Monaten, seit das Spezialtraining begonnen hat, hervorragende Leistungen abgeliefert. Sie haben uns gezeigt, dass Sie das Überleben Ihrer jeweiligen Einheit ernst nehmen. Von mehr als dreitausend Mitarbeitern, die sich von unterschiedlichen Stützpunkten und militärischen Einheiten aus dem ganzen Land gemeldet haben, sind Sie diejenigen, die es verdient haben, nun auf diesen Stühlen zu sitzen.« Sie machte eine Pause. »Meinen Glückwunsch!«

Die Angesprochenen begannen lockerer zu werden. Sie sahen einander an, nickten sich zu oder lächelten sich an. Karis wurde gewahr, dass sie den Atem angehalten hatte.

»Wo sind wir denn nun?« Fisher begann mit einer rhetorischen Frage. »Vielleicht erinnern Sie sich, dass es vor einigen Jahrzehnten eine Reihe von Anhörungen im

Kongress gab. Ziel war es, eine neue, geheime Verteidigungseinheit, den Defense Clandestine Service, aufzubauen. Ist Ihnen das bekannt?«

»Projekt Monarch Adler«, sagte der Mann, der vor Karis saß. »Die Kontrolle darüber hatte der Geheimdienst der Armee.«

»Richtig.« Fisher nickte. »Es sollte die weit gefassten Abteilungen des Geheimdienstes modernisieren, die als unglaublich ineffizient galten. Mehrere Einheiten überschnitten und behinderten sich oft gegenseitig in ihrer Arbeit. Diese neue Einheit wurde jedoch nie etabliert.« Sie hielt inne. »Vor zwei Jahren, 2008, wurde auf persönlichen Wunsch von Präsident Nash die Gründung des Defense Clandestine Service, kurz DCS, wieder aufgegriffen. Dieser sollte unabhängig von FBI und CIA agieren und nicht dem Pentagon berichten, sondern direkt dem Präsidenten der Vereinigten Staaten.« Fisher ließ ihren Blick über die Gruppe schweifen. »Sie sind die ersten Mitarbeiter dieser Einheit.«

Wieder sah Karis zu Jay. Er strahlte vor Freude.

»Aber lassen Sie mich von vorne beginnen.« Fisher trat ein paar Schritte vom Rednerpult weg und agierte jetzt lebhafter. »Wie Sie alle wissen, hat sich in den letzten Jahren das globale Machtzentrum verschoben. In den Augen der Welt sind die USA nicht mehr die unangefochtene Nummer eins. Was zum Teil an der Art und Weise liegt, wie vorherige Regierungen mit ihren Herausforderungen umgegangen sind. Wie auch immer, wir leben in anderen Zeiten als die Männer und Frauen, die vor uns gedient haben. Wir stehen heute anderen Bedrohungen gegenüber, einer veränderten Infrastruktur und einem ganz neuen Informationsfluss. Damit die Vereinigten Staaten ihren Platz auf der globalen Bühne wieder ausbauen und die Kontrolle zurückgewinnen können, ist es unumgänglich, dass wir neue Wege beschreiten, Dinge anders angehen. Wir müssen Lösungen finden, die unsere Wirtschaft stärkt, ebenso wie unsere Regierung und unseren Geheimdienst.«

Sie hob eine ihrer sorgfältig gezupften Augenbrauen. »Was aber natürlich nicht bedeutet, dass wir nur nach vorne blicken und alles, was wir bereits geschaffen haben, zerstören müssen. Die CIA und andere Einheiten werden weiterhin großartige Arbeit leisten. Aber wir ...«, sie ließ ihren Blick durch den Raum schweifen, »wir sind anders. Die DCS kann Aufgaben übernehmen, die die älteren, weniger flexiblen Einheiten in den letzten zwanzig Jahren nicht erledigen konnten.«

Sie schwieg kurz, vielleicht um den Zuhörern Zeit zu geben, das Gehörte zu verdauen. »Wir werden schrittweise, aber zügig vorgehen. Wir werden regelmäßig die geopolitische Landschaft überdenken und analysieren, und wir werden verschiedene Themen von strategischem Interesse angehen. Schwergewichte in der politischen Landschaft sind China und Russland, aber auch einige kleinere Länder und Organisationen, die danach streben, Nuklearmächte zu werden, um so das Gleichgewicht der Mächte zu verschieben. Gibt es Fragen bis hierher?«

Jay hob die Hand.

Fisher sah ihn an und nickte. Im Auditorium wurde es still.

»Ich habe eine Frage. Diese ›Abbey‹, also Abtei, wie Sie den Ort hier genannt haben ... Was genau soll dieser Name beschreiben? Müssen wir hier wie die Mönche leben?«

Fisher lächelte. »Ich verstehe, was Sie meinen … Agent Stevenson, nicht wahr?«

Jay nickte erstaunt.

»Dies ist eine Trainingseinrichtung, aber auch unser Zuhause. Und ein Zuhause muss ein Rückzugsort sein, ein Ort, von dem aus man gut vorbereitet in die Welt hinaustreten und sich dem, was auch immer kommen mag, stellen kann. Wie Sie also Ihre Wohnung in New York verlassen würden, um zur Arbeit zu gehen, und abends nach Hause kommen, so werden Sie von hier aus regelmäßig zu Einsätzen geschickt und kehren nach dem Erfüllen Ihrer Mission hierher zurück, um den Einsatz zu bewerten, dem Team ein Feedback zu geben und Ihre Batterien wieder neu aufzuladen. Und Sie *werden* Zeit brauchen, um sich zu erholen. Denn Ihr Job – unser Job – kann und wird gefährlich und anspruchsvoll sein.«

Sie hielt inne.

»Solange Sie in der Abbey leben, werden Sie nicht mehr am alltäglichen Geschehen der Gesellschaft teilnehmen. Das können wir nicht. Und das werden wir nicht. Wir haben uns entschieden – einige schon länger als andere –, unserem Land zu dienen auf eine Art und Weise, zu der andere nicht in der Lage sind. Dazu bildet dieser neue Ort eine wichtige Basis.«

Abermals ließ sie ihren Blick durch den Raum wandern. »Ihr vielseitiges Training hier wird der Schlüssel zu unserem Erfolg sein. Während Ihrer Einsätze werden Sie in der Lage sein, sich in den höchsten Schichten der Geschäftswelt, der Regierungen und der Gesellschaft zu bewegen, sei es auf der Hochzeit der Tochter eines Immobilientycoons in Hongkong oder beim Wetten und einer Tasse Tee anlässlich des Pferderennens in Ascot. Um dies zu erreichen, werden Sie Dinge lernen und erfahren, die in den althergebrachten Regierungs- oder Militärschulen nicht im Ausbildungsplan stehen.«

Für einen kurzen Moment verstummte sie, um gleich darauf fortzufahren: »Ein ›Eagle‹ ist in der Tat das Erkennungszeichen der Präsidenten der Vereinigten Staaten. Aber auf einem Golfplatz in Dubai?« Sie lächelte schelmisch. »Auf dem Golfplatz ist ein ›Eagle‹ zwei Schläge unter ›Par‹.«

Es wurde gelacht und Jay grinste.

Fisher fuhr fort: »Sie lachen jetzt, aber das sind genau die Details, die Sie lernen werden, damit Sie erfolgreich agieren und Ihre Undercover-Identität jederzeit aufrechterhalten können.«

Sie schwieg kurz. »Ich freue mich persönlich darauf, jede und jeden von Ihnen kennenzulernen. Seit Langem glaube ich an diese Einrichtung, und ich habe mit darauf hingearbeitet, sie aufzubauen. Ich werde alles tun, um Ihnen eine hervorragende und lebenslange Sicherheit zu gewährleisten, die Sie sich verdient haben und die Sie brauchen werden.«

Sie lächelte jetzt und ging zurück zum Rednerpult. »Ihre persönlichen Dinge aus Ihren vorherigen Unterkünften haben wir eingelagert. Wir gehen davon aus, dass Sie alles, was Sie brauchen, hier in der *Abbey* finden werden. Und wenn Sie irgendetwas vermissen sollten, geben Sie bitte am Empfang in der Eingangshalle Bescheid und wir kümmern uns darum.«

Karis sah wieder zu Jay, in dessen Gesicht sich eine Mischung aus Unglaube und Freude widerspiegelte.

»Das ist alles für heute.« Fishers Stimme übertönte den

208

Geräuschpegel, der entstanden war, als die Anwesenden begonnen hatten, miteinander zu tuscheln. »Morgen um null-siebenhundert werden Sie hier Ihr erstes Briefing erhalten.«

KAPITEL 41

*Die Abbey, Virginia,
USA*

Karis spürte ein leichtes Vibrieren und hörte das leise Klicken eines sich öffnenden Schlosses, als sie den Türgriff ihrer neuen Wohnung berührte. Instinktiv zog sie ihre Hand zurück. Die Tür verschloss sich von selbst wieder.

»*Dios mío!*« Die Worte kamen von einem Mann, der vor der Tür der Nachbarwohnung auf der anderen Seite des breiten Flurs stand. »Dieser Ort ist wirklich cool!«

»Auf jeden Fall besser als ein Zelt und ein Moskitonetz«, erwiderte sie lachend. Ihr Gegenüber war stark gebräunt und wirkte sehr gepflegt. Sein ansonsten symmetrisches Gesicht trug die Spur einer alten Verletzung, vielleicht aus einem Kampf. Karis war er sofort sympathisch.

»Okay, ich wage es!« Er stieß die Tür auf. Und fügte hinzu: »Agent Tucker Santiago Avila. Merke dir diesen Namen!«

Sie lachte wieder. »*Encantada.* Karis Deen.«

»*Oh, tu hablas Español?*« Er lächelte freudig, wobei er eine Reihe gerader, weißer Zähne enthüllte.

»*Si, bastante.*«

»Besser als nur ein bisschen!« Er blinzelte ihr zu und verschwand in seinem Apartment.

Lächelnd berührte Karis den Türknauf erneut, öffnete dieses Mal die Tür gleich danach und trat über die Schwelle. Sofort begannen sich an allen Fenstern die Rollläden zu öffnen. Licht fiel in das offene Apartment, welches mit seinen großen und bodentiefen Fenstern einen beeindruckenden Blick über den Wald und die Wiesen bot.

Eine moderne weiße Küche in Stein- und Glasoptik zog sich an einer Wand entlang. Beige Ledersofas und ein unauffälliger Teppich grenzten den weitläufigen Wohnbereich ab.

Automatisch zog sie angesichts des edlen Parketts ihre Schuhe aus und lief über die warmen, aschfarbenen Dielenbretter zur Küche. Versteckte Lampen und Gerätekonsolen begannen dezent zu leuchten, als sie näher kam.

Gespannt öffnete sie den Kühlschrank. Er war mit frischem Gemüse und einer Auswahl Gourmetsaucen in Gläsern bestückt. Kein Ketchup, stellte sie fest.

Ein weiterer, kleinerer Kühlschrank mit einer Glastür war mit Bier, Weinflaschen und Champagner gefüllt. Sie zog eine Flasche Weißwein heraus und sah auf das Etikett. Da sie sich damit nicht auskannte, konnte sie nicht einschätzen, ob dies ein guter Wein war oder nicht. Sie ahnte jedoch, dass dieser wohl aus edleren Reben stammte als der billige Chardonnay, den sie sich gelegentlich leisten konnte.

Sie stellte die Flasche auf die Arbeitsfläche und ging in Richtung Schlafzimmer, wo ein breites Bett, das mit makellos weißem Leinen bezogen war, auf sie wartete. Ein Bücherregal aus hellem Holz, das vom Boden bis zur Decke reichte, war mit jeder Menge Bücher bestückt:

klassische Romane neben philosophischen und militärischen Werken, wissenschaftliche Bücher, religiöse Texte und aktuelle Titel aus der neueren Zeit.

Schließlich stand sie vor der begehbaren Garderobe. Ein wandhoher Spiegel auf der gegenüberliegenden Seite warf das Bild einer jungen Frau in einer Uniform in Tarnfarben zurück. Ihre langen dunklen Haare waren streng nach hinten gebunden und die Müdigkeit als Folge des harten Trainings war in ihrem Gesicht klar zu erkennen.

Karis drehte sich zu einem Regal voller frisch gebügelter Oberteile um. Unterschiedlich lange Abendkleider hingen über einem Regalbrett mit Hosen und Designerjeans in verschiedenen Farben. Kombinationen von Slip und BH lagen in mit Markennamen versehenen Behältern neben Woll- und Kaschmirpullovern. Sie fuhr mit der Hand über die Textilien. Sie musste sich wohl noch an den Gedanken gewöhnen, dass ihre persönlichen Dinge ohne ihr Wissen eingelagert worden waren und man sie ohne Vorwarnung in ein Umfeld gebracht hatte, welches ihr völlig fremd war.

Ihre Finger ruhten auf dem Satin eines schwarzen Abendkleids, das ihrem eigenen mitternachtsblauen ähnlich sah. Nur dass dieses hier von zehn Mal so guter Qualität war – der Stoff war schwer und weich. Plötzlich übermannte sie die Erinnerung an die stickige Hitze, den salzigen Fisch und die Meeresbrise in Panama. Und an die Nacht mit dem englischen Ingenieur. Rasch zog sie ihre Hand zurück.

Karis fragte sich, ob sie bald aufwachen würde und sich in einem der CIA-Camps in Langley oder – schlimmer noch – irgendwo in dem gottverlassenen Ödland des

Mittleren Westens, in dem sie aufgewachsen war, wiederfinden würde.

»Räum deinen verdammten Dreck weg!« Die Stimme ihrer Großmutter drang in ihre Erinnerung und Karis verspürte plötzlich das Bedürfnis zu lachen. Ihre Antwort damals in der achten Klasse hatte gelautet: *»In meinem Kopf bin ich ordentlich, und das ist, was wirklich zählt.«* Eigentlich hätte ihre Großmutter nicht widersprochen, aber an jenem Tag war die alte Frau – mal wieder – betrunken gewesen.

Karis drehte sich um, als ein sanfter Ton erklang, was, so vermutete sie, die Türklingel sein musste.

Als sie zur Eingangstür kam, bemerkte sie einen Monitor, der sich eingeschaltet hatte und ihr den Blick auf den Flur ermöglichte, wo Jay in ein angeregtes Gespräch mit ihrem neuen Nachbarn Avila vertieft war. Lächelnd öffnete sie die Tür.

»Karis!«, rief Jay. Er trug nagelneue Jeans und ein schwarzes T-Shirt. »Ich bin nur gekommen, um …« Er spähte in ihr Apartment.

»Um sicherzugehen, dass das alles real ist?« Sie lachte. »Es scheint wirklich so zu sein.«

Er atmete aus. »Ich bin letzte Nacht wohl gestorben und jetzt im Himmel.«

»Ich glaub, das sind wir alle.« Abermals lachte sie.

Jay trat einen Schritt zurück. »Avila und ich haben soeben beschlossen, uns in unserem Kloster umzusehen. Kommst du mit?«

Avila lächelte breit. »Ich habe schon herausgefunden, dass es im Untergeschoss ein Schwimmbad und einen vollautomatischen Schießstand gibt.«

»Ich bin gleich so weit. Gebt mir noch zwei Minuten!«

KAPITEL 42

*Das Weiße Haus, Washington, D.C.,
USA, Januar 2011*

Als Verteidigungsminister war Bill McKenzie ein regelmäßiger und pünktlicher Teilnehmer an den Treffen des Sicherheitsrates im Weißen Haus. Heute jedoch war er spät dran.

Die erste Person, die er sah, als er den Besprechungsraum betrat, war Rebecca Eisenhower, die Außenministerin. Sie nickte ihm zu. Er ließ seinen Blick durch den Raum wandern bis zum Vorsitzenden des Rates, dem Präsidenten der Vereinigten Staaten, Richard Nash, der am Kopf des Tisches saß.

»Bitte entschuldigen Sie, Herr Präsident«, sagte McKenzie und nahm seinen Platz gegenüber von Eisenhower ein.

Nash hatte sein übliches unbekümmertes Mittleres-Westen-Lächeln im Gesicht. »Guten Morgen, Bill.« Er blickte in die Runde. »Da wir nun vollzählig sind, können wir starten. Erster Punkt der Tagesordnung: Nicaragua.«

McKenzie nahm seine Brille ab. »Wir haben eben erfahren, dass sich die Regierung von Nicaragua in geheimen Verhandlungen mit einem chinesischen Geschäftsmann befindet mit dem Ziel, einen Kanal zu bauen, der durch den Lago Nicaragua im Süden des Landes führt.«

»Sind die verrückt?« Rebecca Eisenhower schüttelte lachend den Kopf. »Nicaragua ist … nun ja, dieses Land *schwierig* zu nennen, wäre wohl eine Untertreibung.«

Zustimmendes Gemurmel ertönte. Es war klar, dass sie auf die Iran-Contra-Affäre aus den Achtzigerjahren anspielte. Damals waren als Gegenleistung für die Zahlung geheimer Gelder – ohne das Wissen und die Zustimmung des amerikanischen Kongresses und mutmaßlich auch ohne die Kenntnis von Präsident Ronald Reagan – amerikanische Waffen über Israel nach Iran verschifft worden. Diese hätten dem Austausch von US-Geiseln im Libanon dienen sollen. Was jedoch niemand vorhersehen konnte, war, dass, sobald die Geiseln freigelassen worden waren, die an den Iran gelieferten amerikanischen Waffen an die aggressive, rechtsgerichtete Contra-Bewegung in Nicaragua weitergeleitet wurden. Dies mit dem Ziel, die sozialistische Regierung Nicaraguas zu stürzen. Die Sowjets waren darüber nicht glücklich gewesen, und infolgedessen hatten die internationalen Spannungen und Spionageaktivitäten enorm zugenommen.

»Ja, ein Großprojekt in einem solchen Land empfinde ich auch als äußerst kompliziert.« McKenzie nickte grimmig. »Aber nicht als unmöglich. Zudem würde dieser neue Kanal in Nicaragua erklären, warum China bei dem Wettbewerb für die Expansion des Panamakanals kein Gebot abgegeben hat. Die wollen wohl lieber ihren eigenen Kanal bauen.«

»Das steckt also dahinter? Die Chinesen wollen ihre Muskeln spielen lassen?«

McKenzie schürzte die Lippen. »Kann sein. Wenn sie es in der Tat schaffen sollten, ihren eigenen Kanal in Nicaragua zu bauen, würde das ihr Standbein in der Region enorm stärken.«

Eisenhower sah den Präsidenten besorgt an. »Ich muss gestehen, ich höre zum ersten Mal von diesem Vorhaben der Chinesen. Ich könnte mir gut vorstellen, dass es in ihrem Interesse wäre, wenn der Panamakanal in Probleme geraten würde. Erinnern Sie sich an den Bericht, den wir vor zwei Jahren von Botschafter Roebuck aus Panama erhalten haben? Über das britische Konsortium, das den Auftrag für die Erweiterung gewonnen hatte?« Sie ließ den Blick durch den Raum wandern. »Das Preisangebot, welches sie unterbreitet hatten, war unrealistisch niedrig, und wir wissen immer noch nicht, ob sie mit den verfügbaren Ressourcen in der Lage sein werden, die Erweiterung erfolgreich umzusetzen und fertigzustellen.«

»Fahren Sie fort.«

»Wir haben damals Erkundigungen eingeholt, und London hat bestätigt, dass die britische Regierung in keiner Weise involviert war oder das britische Konsortium in irgendeiner Form unterstützte. Und es ist zu bezweifeln, dass sie anderweitig Einfluss ausgeübt haben. Also wissen wir immer noch nicht, ob das britische Konsortium auf eigene Faust handelt oder ob jemand anderes dahintersteckt, von dem wir noch nichts wissen.«

Nash nickte bedächtig. »Warum würden die Chinesen davon profitieren, wenn die laufende Erweiterung des Panamakanals fehlschlägt?«

»Ich denke, in der Öffentlichkeit würden das Interesse und die Zustimmung für einen neuen Kanal in Nicaragua zunehmen, richtig?« Diese Anmerkung kam vom Vizepräsidenten.

Nash wandte sich an McKenzie. »Bill, welche Informationen liegen uns vor? Könnten die Chinesen bei der Erweiterung des Panamakanals die Hand im Spiel haben?«

»Um ihre eigenen Interessen voranzutreiben?« McKenzie hob eine Hand. »Leider habe ich dazu keine weiteren Informationen. Ich werde die Botschaft in Panama um einen aktualisierten Bericht bitten.«

»Sir?« Der Stabschef des Weißen Hauses lehnte sich zum Präsidenten hinüber und flüsterte ihm etwas zu.

Präsident Nash stand auf und warf einen Blick in die Runde. »Sie müssen mich kurz entschuldigen.«

Die Anwesenden widmeten sich ihren Laptops und anderen Unterlagen, während der Vizepräsident Nash auf seinem Weg nach draußen folgte.

McKenzie nutzte die Gelegenheit, sich in seinem Stuhl zurückzulehnen und sich zu strecken. Es war eine anstrengende Woche gewesen.

Von der gegenüberliegenden Tischseite beugte sich Rebecca Eisenhower zu ihm herüber. »Erzähl mal, Bill: Wie ist der neue Geheimdienst gestartet?« Sie hatte ihre Stimme gesenkt. »Wie hast du ihn genannt? Die *Abbey*?« Sie lächelte.

McKenzie nickte. »Sehr gut. Erika Fisher hat alles unter Kontrolle.«

»Sind sie bereits einsatzfähig?«

»Mir wurde gesagt, dass sie schon bald so weit sind.«

Eisenhower nickte höflich. »Hoffentlich.«

KAPITEL 43

*Die Abbey, Virginia,
USA, Februar, 2011*

»Wenn ihr mir vor ein paar Monaten erzählt hättet, dass ich eines Tages C++ und Python programmieren kann, hätte ich euch für komplett verrückt erklärt.« Tucker Avila drehte sich um und sah Karis und Jay an.

Die drei joggten seit etwa einer halben Stunde im Wald und es war kühl. Bodennebel lag in den Senken des Waldes.

Der Einzige, der an diesem Tag die Kälte nicht zu spüren schien, war Avila, der die gleichen hautengen Dreiviertel-Leggings trug, in die er sich seit seiner Ankunft in der *Abbey* für den Sport kleidete. Er behauptete, sie würden seiner Figur schmeicheln.

»Anscheinend bin ich recht gut darin, neue Programmiermuster zu erkennen«, fuhr Avila fort, »und aufzuschlüsseln.«

»Bist du also schon so weit, dass du den Großrechner des chinesischen Staatsrates hacken kannst?«, zog Karis ihn auf.

»Eins nach dem anderen. Sagen wir mal so: Ich habe die Abschlussprüfung über die Computerkryptologie mit Bravour bestanden, und meine Arbeit zum Darknet erhielt Bestnoten.«

Jay schnaubte belustigt. »Ja, genau, dein Titel ›*TUCKER AVILA UND DAS DARKNET*‹ wird bestimmt ein Bestseller ...«

»Hey, ist das Fisher?« Avila wurde langsamer.

Eine Gestalt in schwarzer Sportbekleidung und mit einer Kapuze auf dem Kopf rannte auf sie zu.

»Ich glaube ja.«

Als sie näher kam, sah Karis das kurze blonde Haar aus der Kapuze des DCS-Hoodies ragen und sie erkannte daran ihre Chefin.

»Guten Morgen!« Fisher nahm die Kapuze ab. Sie wurde langsamer.

Karis blieb neben ihren Kollegen stehen, ihr Atem bildete jetzt kleine Wölkchen in der Stille des Waldes.

»Agentin Deen, haben Sie Zeit für noch eine Runde zusammen mit mir?«, fragte Fisher. Sie lächelte. Sie kam immer direkt zur Sache.

Karis nickte. »Natürlich. Mein nächster Termin ist erst am Nachmittag.« Sie winkte Jay und Avila zum Abschied und lief los, als sich Fisher ebenfalls in Bewegung setzte. Sie passten gut zueinander, denn sie liefen in etwa das gleiche Tempo.

»Wir geht es Ihnen, Agentin Deen?«

Karis nickte. »Großartig, Danke schön. Ich habe immer noch das Gefühl, mich jeden Tag kneifen zu müssen. Und jedes Mal, wenn wieder neue tragbare Technologie ankommt.« Sie lachte und zeigte auf die Hitech-Laufschuhe, die sie gerade testeten.

Karis schätzte das Bestreben ihrer Chefin, durch persönliche Gespräche ihre Agenten besser kennenzulernen. Sie schätzte diesen Umstand wesentlich mehr als die Tatsache, dass Fisher niemanden duzte.

»Also, Agentin Deen, was können Sie mir über sich erzählen?«

»Etwas, was nicht schon in den Akten steht, meinen Sie?« Karis grinste. »Nicht viel!«

»Haben Sie Nachsicht mit mir«, sagte Fisher. »Mein Ziel ist es, meine Mitarbeiter besser zu kennen, als sie es selber tun. Und Sie, Agentin Deen, sind für mich ganz besonders interessant.«

Karis lachte kurz auf. »Ach ja? Das war nicht meine Absicht.« Nach einer kurzen Pause ergänzte sie: »Womöglich liegt das daran, dass ich nie ein ausgeprägtes Herdentier war.« Ihr ganzes Leben lang hatte sie Gleichaltrige – erst Mädchen, dann Frauen – über sich selbst plaudern hören und erstaunt beobachtet, wie diese ihre Gefühle analysierten, über ihre Vorlieben, ihre Träume, ihre Freunde, ihre Familie redeten. Wie sie Kleider tauschten und dabei tuschelten. Für Karis war dies wie eine Fremdsprache gewesen. »Ich fühlte mich in einer Gruppe eigentlich erst wohl, als ich Soldatin wurde.«

»Das kann ich verstehen«, sagte Fisher mit einem Lächeln. Sie schwieg kurz. »Sie sind bei Ihrer Großmutter aufgewachsen, stimmt das?«

»Ja. Bis sie gestorben ist. Damals war ich vierzehn. Ich lebte dann allein, bis ich mich bei den Marines melden konnte.« In dem Moment fragte sie sich, was wohl der Beweggrund ihrer Vorgesetzten gewesen war, der Armee beizutreten. Fisher schien nicht so zu sein wie die meisten, die sich aus einer langen Familientradition heraus für den Dienst an der Waffe entschieden hatten. Ihr Patriotismus schien einen anderen Ursprung zu haben.

»Uns liegen keine Informationen über Ihren Vater oder Ihre Mutter vor«, unterbrach Fisher ihre Gedanken.

»Mir auch nicht. Ich weiß nur das, was andere Menschen mir erzählt haben, wie zum Beispiel meine Großmutter.«

»Und was hat sie Ihnen erzählt?«

»Dass meine Mutter ein Junkie war und sie an einer Überdosis gestorben ist. Und dass sie nicht wusste, wer mein Vater war.« In dem Augenblick, in dem sie sie erzählte, sog die Stille des Waldes ihre Geschichte in sich auf. Karis lachte kurz auf. »Meine Großmutter kam mit der Situation nie richtig zurecht und hat mich dies auch spüren lassen.«

»Wie kam das zum Ausdruck?«

»Sie hat oft gesagt: ›Du bist ein Fehler. Dich sollte es gar nicht geben‹.« Karis schwieg kurz. Ich machte mir große Vorwürfe. Ich dachte, es sei meine Schuld, dass meine Mutter nicht mehr bei uns war und meine Großmutter durch meine Anwesenheit so sehr leiden musste.« Sie lächelte schief. »Sie erzählte mir auch, dass meine Mutter, als sie mit mir schwanger war, versuchte, mich mit Stricknadeln zu töten.«

Fisher atmete hörbar ein. »Das hat sie Ihnen erzählt?«

»Ja. Ich weiß aber nicht, ob es stimmt. Vielleicht. Aber nachdem sie mir das gesagt hatte, beschloss ich, dass alles, was ich von ihr hörte, nur Scheißlügen waren. Bitte entschuldigen Sie meine Ausdrucksweise.«

Fisher schüttelte den Kopf. »Haben Sie Ihre Mutter jemals wiedergesehen?«

»Ich habe sie nur zwei Mal gesehen, und beide Male schien sie überrascht zu sein, dass ich immer noch lebe.«

»Das muss hart gewesen sein.«

»Ehrlich gesagt ist das schon so lange her, dass es

sich jetzt anfühlt, als seien diese Geschichten aus dem Leben von jemand anderem. Oder aus einem Film.«

Sie liefen beide nun etwas schneller, um sich vor der Kälte zu schützen. Karis sah hinüber zu Fisher. Die ältere, aber immer noch sehr attraktive Frau hatte einen dünnen Schweißfilm auf der Stirn. Hatte diese Geschichte irgendetwas bei ihr ausgelöst?

Fisher sah sie mit einem höflichen Lächeln an. »Ich kann verstehen, warum Sie in Ihrem Job so gut sind«, sagte sie dann. »Man braucht außergewöhnliche Kräfte, um das durchzustehen, was Sie durchgestanden haben. Besonders wenn man es so weit bringen möchte wie hier … in die *Abbey*.«

»Danke.« Karis war sich nicht sicher, was sie sagen sollte. Sie hatte bisher noch niemandem von den Geschichten aus ihrer Vergangenheit erzählt und wusste selber nicht, wie sie mit diesen wiedererwachten Erinnerungen umgehen sollte. Nach einer kurzen Pause sagte sie: »Agentin Fisher? Haben Sie je an Ihrem Job gezweifelt?«

Fisher lachte. »Natürlich habe ich das. Mein ganzes Leben lang!« Sie sah zu Karis. »Warum fragen Sie mich das? Haben Sie Sorgen?«

Karis schüttelte den Kopf. »Nein. Nur … ich nehme an, dass Sie schon sehr lange im Einsatz sind.«

Wieder lachte Fisher. »Das könnte man wohl sagen. Mehr als dreißig Jahre.« Sie lächelte Karis zu.

»Und natürlich haben mich all die Jahre immer wieder Zweifel geplagt. Ob alles richtig ist, was ich mache, ob ich am richtigen Ort bin. Ich war nie besonders gut im Umgang mit zivilen Alltagssituationen. Ich habe mich auch immer eher in einer Gruppe wohlgefühlt als mit einem Lebenspartner. Und das ist vermutlich der Grund, weshalb ich hier so erfolgreich war. Ja, und auch glücklich.« Sie warf Karis einen Blick zu. »Liebe hat mir nie die Sicht versperrt.« Sie wurde etwas langsamer und Karis passte sich ihrem Tempo an.

»Mein Vater hat mich allein großgezogen«, fuhr Fisher fort. »Er war ein sehr gläubiger Mann und verbrachte jede freie Minute in der Kirche. Er arbeitete in Anlaufstellen und Rehabilitationszentren. Mit Menschen, die es nie wirklich geschafft hatten, ihren Weg zu finden. Ich bewunderte ihn dafür. Aber irgendwann wusste ich, dass ich eine Wahl treffen musste: Ich konnte, so wie er, mein Leben Gott widmen oder etwas anderes finden, um ebenfalls in den Dienst einer größeren Idee einzutreten.«

»Was hat Ihnen an der Religion nicht gefallen?«, fragte Karis.

»Es war nicht die Religion, die für mich nicht gepasst hat. Es waren die Struktur und die permanenten Versuche der Kirche, durch ihre Organisation und ihre Zeremonien einen gangbaren Weg zu finden, um mit Grauzonen des menschlichen Daseins einigermaßen umgehen zu können.

Karis wartete darauf, dass Fisher fortfuhr.

»Die Vereinigten Staaten zu schützen ist hingegen etwas Handfestes«, sagte Fisher. »Und eine dringend benötigte Realität. Ja, ich habe oft gezweifelt. Jedes Mal, wenn ich zu einem neuen Einsatz in ein Kriegsgebiet aufbrach oder wenn es eine Veränderung in dem globalen Machtgefüge gab.« Sie warf Karis einen kurzen Blick zu. »Woran ich nie zweifelte, war, dass ich meinen Beitrag leisten konnte, um unser Land zu schützen und es stärker zu machen. Mein Fokus war und ist es, stets die Besten der Besten auszubilden, damit diese dann ihr Wissen anderen vermitteln können. Das ist meine Art zu missionieren.«

Sie lächelte. »Ich habe jetzt gleich ein Meeting«, sagte sie und wurde langsamer, bis sie still stand. »Ich hoffe, wir finden wieder einmal eine Gelegenheit zu einem Gespräch.«

»Vielen Dank. Das würde mich freuen.«

Fisher nickte und trat ein paar Schritte zurück. »Und übrigens bin ich sehr beeindruckt von Ihren Fähigkeiten am Schießstand.« Sie drehte sich um und setzte sich in Bewegung.

Karis sah dabei zu, wie Fisher den Weg durch den Wald zurücklief. Lächelnd und mit einem Gefühl von Zufriedenheit joggte Karis weiter. Ihr Atem und gelegentlich das Knacken eines trockenen Astes unter ihren Füßen waren nun die einzigen Geräusche, die sie begleiteten.

KAPITEL 44

Als sie sich schon einige Hundert Meter von der jüngeren Agentin entfernt hatte, gingen Erika Fisher einige Gedanken durch den Kopf. Den Berichten nach war Karis Deen von allen Auserwählten am belastbarsten, und sie war auch eine der interessantesten. Zudem war sie diejenige, die sie am stärksten an sich selbst als junge Frau erinnerte.

Sie hielt an, um Atem zu schöpfen. *Verdammt!* Es war doch nicht möglich, dass sie schon nach weniger als zwanzig Minuten leichten Trainings außer Atem war, oder? Sie biss die Zähne zusammen und lief wieder los, fest entschlossen, die Runde zu beenden, ohne noch einmal anzuhalten.

Abermals musste sie an Karis denken. Das Gespräch mit der jungen Agentin hatte bei ihr ein trauriges Gefühl hinterlassen. Natürlich war das nachvollziehbar. Sie hatte selbst einmal mit den gleichen Sorgen zu kämpfen gehabt. Mit den Träumen einer Frau, die noch jung genug ist, um die Liebe fürs Leben zu finden. Mit der Vorstellung, irgendwann die eigenen Kinder aufwachsen zu sehen.

Es ging einfach nicht. Ein stechender Schmerz fuhr durch ihre Brust. Sie stoppte, beugte sich nach vorne und legte die Handflächen auf ihre Knie. Nach einem Blick auf ihre Uhr richtete sie sich wieder auf, wobei sie ein wütendes »Mist!« ausstieß. Sie musste möglichst bald einen Arzt aufsuchen. Und zwar noch vor der anstehenden medizinischen Jahresuntersuchung.

Schwer atmend lief sie den Rest der Strecke zurück zur *Abbey*.

KAPITEL 45

Amerikanische Botschaft, Clayton,
Panama, Mai 2011

Der amerikanische Botschafter Larry Roebuck stand hinter Summers und las über die Schulter seines Assistenten hinweg dessen Notizen. Der Nachmittag war elendig heiß und die Klimaanlage in seinem Büro schien der Hitze nicht gewachsen zu sein. Summers' Büro war kühl, daher hatte er sich dort niedergelassen, um gemeinsam mit seinem Assistenten die offiziellen Verlautbarungen durchzugehen.

»Okay, lesen Sie vor, was Sie bisher haben.« Roebuck machte einen Schritt vom Schreibtisch weg, verschränkte die Arme vor der Brust und schloss die Augen, als Summers vorzulesen begann.

»Eins: In seinem Statusbericht vom 3. Februar 2011 schrieb John Siegel Jr (Chefingenieur der Siegel-Gruppe) [Zitat]: ›Gemäß unserer Analyse und Prognose befindet sich das CISCO-Konsortium in großen finanziellen Schwierigkeiten. Für die Weiterführung des Projekts wird ihnen bald das Geld ausgehen. [Siehe beigefügter vollständiger Statusbericht.]‹ Der Botschaft liegen jedoch noch keine gesicherten Dokumente vor, um diese Aussage und CISCOs Liquidität überprüfen zu können.«

Summers hielt inne und sah zu Roebuck auf. »Stimmt das so?«

»Ja. Sehr gut. Nächster Paragraf?«

Summers sah wieder auf den Bildschirm.

»Zwei: Der Geheimdienst vor Ort hat berichtet, dass sich der Chefingenieur des britischen Konsortiums, Max Burns, wöchentlich mit dem chinesischen Botschafter Steven Zhang zum Golfspiel trifft und ihn jeweils danach in der chinesischen Botschaft besucht.«

Roebuck seufzte. »Woher haben Sie diese Information?«

»Das stand im Geheimdienstbericht von gestern.«

»Nehmen Sie es raus. Wir können keinen Tratsch in den offiziellen Bericht für die Außenministerin aufnehmen.«

»In Ordnung.«

Roebuck verließ Summers' Büro und ging zurück in sein eigenes. Wieder schlug ihm die Hitze ins Gesicht. Erschöpft ließ er sich auf seinen Stuhl plumpsen. Während er seinen Computer einschaltete und einen Browser öffnete, blies er Luft in seine Wangen.

Wenige Minuten später hörte er einen Aufschrei im Flur.

»Sir!«

Roebuck schloss die Augen. *Was ist jetzt schon wieder?*

»Herr Botschafter! Die Außenministerin auf Leitung eins!« Außer Atem und völlig aufgelöst erschien Summers im Türrahmen. »Es tut mir so leid, Sir. Es tut mir so leid! Ich habe einen schrecklichen Fehler gemacht!«

»Wovon sprechen Sie?« Roebuck sah zu seinem Telefon, auf dem ein Licht heftig blinkte.

»Ich habe aus Versehen den gesamten Statusbericht von Siegel nach Washington geschickt – auch die Information über Max Burns und den chinesischen Botschafter.«

»Gottverdammt noch mal!« Roebuck sprang auf. »Raus!« Wütend zeigte er auf die Tür.

Unterwürfig drehte sich Summers um und schlich bedrückt davon.

Roebuck setzte sich wieder, atmete tief ein, hob den Hörer ab und lauschte.

»Larry, sind Sie dran? Was ist da los mit dem englischen Ingenieur und dem chinesischen Botschafter?«

»Guten Tag, Ma'am.« Er hielt inne, aber am anderen Ende der Leitung herrschte angespanntes Schweigen. »Nun, also, ja, ich war mir selbst nicht sicher, ob ich diesen Teil unseres Sicherheitsreports weiterschicken sollte, es könnte durchaus eine Beobachtung ohne weitere Bedeutung sein …«

»Es könnte aber auch noch viel mehr sein als das.«

»Was meinen Sie?«

»Uns wurde mitgeteilt, dass ein chinesischer Investor plant, einen Kanal in Süd-Nicaragua zu bauen.«

Roebuck sprang erneut von seinem Stuhl. »Was?«

»Wir glauben, dass dies der Grund ist, weshalb die Chinesen kein Angebot für die Expansion des Panamakanals abgegeben haben. Es könnte sein, dass sie versuchen werden, den Panamakanal zu sabotieren, um so schneller an das benötigte Kapital für ihr Nicaragua-Projekt zu kommen.«

»Um Kapital für ihr Nicaragua-Projekt zu bekommen …?« Roebuck wiederholte das Gesagte, während er nach Worten suchte.

»Ja. Ihr Bericht über den britischen Ingenieur ist die erste konkrete Verbindung zwischen China und dem Panamakanal.«

»Oh. Ich verstehe«, sagte er. »Natürlich.«

»Larry, lassen Sie es mich umgehend wissen, wenn es neue Informationen gibt.« Die Leitung wurde unterbrochen.

Langsam legte Roebuck den Hörer auf. Er zog ein Taschentuch aus seiner Tasche. *Was zum Teufel ist hier eben passiert?* Er presste sich das Taschentuch gegen die Stirn und schaute aus dem Fenster. *Ein Kanal in Nicaragua? Gebaut von den Chinesen?* Den Panamakanal sabotieren? Sein Herz trommelte wild. *Was zum Teufel hat dieser Max Burns vor?*

KAPITEL 46

Washington, D.C.,
USA, Juli 2011

Erika Fisher rannte die alte Holztreppe herunter und stieß die Tür nach draußen auf. Die Frühlingsluft war eiskalt, doch sie fühlte es kaum. Menschen drängelten sich an ihr vorbei. Sie trat einen Schritt zurück, raus aus dem Strom, und ließ sich gegen die Betonsäule der Autobahnüberführung sinken.

Benommen dachte sie an das schwarz-weiße an den Leuchtkasten gepinnte Röntgenbild, das sie eben gesehen hatte. Die milchigen Umrisse ihrer Knochen in ihrer Brust. Und die gerunzelte Stirn der Ärztin. Fisher hatte vermutet, eine Grippe zu haben, oder schlimmer noch, eine Lungenentzündung, aber ihr Termin heute Morgen hatte alles verändert.

»Es tut mir leid, Mrs Andrews, ich habe leider keine guten Nachrichten. Sie haben Lungenkrebs im fortgeschrittenen Stadium. Das Blutbild hat es bestätigt.« Die Worte der Ärztin hallten in Fishers Kopf nach. »Wir müssen noch einen weiteren CBC-Test machen …«

»Einen was?«

»Wir müssen die Krebszellen zählen … wir werden einen weiteren Test in den nächsten zwei Wochen machen, um zu sehen, wie rasch sie sich vermehren.«

»Wie …«, Fisher suchte nach Worten, »wie viel Zeit habe ich noch?«

Die Ärztin schüttelte langsam den Kopf. »Das kann ich Ihnen nicht sagen.«

»Das ist doch keine Antwort!«

»Gibt es jemanden, den ich für Sie anrufen soll?«

Fisher drehte sich weg und atmete schwer, um ihre ungewollten Gefühle unter Kontrolle zu bringen.

»Ein Familienmitglied vielleicht?«

Fisher starrte die Ärztin an. Sie wusste nicht, was sie sagen sollte. »Ein Familienmitglied?«, wiederholte sie.

»Genau. Ihre Familie.«

Wen? Wen, verdammt noch mal, will sie anrufen? Sie spürte Wut in sich hochsteigen.

Die Ärztin warf einen Blick auf die Unterlagen, die vor ihr lagen. »Wie ich sehe, wohnen Sie hier in der Stadt … Ist das korrekt, Mrs Andrews?«

»So habe ich es geschrieben«, antwortete Fisher.

»Sehr gut. Meine Sprechstundenhilfe wird für Sie heute noch einen Termin im Krankenhaus organisieren. Dort werden Sie über alle weiteren Schritte informiert.« Die Ärztin streckte den Arm aus und angelte nach ein paar Broschüren. »Hier.« Sie schob sie über den Tisch, dann senkte sie den Blick und schrieb ein Rezept. Die Haut ihres Fingers wölbte sich auf beiden Seiten über ihren viel zu eng anliegenden Verlobungsring. Der Stein, der den Ring zierte, wirkte unecht oder er war wohl nicht von besonders guter Qualität.

»Kann man ihn in gewöhnlichen Bluttests erkennen?«, fragte Fisher.

Die Ärztin blickte auf. »Wie bitte?«

»Den Krebs. Kann man ihn bei gewöhnlichen Blut-untersuchungen feststellen?«

»Nein«, sagte die Ärztin. »Nicht mit den Standardtests.« Sie sah Fisher einen Augenblick lang fragend an. Dann unterschrieb sie das Rezept. »Das sollte gegen Ihre ersten Schmerzen helfen.«

Fisher nahm das Papier und ging zur Tür. Sie brauchte frische Luft.

»Mrs Andrews?«

Es dauerte einen Augenblick, bis Fisher realisierte, dass die Ärztin sie meinte. Sie blieb im Türrahmen ste-hen.

»Sie müssen jetzt stark sein, wissen Sie. Und Sie dürfen sich keine Vorwürfe machen. Sie haben keine Schuld.«

Fisher starrte die Ärztin an. »Sie machen Ihren Job fünf Tage die Woche?«, fragte sie plötzlich.

Die Ärztin nickte lächelnd. »Manchmal auch sechs.«

»Und Sie ... und was? Sie sitzen jeden Tag wie ange-wurzelt auf diesem verdammten Stuhl – jeden Tag?« Sie gab sich keine Mühe, die Wut in ihrer Stimme zu verbergen.

Die Ärztin antwortete nicht.

»Wissen Sie ... ich lebe gesund«, sagte Fisher. »Ich lebe *außerordentlich* gesund und bin top trainiert. Ich gebe keiner Laune nach und ich erlaube mir kein nachlässiges, schwaches Verhalten, schon mein ganzes Leben lang. Und jetzt ... schauen Sie sich einmal selber an ...« Ihre Stimme versagte. »Und jetzt soll ich die Kranke sein? Finden Sie das okay?«

Während sie den endlosen Strom unbekannter Ge-sichter auf dem Bürgersteig in der Innenstadt musterte, biss sie die Zähne zusammen. Als die Ampel auf Grün sprang, drängte sie sich durch die Gruppe der Fußgänger, die nun wie Schafe über die Kreuzung trotteten, und ging rasch zur Apotheke an der Ecke.

KAPITEL 47

Das Weiße Haus, Washington, D.C.,
USA, Dezember 2011

Verteidigungsminister Bill McKenzie nahm im Kabinett-zimmer Platz. Dieses lag direkt neben dem Büro des Präsidenten und bot einen schönen Blick auf den Rosengarten des Weißen Hauses. Dieses Mal war er früh dran.

Präsident Richard Nash begrüßte die Mitglieder des Nationalen Sicherheitsrates und nahm seinen Platz am Kopf des Tisches ein. Ohne Vorgeplänkel wandte er sich McKenzie zu. »Nicaragua«, verkündete er. »Bringen Sie uns auf den neuesten Stand der Dinge, Bill.«

McKenzie nickte und begann zu sprechen. »Die Nationalversammlung von Nicaragua hat eben den Entschluss gefasst, einem chinesischen Privatunternehmen das Recht einzuräumen, einen Kanal in ihrem Land zu bauen und diesen mindestens fünfzig Jahre lang zu betreiben.«

Unruhiges Gemurmel wurde laut.

McKenzie fuhr fort: »Unser Team in Nicaragua hat die geheimen Pläne für deren Kanal einsehen können.« Er sah sich im Raum um. »Diese sehen vor, dass der Kanal dreißig Meter tief werden soll.«

»*Dreißig* Meter?«, warf die Außenministerin Rebecca Eisenhauer ein. »Ist das nicht etwas übertrieben?«

»Richtig. Der ursprüngliche Kanal in Panama hat eine Tiefe von etwa zwölf Metern und der neue Kanal wird wegen der Neopanamax-Schiffe achtzehn Meter tief sein. Und genau das macht uns Sorgen. Es gibt keinen Grund, den Kanal in Nicaragua so tief zu bauen, wenn er lediglich zivilen Zwecken dienen soll.«

»Wofür ist er dann?«

»Der See selbst, der Lago Nicaragua, ist rund fünfundsiebzig Kilometer lang. Etwa so groß wie Connecticut.« McKenzie lächelte grimmig. »Bei einer Tiefe von dreißig Metern und ebendieser Gesamtfläche des Sees gehen wir davon aus, dass die Chinesen planen könnten, eine komplette U-Boot-Basis mitten in Zentralamerika zu bauen.«

Im Raum herrschte vollkommene Stille.

»Die Schiffe wären für uns und jeden anderen völlig unsichtbar«, fügte er hinzu.

Präsident Nash begann mit seinem Stift auf den Tisch zu klopfen – ein Zeichen dafür, dass er nachdachte. Nach einer kurzen Pause sagte er: »Bill, wie weit ist Managua von Washington entfernt?«

McKenzie war sofort klar, woran Nash dachte. »Nur zweitausend Seemeilen«, antwortete er. Dabei war klar, was diese Aussage implizierte: »Die mittlere Reichweite von Raketengeschossen beträgt bis zu dreieinhalbtausend nautische Meilen.«

Nash sah zu McKenzie. »Eine komplette Unterwasser-Militärbasis ... verborgen in einem Kanal ...« Er schüttelte den Kopf. In Zeiten wie diesen zeigten sich Nashs langsame Art aus dem Mittleren Westen und sein trockener Humor am stärksten. »Was für eine tolle Geschichte!«

»Schrecken diese Chinesen denn vor gar nichts zurück? Verdammt noch mal!« Rebecca Eisenhower unterstrich ihre Worte mit einem Faustschlag auf den Tisch, an dem sie saß. »Um ihren Kanal als legales Geschäftsmodell zu tarnen, werden sie die Welt davon überzeugen wollen, dass ein Kanal in Nicaragua die beste Option für den internationalen Güterverkehr durch den amerikanischen Kontinent wäre«, sagte sie. Nach einer kurzen Pause fügte sie hinzu: »Da wäre es natürlich äußerst hilfreich, wenn der Panamakanal, den die großen Schifffahrtsgesellschaften schon seit bald einhundert Jahren nutzen, in irgendeiner Form sabotiert oder sogar durch ein Unglück unpassierbar würde.«

Es herrschte Schweigen, während Präsident Nash seinen Blick durch den Raum schweifen ließ. Schließlich sah er zu McKenzie hinüber. »Da das die nationale Sicherheit angeht, fällt das in deine Zuständigkeit, Bill.« Er stand auf. »Wir können nicht tatenlos danebenstehen und zusehen, wie die Chinesen ein nukleares Waffenarsenal direkt vor unserer Tür einrichten. Wie sagte schon der chinesische Kriegsstratege Sunzi in ›Die Kunst des Krieges‹?« Die Frage war rhetorisch und seine Fingerspitzen ruhten weiterhin auf dem Tisch. »*In der Schlacht gibt es nur zwei Angriffsmethoden – die direkte und die indirekte –, doch diese zwei ergeben kombiniert eine endlose Reihe von Manövern.*«

Er hielt inne. »Wir haben zwar weder die Kontrolle darüber noch wissen wir genau, was in Nicaragua vor sich geht, aber wir werden den Chinesen auf keinen Fall erlauben, uns in Panama vorzuführen.«

KAPITEL 48

Der Boden in Jays Wohnung war wegen der Fußboden-
heizung angenehm warm. Mit einem Kissen unter dem
Kopf lag Karis gemütlich auf dem weißen Wollteppich
vor dem Gaskamin. Sie hatten sich zuvor zwei Stunden
lang abwechselnd an der überhängenden Kletterwand
gegenseitig gesichert oder waren selbst geklettert.

»Hier«, sagte Jay und reichte Karis ein Glas Rotwein.
»Mal sehen, ob du den Jahrgang errätst.«

»Oh, du bist ja schon ein richtiger Snob«, sagte Karis
neckend. Sie setzte sich auf und nahm das Glas, das Jay
ihr hinhielt. »Hättest du mir nicht einfach ein schönes,
altmodisches Bier geben können?«

Jay lachte. »Nee. Das musst du dir verdienen.«

Wie sie es erst vor ein paar Wochen gelernt hatte,
schwenkte Karis den Wein im Glas und roch daran. »Das
Jahr kann ich nie im Leben erraten«, sagte sie grummelnd.
»Aber ich kann dir sagen, dass es ein italienischer Wein
ist, er ist sehr dunkel, fast schwarz …« Sie nahm einen
Schluck und ließ die Flüssigkeit durch ihren Mund
wandern. »In der Nase überrascht er mit einer frischen
Frucht und am Gaumen ist er warm, beinahe süßlich,
angenehm weich mit einer erfrischenden Säure. Ein

harmonischer Wein mit einem ausgeglichenen Gehalt an Tannin.« Sie zuckte mit den Achseln. »Soll ich fortfahren?«

Jay lachte laut heraus, als er mit einem »Pop« die Tüte Chips aufriss. »Nicht schlecht, Agentin Deen! Wenn deine Kletterei jetzt auch noch so gut wäre wie deine Weinkenntnisse …«

Karis warf das Kissen, auf dem sie gelegen hatte, nach Jay, der es gekonnt abwehrte. »Weißt du, Klettern und das ganze Krafttraining ist ja gut«, sagte sie, »aber ich will nicht allzu muskulös werden. Es ist mir klar, dass ich bei einem Einsatz Ninja-Agenten-Super-Power haben muss. Aber ich möchte trotzdem … normal aussehen, du weißt schon. Nicht wie so ein aufgespritzter Bodybuilder.«

Jay warf seinen Kopf nach hinten und lachte. »Woher weißt du, dass du nicht schon jetzt wie ein aufgespritzter Bodybuilder aussiehst?«

»Oh, ha, ha«, sagte sie trocken. Sie nahm noch einen Schluck Wein. »Erzähl mal … was hat dir am meisten gefehlt, als du im Sudan warst?«

»Sex.«

»Nein, ernsthaft.«

»Ernsthaft. Ich war drei Jahre dort.«

»Drei Jahre?« Karis atmete aus. »Das hast du mir nie erzählt. Du hast nur gesagt, dass du mit den UN-Friedenstruppen in Darfur warst. Drei Jahre sind eine lange Zeit an einem solchen Ort.« Sie kannte zwar keine Details, wusste aber genug: Trotz des erst kürzlich geschlossenen Friedensvertrags war Darfur immer noch ein sehr gefährliches Kriegsgebiet.

Karis nahm noch einen Schluck Wein und blickte Jay einen Augenblick lang bedauernd an. »Sudan wäre nicht gerade auf meiner Liste von Lieblingseinsatzorten«, sagte sie.

»Auf meiner auch nicht. Um die Scheiße dort auszuhalten, muss man entweder glauben, man könne die Welt verändern, oder man liebt es, in ständiger Todesgefahr zu leben. Und wer glaubt, geboren zu sein, um die Welt zu retten, hat definitiv gewaltig einen an der Klatsche.«

»Hm. Todessehnsucht oder ein Psycho …« Karis grinste düster. »Keine wirkliche Win-win-Situation, oder?«

»Genau, und im Krieg hat es jeweils von beiden jede Menge.« Jay sah sie an. »Du warst bei der Marine, richtig?«

Karis nickte.

»Warum bist du zum Geheimdienst der Armee gegangen und nicht zurück ins zivile Leben zum CIA?«

Sie überließ sich einen Augenblick lang ihren Erinnerungen. »Ich war mit ein paar Freunden in Kolumbien im Urlaub und wir kamen in Kontakt mit dem Netzwerk vor Ort«, sagte sie. »Es war einfach Schicksal. Ich brauchte eine Veränderung, daher habe ich mich informiert und mir gefiel der Aufbau der lokalen Organisation. Also habe ich dort angefangen.«

Jay grinste. »Einfach Schicksal. Das mag ich an dir, Deen. Du bist ein Freigeist.« Er sah sie von der Seite an. »Ich nehme nicht an, dass du …?«

»Sex haben willst?« Karis lachte wieder. »Sicher, warum nicht? Es ist ein Weilchen her …« Sie unterbrach sich. »Zwar … das darfst du jetzt nicht persönlich nehmen, Jay. In Langley wäre ich wohl jetzt über dich hergefallen.« Sie schenkte ihm ein angedeutetes Lächeln. »Aber hier in der *Abbey*?« Sie sah sich in der wunderschönen Wohnung um. »Ich fühle mich ein bisschen wie verzaubert. Verstehst du, was ich meine? Es ist alles so … perfekt.«

Auf Jays Gesicht machte sich ein Ausdruck gutmütiger Frustration breit. »In Ordnung«, sagte er. »Ich persönlich fühle diesen Zauber nicht, wie auch immer.«

»Natürlich nicht«, sagte sie lachend.

Ein leiser Klingelton unterbrach sie und der Bildschirm über dem Kamin zeigte eine Nachricht aus der Zentrale der *Abbey*.

Von: Erika Fisher
An: Jay Stevenson; Karis Deen; Tucker Avila
Einsatzbesprechung
Konferenzraum A
20:30 Uhr

Jay sah zu Karis. Ohne zu zögern sagte er: »Das ist in fünf Minuten. Musst du noch irgendwas aus deiner Wohnung holen?«

Karis stellte ihr Glas auf die Küchentheke. »Danke für den Wein, Jay. Wir sehen uns gleich.«

KAPITEL 49

*Die Abbey, Virginia,
USA*

»Vielen Dank, dass Sie so rasch gekommen sind.« Fisher schritt nach vorne zum Rednerpult. Sie nahm einen Schluck Wasser aus ihrer Flasche und drehte sich zu der Gruppe um.

Karis saß mit Avila und Jay in der ersten Reihe.

»Das hier heute Abend ist die Einsatzbesprechung zur Operation *Sea Bass*.«

Karis spürte, wie ihr Herz plötzlich schneller schlug.

Fisher tippte auf den Bildschirm ihres Tablets. Der Beamer startete und zeigte eine Karte von Zentralamerika, auf der sich eine lange rote Linie im Zickzack durch die Sumpfgebiete des südlichen Nicaragua schlängelte. Fisher wandte sich wieder der Gruppe zu.

»Das ist der beabsichtigte Verlauf des neuen Nicaragua-Kanals«, sagte sie. »Er soll von einem chinesischen Investor in Zusammenarbeit mit der Regierung von Nicaragua gebaut werden.« Sie hielt inne. »Wir, ebenso wie der Rest der Welt, können berechtigterweise annehmen, dass hinter jedem großen chinesischen Investor die Regierung der Volksrepublik China steht. Ich werde jetzt noch nicht weiter ins Detail gehen, aber wir haben Grund zu der Annahme, dass der vorgeschlagene Kanal nur eine

Fassade für einen weit größeren Plan ist: eine chinesische Unterwasser-Militärbasis im Nicaraguasee.«

Jay und Avila rutschten auf ihren Stühlen hin und her und Karis schauderte kurz vor Aufregung: War dies ihr erster Einsatz? Nicaragua?

Fisher legte eine Hand auf das Rednerpult. »Washington verfolgt das Geschehen in Nicaragua weiter. Unsere Aufgabe ist es herauszufinden, was das mit Panama zu tun hat.«

Panama?

Karis versteifte sich und ihr Herz schlug noch schneller.

»Sie beide«, Fisher zeigte auf Karis und dann auf Avila, »werden etwas früher eingesetzt, als wir erwartet hatten. Agent Stevenson, Sie unterstützen die Agenten Avila und Deen während dieser Mission von hier aus als deren direkte Kontaktperson.« Sie sah alle drei nacheinander an. »Wir schicken zudem eine weitere Einheit. Die erste habe ich schon informiert. Diese sammelt vorrangig Informationen von lokalen Kontakten vor Ort und von den Angestellten und Mitarbeitern der Kanalbehörde. Sie werden sich unabhängig von diesem Team bewegen. Da diese Operation die höchste Geheimhaltungsstufe hat, werden auch Ihnen jeweils nur die Informationen übermittelt, die Sie für Ihre Mission unbedingt brauchen.«

Fisher machte ein paar Schritte vom Rednerpult weg und sprach die drei direkt an. »Für die Chinesen wäre es von großem Vorteil, wenn die Erweiterung des Panamakanals auf unlösbare Schwierigkeiten stoßen würde«, sagte sie. »Dies müssen wir auf alle Fälle verhindern.« Sie räusperte sich und nahm einen weiteren Schluck Wasser. Dann sah sie Karis an. »Bei Ausgrabungen in dem Gebiet, das von der Kanalerweiterung betroffen ist, wurden prä-historische Futterstellen entdeckt, also Megalodon-Zähne, Muschelfossilien und Ähnliches. Diese sind für die örtlichen Geodaten äußerst relevant. Für die Ausgrabungen und die Analyse der Funde sind zusätzliche Gelder versprochen worden.

Sie können unter diesem Vorwand auf sehr unauffällige Weise wieder auf Ihren Posten am Smithsonian Tropical Research Institute zurückkehren.« Sie ließ das nächste Bild anzeigen, auf dem ein Asiate zu sehen war. »Das ist Steven Zhang, der chinesische Botschafter in Panama.«

»Ich glaube, den habe ich schon einmal getroffen!«, bemerkte Karis.

Fisher drehte sich rasch zu ihr um. »Haben Sie?«

»Ja. Bei der Feier zur Vertragsunterzeichnung für die Erweiterung des Panamakanals im Präsidentenpalast.«

Fisher nickte. »Ja, das ist gut möglich. Zhangs Familie ist schon lange eng mit dem Kanal verbunden. Seine Vorfahren arbeiteten an der Erbauung des ursprünglichen Kanals mit und kehrten nach China zurück, als dieser fertig war. Zhang selbst ist in China aufgewachsen, hat in England studiert und sein Vater ist eine wichtige Persönlichkeit in der Politik.« Sie schwieg kurz. »Zhang hat erst vor drei Jahren den Posten als Botschafter in Panama angetreten und wir glaubten, dass das mit dem Expansionsprojekt zusammenhängen würde. Aber dann hat China bei der Ausschreibung nicht einmal ein Angebot abgegeben, daher nehmen wir an, dass es andere Gründe für seine Ernennung gab. Und genau die müssen wir herausfinden.«

Beim nächsten Bild zuckte Karis zusammen.

»Max Burns.« Fisher wandte sich der Gruppe zu. »Burns

ist Ingenieur und der Kopf hinter dem Entwurf, der die Ausschreibung für die Erweiterung des Panamakanals gewonnen hat.« Sie sah Karis an. »Haben Sie ihn ebenfalls bei der Feier zur Vertragsunterzeichnung gesehen?«

»Ja, das habe ich.« Karis fragte sich, ob sie mehr über Max erzählen und ihre gemeinsame Nacht erwähnen sollte.

»Gut«, sagte Fisher und fuhr fort. »Sie werden einen Weg finden müssen, ihm näherzukommen. Er trifft sich fast jede Woche mittwochs mit dem chinesischen Botschafter. Wir müssen wissen, warum.«

Karis nickte. Sie beschloss, dass der Zeitpunkt, alles über ihr Treffen mit Burns preiszugeben, jetzt nicht günstig war.

Fisher sah wieder zum Bildschirm. »Die Baufirma, für die Burns arbeitet, gehört einem Mann namens Paco Roco und dessen Sohn, Godfredo Roco. Zurzeit wissen wir nicht viel über die beiden und wie viel sie von Burns' Kontakt mit den Chinesen wissen.« Sie hielt inne. »Wenn Sie auch nur den Hauch eines Hinweises erhalten, dass er den Chinesen oder irgendjemandem sonst helfen könnte, sein eigenes Projekt zu sabotieren, will ich das sofort wissen.«

»Verstanden.« Karis nickte knapp.

Fisher sah die drei einen nach dem anderen an. »Das hier wird eine geschlossene Operation. Sie erhalten keine Unterstützung von der Botschaft vor Ort, da wir diese nicht über Ihre Anwesenheit informieren werden. Der Grund dafür ist, dass wir nicht wollen, dass Gerüchte entstehen, bevor wir einen Beweis für die chinesischen Aktivitäten in Panama haben. Wir möchten kein politisches Risiko eingehen.«

»Und wenn wir Hilfe brauchen?«, fragte Avila.

»Das andere Team ist dafür zuständig, Sie zu unterstützen, falls Sie in Schwierigkeiten geraten. Übrigens wird die gesamte Operation direkt unter meine Leitung hier von der *Abbey* aus koordiniert.«

Die Tür öffnete sich und ein junger Mann mit Igelfrisur und einem Dreitagebart kam herein. Er hatte eine weiße Schachtel unter seinen Arm geklemmt.

»Das ist Agent Marc Hussain«, sagte Fisher. »Er wird Ihnen die neuen Kommunikationsgeräte für diese Mission erklären.« Sie machte einen Schritt zur Seite, als der Mann die Schachtel auf den Tisch stellte.

»Hallo, ich bin Marc«, sagte er lächelnd. Er sah die Gruppe an. »Ja, Sie können mich natürlich auch M. nennen.« Er grinste Fisher zu, die Avila und Jay je ein schwarzes Handy reichte, und gab selbst eins an Karis weiter.

»Also, was haben wir hier?«, begann er. »Das sind die neuesten Kommunikationsgeräte für die *Abbey*.« Er zog sein eigenes Handy aus der Tasche. »Wir haben sie mit unserer internen Datenbank, ClassNET, verbunden, sodass wir mit der gesamten Organisation und allen Mitgliedern in Kontakt stehen und zu jeder Zeit Zugriff zu den aktuellsten Informationen haben. Aber wirklich cool ist der Bildschirm ...« Er schwenkte sein Handy durch die Luft. »Das werden die Leute sehen, wenn sie euch zuschauen, sobald ihr euer Gerät in die Hand nehmt und es einschaltet. Ein ganz normales Handy.« Er hielt inne. »Jetzt drücken Sie auf den Menü-Knopf und schauen sich Ihr eigenes Gerät an.«

Karis sah auf das Display ihres Handys und sofort glitten alle App-Icons auf eine Seite. Ein Interface mit dem Namen D.R.O.P öffnete sich.

»Wow, das ist cool!«, sagte Avila. »Fingerabdruckerkennung?«

Marc lächelte. »Nein. Gesichtserkennung. Die funktioniert sogar, wenn ihr einen Kater habt oder nicht rasiert seid.«

Auch Fisher lächelte und sah hinüber zu Karis. »Das ist gut zu wissen.«

»Was bedeutet D.R.O.P?«, fragte Avila.

Marc wandte sich ihm ungerührt zu. »Eigentlich nichts Besonderes. Ich kam auf diesen Namen, weil ich selber immer mein Handy fallen lasse.«

Avila brach in lautes Gelächter aus und sogar Fisher lachte. »Im Gerät sind verschiedene Sensoren eingebaut und es übermittelt uns kontinuierlich Informationen über Ihre Vitalparameter, über Ihren Standort und Ihre Umgebung. Das gibt uns hier in der *Abbey* die Möglichkeit, die Situation, in der Sie sich befinden, zeitgleich und sehr präzise zu analysieren.« Er lächelte, offensichtlich sehr stolz auf sich selbst. »Also wenn Sie sich zum Beispiel nicht melden können, weil Sie bewusstlos sind, wird Ihr Körper uns das sagen. Und wir können Hilfe schicken.«

»Auch wenn wir das Gerät gar nicht in der Hand haben?«, fragte Karis.

»Die Sensoren sind hochsensibel. Es muss sich nur in einem Umkreis von etwa drei Metern von Ihnen befinden.« Nach einer kurzen Pause fuhr er fort: »Über D.R.O.P haben Sie außerdem jederzeit Zugang zu einem internationalen Concierge-Service, der Ihnen hilft, Flüge zu buchen, Tischreservierungen in Restaurants vorzunehmen, Abschlagszeiten in Golfclubs festzulegen und so weiter.« Er blickte zu Fisher.

»Danke, Marc.«

Marc nickte und verließ den Raum.

Fisher wartete, bis sich die Tür hinter ihm geschlossen hatte. Dann wandte sie sich wieder der Gruppe zu. »Alles, was Sie sonst noch wissen müssen, steht in den Akten, die wir Ihnen bereits auf Ihre Mobilgeräte geschickt haben. Viel Glück. Morgen um null-fünf-dreißig geht es los.«

Nachdem auch Fisher den Raum verlassen hatte, stand Karis auf und sah ihre Kollegen an.

Avila grinste und sprang auf. »*Ciudad de Panamá! Aquí vamos!* Panama-Stadt, wir kommen!«

Jay umarmte Avila. »Viel Glück, Kumpel.« Schließlich legte er seine Hand auf Karis' Schulter. »Dann leg mal los, Deen. Ich wünsche euch beiden viel Erfolg.«

»Deine neuen Designer-Ballkleider müssen wohl noch etwas auf ihren ersten Einsatz warten«, sagte Avila lachend, als sie den Raum verließen.

Karis schüttelte den Kopf. »Ich kann nicht glauben, dass ich nach Panama zurückgehe.«

TEIL V

KAPITEL 50

Der Panamakanal,
Panama

Der Tag würde schön werden, es war schon jetzt heiß und feucht. Karis Deen lief in ihren Sandalen über die Basaltsteine. In einer kleinen Tasche, die sie bei sich trug, hatte sie ihre Pinsel und Kellen, außerdem hatte sie Dalishas großes, rundes Schüttelsieb mitgenommen, um Dreck durchzusieben. Am höchsten Punkt der Anhöhe angekommen, drehte sie sich um und winkte Dalisha heran. »Beeil dich!«

»Immer mit der Ruhe!« Dalisha trug einen mit Wasserflaschen vollgestopften Rucksack. »Ich bin vielleicht langsam, aber das hat einen guten Grund. Ich trage die Quelle des Lebens!« Außer Atem blieb sie neben Karis stehen. »Du wirst mir später danken, wenn du den Sonnengott um Gnade und mich um einen Schluck Wasser bittest.«

Lachend machten sie sich daran, den Abhang herunterzulaufen.

Die gigantische Baustelle der Kanalerweiterung erstreckte sich unter ihnen. In der Ferne konnten sie die Stahltürme der Jahrhundertbrücke sehen, eine von nur zwei Brücken, welche den Osten des Landes mit dem Westen verband. Deren weiße Stahlträger waren gerade noch so im Morgendunst sichtbar.

Karis blieb staunend stehen. Sie hatte sich zwar gut darauf vorbereitet, die Baustelle zu besuchen, und sie wusste, dass diese groß sein würde. Der Panamakanal galt schließlich nicht umsonst als eines der sieben Weltwunder der modernen Welt. Aber als sie jetzt die breite, sich endlos von Norden nach Süden ziehende Schlucht entlang dem bereits existierenden Kanal sah, musste sie sich anstrengen, um die ungeheure Größe dieses Bildes zu verarbeiten. »Das ist ja unglaublich!«, murmelte sie. »Wie viel Erde die schon verschoben haben!«

»Tja, was hast du denn erwartet?« Dalisha grinste. »Die Technik wird leider immer besser. Die Natur kann mit der Geschwindigkeit der heutigen Welt schon lange nicht mehr mithalten.«

Sie machten sich auf zu der Ausgrabungsstelle, an der sie selber arbeiten würden. Karis erinnerte sich an die Entstehungsgeschichte des Kanals, bei dessen Bau Tausende von Menschen gestorben waren – manche von ihnen vielleicht genau hier, wo sie jetzt liefen. Es hatte fast vierzig Jahre harter Arbeit gekostet, um diese dampfige, sture Umwelt zu formen.

Das Las-Cumbres-Gebiet, in dem sie an diesem Tag arbeiten würden, lag am westlichen Ufer der Wasserstraße und war früher hauptsächlich ein dichter Urwald gewesen. Jetzt war es staubig und kahl, Steinbrüche und Felsen erstreckten sich meilenweit.

Die archäologische Grabungsstätte selbst sah aus wie jede andere auch, die Karis zuvor schon gesehen hatte. Weiße Schnüre an Stöcken bildeten knapp über dem Boden ein Muster, das wie ein leeres Schachbrett aussah. Das Einzige, was diesen Ort von anderen unterschied, war dessen Größe: Er war riesig und umfasste auch einen großen Teil des Abhangs, der überwiegend aus Basalt-stein bestand.

Sie näherten sich einem kleinen hölzernen Wohnwagen, in dem sie ihre Ausrüstung lagerten. Er stand neben einem abgenutzten weißen Zelt, ihrem Hauptquartier vor Ort.

»Wie geht es deinem Bruder?« Dalishas Frage riss Karis aus ihren Gedanken. »Hast du mit deiner Familie alles klären können?« Mit einem lauten Plumpsen ließ Dalisha den Rucksack zu Boden fallen.

»Es geht ihm gut«, erwiderte Karis. »Er brauchte meine Hilfe, um die Buchhaltung unseres Familienbetriebs in Ordnung zu bringen. Das haben wir nun endlich hinter uns gebracht.«

Dalisha griff nach dem Rucksack und schloss den Wohnwagen auf. Sie reichte Karis einige große Plastik-flaschen mit Mineralwasser und verfrachtete den Rest im schattigen Anhänger.

Karis konnte sehen, dass die rudimentären Regale in dem Wohnwagen bereits von in Gips und Leinen einge-wickelten Proben belegt waren, alle mit schwarzem Filz-stift in Dalishas gut leserlicher Schrift gekennzeichnet.

»Und dein Professor an der Universität?«, fragte Dalisha. »Ist es okay für ihn, dass du wieder da bist? Wie hast du das geregelt?«

»Er war nicht begeistert, aber ich hatte immer noch die Sponsorengelder von meinem ersten Aufenthalt hier, so konnte ich den Deal mit ihm aushandeln. Außerdem sind die Entdeckungen hier doch sehr außergewöhnlich.«

»Da hast du wohl recht!« Dalisha lachte. »Unser Direk-tor drehte vor Aufregung fast durch, nachdem wir den Zahn im Steinbruch entdeckt hatten. Du hättest ihn sehen sollen. Er hat sich dann sofort auf das Bauteam gestürzt, damit sie nicht weiterbaggern.«

»Wirklich?« Karis lachte.

»Ja. Die haben ihre Arbeiten in diesem Gebiet auch umgehend eingestellt.«

»Wie hat er das hinbekommen?«

»Er hat mit dem Konsortium verhandelt und sie haben ihm bis Neujahr Zeit gegeben. Wir werden nun also vermutlich auch über Weihnachten arbeiten!« Sie kicherte. »Wir hätten ja sowieso nichts Besseres zu tun ...« Sie hielt inne. »Lass uns losgehen, bevor es hier so heiß wird, dass uns die Schuhsohlen schmelzen.«

Als sie die bereits glühend heiße Grabungsstätte überquerten, wusste Karis, dass kein Weg drum herum führte: Sie musste dem Job all diese Stunden opfern, um ihren Part überzeugend zu spielen. Insgeheim freute sie sich auf die bevorstehende Arbeit, darauf, vor Gesteinsbrocken zu kauern und diese im Detail mit Pinsel, Hammer und Meißel zu bearbeiten. So eine Ausgrabung hatte etwas Unwiderstehliches, Spannendes. So wie Goldschürfen.

»Willst du eine?« Dalisha zog ein paar Fruchtgummischlangen aus ihrer Tasche. »Ein paar von den Jungs und ich gehen heute Abend in das neue Fischrestaurant in der Altstadt«, sagte sie. Eine rote Schlange hing ihr aus dem Mundwinkel und sie zog daran, bis das Fruchtgummi riss. Sie begann zu kauen. »Der Typ, der es leitet, denkt, er sei Jamie Oliver. Magst du mitkommen?«

»Danke«, sagte Karis und nahm sich eine Schlange. »Ein anderes Mal. Ich will ... ich hab vor, heute Abend bei einem Freund vorbeizuschauen.«

»Bei einem Kerl?« Dalisha warf ihr einen neugierigen

Blick zu. »Du hast mir nie erzählt, dass du dich mit jemandem triffst! Geht man denn so mit seiner loyalen Zimmergenossin um?«

»Es war nichts Ernstes«, sagte Karis grinsend. »Ich habe ihn in der Nacht, bevor ich abgeflogen bin, das erste Mal getroffen.«

»Du hast ihn auf der Feier im Palast kennengelernt?! Wahnsinn! Ich hatte ja keine Ahnung! Lerne ich ihn bald einmal kennen?«

Karis lachte. »Vermutlich nicht. Ich weiß nicht einmal, ob er sich an mich erinnert. Es ist fast zwei Jahre her.«

»Natürlich wird er sich an dich erinnern!«, rief Dalisha spöttisch aus. »Und wenn nicht, bin ich mir sicher, dass du einen Weg finden wirst, seiner Erinnerung auf die Sprünge zu helfen.«

Karis nickte. »Ganz sicher finde ich einen Weg.«

KAPITEL 51

Karis stand in der langen, geschwungenen Ausfahrt vor dem Smithsonian Tropical Research Institute. Neben ihr war eine Plastiktanne mit falschem Schnee und blinkenden Weihnachtslichtern aufgestellt worden. Sie wurde von einem riesigen, mit Kletterpflanzen umrankten Corotu, einem Elefantenohrbaum, überragt. Ein heruntergekommenes gelbes Taxi hielt vor ihr.

Karis hob den Rock ihres einfachen, mit zierlichem Blumenmuster versehenen Sommerkleides etwas an und rutschte auf den Rücksitz. Nach einem langen Tag an der Grabungsstätte spürte sie den leichten Sonnenbrand auf ihren Armen und auf ihrer Nase.

»*Buenas tardes*«, sagte sie. »Und darf ich sagen, dass Sie heute richtig heiß aussehen, *Señor*?«

Agent Tucker Avila sah sie belustigt an. »›Heiß‹ ist noch nicht einmal annähernd richtig!«, sagte er. »Ich brenne! Gefällt dir mein T-Shirt? Ich mache einen auf ›Siebzigerjahre Hawaii‹.«

Karis lachte. »Meinst du nicht, dass das eine allzu groteske Methode ist, die Blicke auf dich zu ziehen? Obwohl … ich muss zugeben, du bist anscheinend nicht der Einzige hier, der Ananasmuster und Elvis-Sonnenbrillen mag. Allerdings waren mindestens drei von den Typen, die ich so gekleidet gesehen habe, mit Sicherheit schwul.«

Avila sah sie mit gespieltem Entsetzen an. »Wie viele hast du denn getroffen?«

»Vier.« Sie musste wieder lachen.

»Sehr lustig.« Avila sah sie im Rückspiegel an. »Ich sollte dich warnen, Agentin Deen: Du bewegst dich auf sehr gefährlichem Terrain, wenn du solche Hypothesen über meine sexuellen Vorlieben aufstellst.«

Sie grinste und wühlte in ihrer Tasche. »Mir entgeht nie, in welche Richtung jemand tendiert. Manchmal sogar, bevor er es selber weiß.« Sie blickte auf und warf ihm einen Kuss zu. »Ich habe dasselbe Smithsonian-Handy wie beim letzten Mal. Die gleiche Nummer, und auch alles andere ist gleich geblieben.« Sie gab ihm eine Visitenkarte.

»Soll ich diese Kontaktdaten bei der *Abbey* hinterlegen?«

Sie nickte. »Danke.«

Avila lenkte das Taxi in den Verkehr und folgte der sich windenden Straße den Hügel hinunter. »Mir gefällt es hier«, sagte er sichtlich erfreut. »Es ist überhaupt nicht das, was ich erwartet hatte, aber ich *mag* es.«

»Hatte ich dir doch gesagt.« Karis strahlte. »Du weißt, wo wir hinmüssen?«

Er nickte und Karis glaubte ihm sofort, denn Avila hatte ein fotografisches Gedächtnis.

Nach wenigen Minuten waren sie auf dem höchsten Punkt des nächsten Hügels angelangt und hielten nun vor dem Mitarbeitereingang auf der Ostseite der Panamakanal-Behörde.

Karis sprang aus dem Wagen. Ohne sich noch einmal umzudrehen, sagte sie: »Ich melde mich später.«

Avila fuhr los.

Nach einer kurzen Pause, in der sie sich umgesehen hatte, ging Karis zum Haupteingang. Zum ersten Mal seit Langem war sie wirklich nervös. Und das hatte nichts mit den bewaffneten Wachen im Eingangsbereich des Gebäudes zu tun. Für den Fall, dass man sie überprüfen würde, waren alle üblichen Vorsichtsmaßnahmen ergriffen worden, bevor sie Washington verlassen hatte. Ihre Tarnung war wasserdicht. Sie hatte offizielle Papiere vom Smithsonian Institute, die sie bei Bedarf vorweisen konnte. Zudem war sie in der *Abbey* mit einem neu gekauften, aber bereits sehr gebraucht aussehenden Secondhand-Koffer ausgestattet worden, um sicherzugehen, dass daran keine Spuren von Sprengstoff gefunden werden konnten.

Normalerweise mussten sie, wenn sie einen Einsatz hatten, ihre Zielperson nicht persönlich treffen. Aber in diesem Fall war das anders.

Karis ärgerte sich, dass sie ihren Selbstschutz dieses eine Mal bei der Begegnung mit Max leichtsinnig vernachlässigt hatte. Denn genau vor diesen Situationen waren sie im Laufe des Trainings immer wieder gewarnt worden: »*Eine nicht natürliche Katastrophe ist immer das Resultat einer langen Vorgeschichte, das Resultat einer Reihe falscher Entscheidungen. Daher können jede Entscheidung und jeder Moment von heute in der Zukunft von großer Bedeutung sein.*«

Im Inneren des Gebäudes angekommen, reichte sie der Wache ihren Pass.

»Ich möchte gerne zu Dr Burns«, sagte Karis. »Ich habe keinen Termin, aber könnten Sie ihm vielleicht sagen, dass ich hier bin?«

Die Wache nickte. Der Mann war riesig, wirkte aber wegen seiner relaxten, ortsüblichen Art überhaupt nicht einschüchternd. »Dr Burns arbeitet nicht in diesem Gebäude.«

»Oh, ich dachte, er sei heute für verschiedene Meetings hier.«

Die Wache schaute kurz auf den Monitor auf seinem kleinen Pult und nickte. »Da haben Sie recht. Ich sage ihm gleich Bescheid. Sie können hier warten.« Er winkte sie durch.

Eigentlich befand sich Max' Büro gegenüber vom Hauptgebäude, aber laut den Informationen, die Karis von Fisher bekommen hatte, war er jeden Nachmittag für Besprechungen mit der Kanalbehörde in dem altehrwürdigen Verwaltungsgebäude.

Sie lief zwischen zwei beachtlichen Marmorsäulen hindurch, einer schwarzen und einer weißen, die eine große Uhr stützten. Als sie nach oben blickte, sah sie eine wunderschöne Kuppel. An deren höchstem Punkt ließ eine Reihe kleiner, runder Fenster Licht in den Raum und brachte so eine hohe Galerie und ein detailliertes Panoramagemälde zur Geltung, welches die Geschichte der Anfänge des Panamakanals darstellte.

Sie ging ein Stück weiter bis zum Ende der Kuppel, wo man durch eine Glastür auf einen riesigen Flaggenmast und eine Terrasse mit Brüstung blicken konnte. Am Fuße der marmornen Treppen stand ein steinerner Obelisk in der Mitte eines gepflegten Gartens. Palmen säumten die Straße, die von dem Gebäude wegführte.

Karis schlenderte weiter und betrachtete die aufgestellten Marmorbüsten, die an bedeutende Männer erinnern sollten. Präsident Franklin D. Roosevelts Worte standen dort in Bronze gegossen: »*Nicht der Kritiker zählt; nicht derjenige, der darauf aufmerksam macht, wie der Starke fällt … Die Anerkennung gebührt dem, der tatsächlich in der Arena steht, dessen Gesicht staubig und verschwitzt und voller Blut ist; der sich wacker bemüht; der sich irrt, der wieder und wieder scheitert, weil es kein Bemühen ohne Fehler und Schwächen gibt; … der, im schlimmsten Falle, sollte er scheitern, zumindest bei einem kühnen Versuch scheitert …*«

»Suchst du nach den Namen großer Frauen? Die findest du hier nämlich nicht. Die waren in einer anderen Arena.«

Karis drehte sich um. Ihr Herz raste. »Nein«, sagte sie verlegen und versuchte, ihre Stimme unter Kontrolle zu halten. »Ich hatte gerade gedacht, dass es sehr … ich weiß nicht … dramatisch ist, nach etwas zu streben, etwas erreichen zu wollen. Und wir versuchen es immer wieder, auch wenn wir daran scheitern.«

Max hielt an. Sein Gesichtsausdruck war für Karis nicht zu deuten.

Sie fragte sich, ob sie gleich zu Beginn etwas Falsches gesagt hatte. Sie presste die Lippen zusammen und kämpfte gegen die Röte an, die sich auf ihre Wangen schlich.

Dann begann Max zu lachen. »Ich habe einst eine große Frau getroffen, die etwas sehr Ähnliches gesagt hat«, sagte er.

»Hast du?« Sie spürte, wie die Zweifel von ihr wichen. Das war der Max Burns, den sie kannte.

»Sicher«, sagte er und grinste. »Sie sagte: ›Die meisten von uns versuchen immer, ihr Bestes zu geben‹.«

»Wow, das klingt sehr weise. Magst du sie mir mal vorstellen?«

Er nickte. »Natürlich! Nur …«, seine Augen funkelten verschmitzt, »sie hat die seltsame Angewohnheit, plötzlich zu verschwinden. Gerade dann, wenn man das Gefühl hat, etwas Wunderbares gemeinsam entdeckt zu haben …«

Karis spürte, dass sie lachen musste. Sie ging auf ihn zu, wobei die Erinnerung an seine Arme, die sie umfasst hatten, lebendiger und greifbarer war, als sie erwartet hatte. »Schön, dich zu sehen, Max.« Eigentlich wollte sie ihn umarmen, doch sie musste sich zurückhalten. Stattdessen drehte sie den Kopf so, dass er ihr einen Kuss auf die Wange geben konnte, und trat dann wieder einen Schritt zurück.

Sofort sah sie die Verwirrung in seinem Blick. Sie bedauerte es, ihn nicht herzlicher begrüßen zu können. Aber sie kannte die Risiken: Es war eine Sache, mit jemandem die Nacht zu verbringen, wenn man im Begriff war, das Land für immer zu verlassen, und eine andere, wenn man inmitten der Gebäude der Panamakanal-Behörde dem Ziel seiner neuen Mission gegenüberstand. Sie fragte sich, ob Max auch nur die leiseste Ahnung hatte, in was er sich hineingeritten hatte.

»Mach dir keine Sorgen, ich will dich nicht mit der Vergangenheit belästigen«, sagte sie lächelnd. »Ich wollte mit dir über eure Großbaustelle sprechen.«

»Nun, da bist du nicht die Erste.« Max sah sie mit einem schiefen Lächeln an. Er neigte seinen Kopf auf eine Seite und rieb sich mit einer Hand die Schulter. »Es war ein langer Tag.« Er seufzte. Aber dann wurde sein Lächeln wieder breiter. »Also, was soll ich sagen: Es ist eine schöne Überraschung, dass du zurück bist, Karis Deen. Wollen wir etwas trinken gehen?«

Karis lachte. »Ich dachte schon, du würdest nie fragen.«

KAPITEL 52

Max warf einen Blick hinüber zum Beifahrersitz, auf dem Karis saß. Er wusste, dass er nichts hatte erwarten dürfen. Er kannte sie kaum und ihre einzige gemeinsame Nacht war einige Zeit her. Und hier war sie nun und saß in seinem Land Rover.

»Max, ich glaube, ich muss mich bei dir entschuldigen.«

Er schüttelte den Kopf. »Nein, nein, das musst du nicht ...«

Sie unterbrach ihn mit einem kurzen Lachen. »Warte einfach ab und hör mir zu, Dr Burns!«

»Es tut mir leid ... was wolltest du sagen?« Er lenkte das Auto über eine Kreuzung.

Sie lächelte. »Max, ich möchte mich nicht wegen unserer gemeinsamen Nacht entschuldigen oder weil ich mich nicht gemeldet habe.« Seine Verwunderung schien sie zu amüsieren. »Ich entschuldige mich, weil ich über die Arbeit sprechen wollte und mir eben klar geworden ist, dass du ja Feierabend hast.«

»Ah. Verstehe.« Max blickte konzentriert auf die Straße, während er die Realität zu akzeptieren versuchte: Sie war wohl mehr an Max, dem Ingenieur, als an Max, dem

Menschen, interessiert. Aber das war ihm im vergangenen Jahr häufiger passiert. Jeder schien mit ihm sprechen zu wollen, weil er derjenige war, den die Medien unbekümmert »Geistiger Vater der Kanalexpansion« genannt hatten, den erfahrenen Ingenieur, von dem jeder einen Kommentar wollte.

Resigniert wechselte er zurück in den Arbeitsmodus. »Lass mich raten: Du bist wegen der prähistorischen Futterplätze zurückgekommen. Du bist zwar nicht die Chefin eures Teams, aber da du dich mit dem Chefingenieur des Bauvorhabens duzt, dachtest du, du könntest einmal herausfinden, ob sich die Zeitplanung noch verändern lässt, damit ihr an der Fundstelle so lange wie möglich graben könnt. Liege ich richtig?« Er musterte sie prüfend.

Karis nickte. »Gut geraten. Du bist also nicht nur ein hübsches Gesicht.«

Auf einmal spürte Max Ärger in sich emporsteigen. Er stritt sich schon wochenlang mit Paco wegen der Zeitplanung für das Betongießen, und eigentlich hatte er keine Lust, herausfinden zu müssen, ob die Frau mit ihm flirtete oder nicht. Diese widersprüchlichen Signale waren sehr ermüdend. »Ich habe euch bereits vier weitere Wochen zugesprochen«, sagte er trocken, als er an einer roten Ampel halten musste. »Mehr Zeit kann ich euch nicht geben. Es sind einfach zu viele Tätigkeiten, die anstehen und zu diesem Zeitpunkt nicht mehr verschoben werden können.«

Karis nickte. »Ich habe mir gedacht, dass du das sagen würdest. Na ja, einen Versuch war es wert.«

Max fuhr auf einen freien Parkplatz neben einem Café, das sich zwischen zwei Wohnblöcken mit Blick auf die Bucht befand. Das Café, ebenso wie viele andere Geschäfte, war erst in den letzten Jahren in einer aufwendig restaurierten Häuserruine eröffnet worden. Das passierte häufig in der aufblühenden Altstadt *Casco Viejo*, zum einen wegen des Geldes, das in die Expansion gepumpt wurde und so weitere Investoren ins Land lockte, und zum anderen wegen Tausenden von Angestellten, die an der Kanalbaustelle arbeiteten und sich am Abend in der Altstadt amüsieren wollten.

Max führte Karis zu einem freien Tisch mit Blick aufs Meer. Als sie Platz genommen hatten, musste Karis lachen.

Max sah sie fragend an.

Sie zeigte auf den Kranz aus Stechpalmen und kleinen Weihnachtskugeln aus Plastik, der ihren Tisch schmückte. »Das ist so verrückt«, sagte sie. »Als ich vor ein paar Tagen die USA verlassen habe, hat es noch geschneit, und nun sitze ich mit dir bei dieser Wärme am Meer.«

»Nun, der Winter ist auch in Panama angekommen. Hast du gewusst, dass es unten am Damm eine Eisbahn gibt?«

»Wirklich?«

»Ja, in einem riesigen Zelt. Kannst du dir das vorstellen? Schlittschuhlaufen in den Tropen ...«

»Max!«

Max drehte sich um, als er seinen Namen hörte.

»Ich dachte, du bist schon an Überarbeitung gestorben!«

»Godfredo! Was zum Teufel ist denn mit dir passiert?!« Max sprang auf. Godfredos Gesicht war auf der einen Seite genäht und ein großes Pflaster klebte über einem seiner Augen.

Die beiden umarmten sich.

»Ach du meine Güte, du riechst ja wie eine Brauerei!«, sagte Max lachend. »Hattest du eine ausgedehnte Mittagpause?«

»Ein kleiner Unfall mit dem Jet-Ski. Bin wohl dieses Mal etwas zu weit gesprungen.«

»Fredo, du wirst dich eines Tages noch umbringen.« Max schüttelte den Kopf und legte seine Hand auf Godfredos Arm. »Darf ich dir Karis vorstellen? Karis, das ist Godfredo.«

Godfredo sah Karis mit einem gespielten Ausdruck der Begeisterung an.

»*Die* Karis?« Er nahm ihre Hand und küsste sie.

»Nimm ihn nicht ernst«, sagte Max nachsichtig. »Das ist alles nur Show.«

»Du hast ihm von mir erzählt?« Karis sah Max an und lächelte dieses scheue Lächeln, das seine Knie weich werden ließ. »Rühr dich nicht von der Stelle, Karis!«, sagte Godfredo. »Hier, bitte setz dich.« Er zog einen Stuhl hervor. »Max holt uns etwas zu trinken.«

»Du kannst dir selbst was zu trinken holen, du fauler Sack«, sagte Max lachend. Trotzdem winkte er den Kellner herbei und bestellte für alle ein Bier.

»Wieso habe ich dich bisher noch nicht kennengelernt?« Godfredo stützte seine Ellbogen auf den Tisch und musterte Karis intensiv. »Normalerweise brauchen schöne Mädchen nicht lange, um mich zu finden ... in diesem tropischen Paradies ...«

Max verdrehte die Augen. »Mach mal eine Pause, Fredo, du schamloser Egomane.« Er wandte sich Karis zu. »Ich entschuldige mich schon im Voraus für jedes flegelhafte Benehmen und sämtliche unangebrachten Ausdrücke meines Freundes. Es tut mir leid, aber ich habe Godfredo nicht unter Kontrolle.«

»Max!« Godfredo streckte seine Arme weit aus. »*Hermano*! Du weißt doch, dass dir die Menschen eher vertrauen, wenn du ab und zu fluchst! Das ist wissenschaftlich bewiesen!«

Karis musste lachen und Max entspannte sich. Sie konnte sich selbst verteidigen, keine Frage.

»Tja, da du fragst«, antwortete Karis, »ich hatte keine Möglichkeit, dich zu ›finden‹«, denn ich war in den USA. Ich arbeite für das Smithsonian Institute und schreibe dort meine Doktorarbeit.« Sie hielt inne. »Und du bist einer von Max' Arbeitskollegen?«

Godfredo nickte. »CISCO ist die Firma meines Vaters. Wir gehören zum britischen Konsortium und bauen die neuen Schleusen für den Kanal.«

Karis zog eine Augenbraue nach oben. »Dann bist du *Godfredo Roco*!« Sie schien beeindruckt zu sein. »Du siehst anders aus als in den lokalen Klatschmagazinen!« Sie grinste. »Also … technisch gesehen.« Sie warf Max einen Blick zu. »Ist Godfredo dein Chef?«

Max lachte. »Na ja, ich bin mir sicher, dass er das glaubt, aber ganz so einfach ist es nicht.«

»Das ist es nie.« Sie strahlte ihn an. »Wann wird die Expansion des Kanals abgeschlossen sein?«

Godfredo lehnte sich nach vorne. »Für ein Mädchen vom Smithsonian hast du ganz schön viele Fragen.«

»Ich bin Wissenschaftlerin«, sagte sie. »Was hast du erwartet?«

»Dann solltest du mal mit uns kommen und dir die Baustelle ansehen. Das ist wirklich beeindruckend«, sagte Godfredo.

Sie lächelte. »Ich weiß. Ich war heute dort.«

»Sie ist eine dieser Paläontologen«, erklärte Max. »Sie mag lange Knochen und Zähne.«

»Tut sie das?« Godfredo sah sie anzüglich an.

»Ja. Aber nur die, die schon über eine Million Jahre alt sind«, entgegnete Max.

Karis nickte. »Stimmt. Wir kämpfen gerade gegen die Zeit, bevor eure Betonmischer kommen.«

»Aha! Also bist du es, die für die Verspätungen verantwortlich ist!«

»Genau«, sagte sie fröhlich. »Wir haben eine große Ablagerung von Muscheln und Zähnen entdeckt und glauben, es handelt sich um einen prähistorischen Futterplatz. Und er ist wesentlich älter, als wir gedacht hatten. Etwa *zwölf Millionen* Jahre älter als gedacht. Sehr aufregend!«

Max musste lächeln bei diesem Enthusiasmus. Dann sah er Godfredo an. »Erzähl uns doch mal, wie es zu deiner Gesichtsumgestaltung gekommen ist.«

Godfredo machte sich ans Erzählen.

Max betrachtete seinen Freund, der die Kollision mit seinem Jet-Ski mit wilden Gesten nachspielte. Nicht zum ersten Mal dachte er über Godfredos manchmal rätselhaftes Verhalten nach. Nach Pacos Manipulation der Zahlen und dem Gewinn der Ausschreibung war er mehrere Wochen lang vom Radar verschwunden und hatte es Max und Paco überlassen, ein Team zusammenzustellen, welches das Projekt umsetzen sollte. Dieser Umstand hatte damals auch seine positive Seite, denn so hatte Max endlich Gelegenheit gehabt, mit dem Vater seines Freundes enger zusammenzuarbeiten und ihn zu beobachten, zu sehen, wie er vorging. Und unerwarteterweise hatte ihn das beruhigt. Das Tempo, mit dem Paco Dinge erledigte, war beeindruckend. Seine Fähigkeit, Lieferanten und Unternehmer für Stahl und anderes Material zu finden und ebenso Bagger und Gerätschaften herbeizuschaffen, wenn diese eigentlich schon an andere Großbaustellen versprochen waren. Dies erinnerte Max an all die Jahre, die er und Godfredo gemeinsam auf der Schule in der Schweiz verbracht hatten. Damals, als er noch keine Ahnung von Pacos Fähigkeiten gehabt hatte, und von seinem Schwung, was die Arbeit anging. Und wie einfach es gewesen war, Vermutungen über Godfredos Familienleben anzustellen. Was auch immer die Dynamik zwischen den beiden Rocos war, Max wusste, dass er diese nie wirklich entschlüsseln konnte. Denn schlussendlich war Paco auch bei all den blauen Flecken Godfredos Vater. Und vielleicht war es besser, einen unvorhersehbaren und jähzornigen Vater zu haben als gar keinen.

Auf jeden Fall hatte Godfredo, nachdem er sich nach der Zeit seiner Abwesenheit endlich wieder hatte blicken lassen, so getan, als wäre nichts passiert. Ohne eine Erklärung hatte er wieder die Rolle als Pacos rechte Hand übernommen. Allen Versuchen, herauszufinden, was passiert war, war er Max stets ausgewichen. Max hatte sich sogar überlegt, Sofia zu fragen, wo Godfredo die Zeit über gewesen war, aber schließlich beschloss er anzunehmen, dass das Verhalten seines Freundes vielleicht gar nicht so ungewöhnlich war. Fakt war, dass er Godfredo zuvor fast zwanzig Jahre lang nicht gesehen beziehungsweise nicht in seiner Nähe gelebt hatte, also konnte er nicht wissen, was in dessen Welt üblich war und was nicht. Zudem waren sie beide so unterschiedlich – das waren sie im

Grunde schon immer gewesen –, dass er sich das Ganze nicht weiter zu Herzen nehmen wollte.

Max sah hinüber zu Karis, die bemerkenswert geduldig Godfredos Geschichte von einem anderen Unfall auf See lauschte, dieses Mal waren die Akteure ein Katamaran und ein Rennboot.

»Bist du hungrig?« Max nutzte eine Pause, die Godfredo glücklicherweise machte, um einen Schluck Bier zu trinken.

Sie schüttelte den Kopf. »Ich sollte gehen und endlich meine Sachen auspacken.« Sie schob ihr halb leeres Glas auf die andere Seite des Tisches, griff nach ihrer Tasche und rutschte mit dem Stuhl nach hinten. »Mach's gut, Godfredo!« Karis lächelte warm.

Max folgte ihr auf die Straße und musste dem Drang widerstehen, sie an sich zu ziehen.

»Soll ich dich fahren?« – »Hast du morgen Abend Zeit?«

Sie sprachen gleichzeitig, die Worte vermischten sich und Karis kicherte.

Einen Augenblick lang war sich Max nicht sicher, was er sagen sollte. Er hatte nicht erwartet, dass sie ihn nach einem Wiedersehen fragen würde. »Morgen würde es sehr gut passen«, sagte er vorsichtig. Er zog eine Visitenkarte aus seinem Portemonnaie und reichte sie ihr. »Das ist meine Telefonnummer.«

Sie hielt sie in der Hand. »Okay, großartig. Danke.«

»Moment, morgen ist Mittwoch, oder?«, fragte er. »Wir können uns morgen leider doch nicht treffen. Ich habe eine feste Verabredung mit einem Freund.«

»Oh. Okay.« Karis wirkte enttäuscht.

»Aber vielleicht möchtest du mitkommen. Es ist mein Freund Steven. Du wirst ihn mögen. Er ist der chinesische

Botschafter. Ich denke, du hast ihn damals bei der Feier zur Vertragsunterzeichnung kurz getroffen.«

»Vielleicht.« Sie runzelte die Stirn. »Ich erinnere mich nicht. Aber ist das denn ein offizielles Treffen? Ich weiß nicht, ob ich ein passendes Kleid dafür habe.«

Max lächelte. »Nein, das ist nicht offiziell. Steven ist immer außer Dienst, wenn wir uns treffen. Wir spielen normalerweise Karten oder gehen zusammen etwas essen. Du wirst ihn mögen.«

Karis nickte langsam. »In Ordnung. Aber nur, wenn ich nicht störe.«

»Überhaupt nicht. Steven wird sich freuen, dich zu treffen.« Max wollte seine Hand ausstrecken und ihr ein loses Haar von der Wange wischen, aber er konnte nicht einschätzen, was sie gerade dachte.

»Okay, tschüss«, sagte sie.

»Ja. Genau.« Verwundert sah er ihr nach, als sie davonging. »Bis morgen.« Die wunderschöne Karis Deen. Max versuchte weitere Gedanken an sie zu verdrängen, während er zum Café zurückging. Er war zu beschäftigt mit seiner Arbeit, als dass er sich auch noch mit Karis Deen hätte verrückt machen können.

KAPITEL 53

Pferderennbahn, Panama-Stadt,
Panama

Paco Roco wartete im Schatten eines der großen Pferde-anhänger. Es war spät am Nachmittag und kein Stall-bursche war in Sicht; die meisten hielten Siesta, da sie schon morgens um fünf Uhr oder früher aufgestanden waren, um rechtzeitig mit den Tieren zu trainieren. Paco warf einen Blick in den Anhänger. Wie die meisten Fahr-zeuge auf dem Gelände war er leer bis auf etwas Gras und die Heuballen, die auf einer Seite aufgeschichtet worden waren.

»Francisco. Danke, dass du gekommen bist.«

Paco drehte sich um und sah José Gonzáles über den boulevardartig breiten, aber ungeteerten Weg auf sich zukommen. Der Weg ermöglichte den Zugang zu den Stallungen auf der Rennbahn. Er streckte seine Arme aus. »Schön, dich zu sehen.«

Gonzáles umarmte ihn. »Es tut mir leid. Mir geht gerade ziemlich viel durch den Kopf. Leider laufen die Dinge nicht wie geplant. Lass uns ein paar Schritte gehen.« Er legte eine Hand auf Pacos Rücken und die beiden Männer gingen los. »Weißt du irgendwas darüber, dass dein Junge Kontakt zum chinesischen Botschafter hat?«

Paco schüttelte den Kopf. »Du meinst Godfredo?«

»Irgendeiner. Godfredo. Der englische Ingenieur …«

»Ja. Burns spielt manchmal Golf mit einem Chinesen namens Steven.«

»Das ist er. Steven Zhang. Weißt du, wie oft sie sich treffen?«

Paco runzelte die Stirn. »Warum interessiert dich das?«

»Mein Kontakt … Er denkt, da steckt vielleicht mehr dahinter.«

Paco sah seinen Freund erstaunt an. »Was meinst du damit?«

»Er hat mir gesagt, dass einflussreiche Leute – und ich glaube, damit meint er die Chinesen – versuchen könnten, das ganze Projekt zu sabotieren.«

Paco brach in dröhnendes Gelächter aus. »Das Projekt sabotieren? Verdammt noch mal. Und ich dachte, ich hätte diese zweifelhafte Ehre!«

»Du wurdest engagiert, um es umzusetzen, du Trottel, nicht um es zu sabotieren.« Gonzáles war offensichtlich nicht in der Stimmung für Witze.

»Immer mit der Ruhe. Offensichtlich ist da heute Morgen jemand mit dem falschen Bein aufgestanden.« Paco seufzte und tätschelte den Arm seines Freundes. »Wir machen das. Wie besprochen. Du musst deswegen nicht auch noch deine letzten Haare verlieren.«

Gonzáles sah ihn an, aber sein Blick war leer, er dachte ganz offensichtlich gerade an etwas anderes. Dann schüttelte er den Kopf. »Je eher wir fertig sind, desto besser, das sage ich dir. Danach gehe ich mit Rosa auf die Kaiman-Inseln …«

Paco nickte, seine Hand lag immer noch auf Gonzáles' Arm. »Ja, ja, mein Lieber. Es wird nicht mehr lange dauern. Wir haben gerade die letzte Überweisung an dich losgeschickt.«

»Und du?«

»Alles organisiert.«

»Okay.« Gonzáles nickte und atmete aus. »Bist du dir sicher, dass es kein belastendes Material gibt?«

»Ich bin mir sicher. Ich werde im Laufe des Monats eine Pressemitteilung herausgeben, und dann können deine Leute mit dem Audit beginnen.« Paco lachte. »Viel werden sie nicht mehr finden – in jeder Hinsicht.«

Gonzáles lächelte angestrengt. »Gut. Sehr gut.« Er fuhr sich mit der Hand durch sein schütteres Haar. »Verdammt. Ich werde einfach zu alt für diesen Druck.«

Paco zwang sich zu lachen, aber insgeheim dachte er, dass Gonzáles wohl seine einstige Überlegenheit verloren hatte. »Dann stell jetzt einfach sicher, dass nichts zur Presse durchsickert«, sagte er. »Noch nicht.«

»Nein, nein, natürlich nicht«, erwiderte Gonzáles. Er gab Paco einen Klaps auf den Arm und ging dann los in Richtung einer aus Holz gezimmerten Hütte am Ende eines der schmalen Seitenwege.

Paco sah seinem Freund einen Augenblick lang nach, dann lief er los und versuchte ihn einzuholen. Irgendetwas war da in Gange, aber er war sich nicht sicher, was es war.

Er folgte Gonzáles zu der Unterkunft der Stallburschen. Die Einrichtung im Inneren war spartanisch: ein Tisch, ein paar Stühle und eine Jesus-Ikone an der Wand. Niemand war da, daher hielt es Paco für sicher, offen sprechen zu können. Trotzdem achtete er darauf, leise zu sein. »José, du musst mir sagen, wenn du in etwas verwickelt bist, das über unseren gemeinsamen Plan hinausgeht. Irgendwas, was du nicht mehr selber kontrollieren kannst.«

Gonzáles lief auf und ab. Er schien immer noch nervös zu sein. Aber er schüttelte den Kopf. »Es ist alles in Ordnung. Solange nur diese Chinesen nicht anfangen, herumzuschnüffeln.«

»José, lass das. Die einzigen Chinesen, die ich hier in all der Zeit gesehen habe, sind die, die in ihren kleinen Einkaufsläden Gemüse verkaufen.«

»Hey!« Gonzáles blieb stehen und zeigte auf Paco. »Hör auf, den Klugscheißer zu spielen. Du weißt, was ich meine. Du musst auf der Hut sein, falls hier ein größerer Fisch unterwegs ist, mit dem wir nicht gerechnet haben. Wir müssen verdammt noch mal aufpassen.«

Sofort griff Paco nach dem Revers von Gonzáles' Jackett. »Nein, du hörst jetzt mir zu, José. Jetzt sagst du mir, wer dein ominöser ›Kontakt‹ ist, sonst kann ich dir keine Rückendeckung mehr geben. Ich werde dir nicht helfen können, wenn etwas schiefgeht.« Er ließ Gonzáles los und glättete dessen Jackett.

Gonzáles stieß ihn von sich. »Ich kann es dir nicht sagen, und du weißt das. Zu deiner eigenen Sicherheit, Francisco. Hier sind Mächte am Werk, die weder du noch ich kontrollieren können.« Er hielt inne. »Du machst deinen Teil, und ich mache meinen.« Er wischte sich etwas Staub von seinem Ärmel. »Lass mich wissen, wenn du bereit bist, dann treffen wir uns ein letztes Mal und reden über die noch offenen Details. Danach will ich keinen Kontakt mehr mit dir. Hast du mich verstanden?«

Mit einer beschwichtigenden Geste erhob Paco die Hände. »Natürlich, alter Freund.«

Gonzáles zog sein Jackett glatt und es war ihm anzusehen, wie unwohl er sich fühlte. »Wie entwickeln sich die Pferde?«

»Sehr gut. Der Trainer ist zwar ein eingebildetes Arschloch, macht aber mit den Pferden einen guten Job.«

»Okay.« Gonzáles nickte langsam. »Okay.«

Er nickte noch einmal und ging dann davon.

KAPITEL 54

Agent Jay Stevenson stand an der breiten, hüfthohen Konsole. Riesige Bildschirme waren vor ihm aufgebaut worden. Zehn weitere Konsolen und die jeweils dafür verantwortlichen Agenten befanden sich ebenfalls in dem Raum, der an ein Theater erinnerte.

Er sah Fisher an. »Agent Avila ist online.«

»Nehmen Sie das Gespräch an.«

Auf einem Viertel des riesigen Bildschirms vor ihnen erschien Tucker Avilas Gesicht in einem Videokonferenzfenster.

Vom Kopf bis zur Hüfte erschien Fisher auf einem anderen Viertel. »Agent Avila«, sagte sie.

Es gab eine kurze Verzögerung, dann begann Avila zu sprechen. »Agentin Deen hat den Kontakt mit Burns und Zhang hergestellt.«

»Schon?« Fisher sah hinüber zu Jay. »Ist Agentin Deens D.R.O.P eingeschaltet?«

Jay blickte auf seinen Bildschirm. »Ja. Ich empfange ihre biometrischen Daten.« Er blickte zu Fisher hoch. »Die übrigen Sendefunktionen hat sie jedoch nicht aktiviert.«

»Okay.« Fisher wandte sich an Avila. »Tucker, würden Sie bitte sicherstellen, dass bei Ihnen beiden die Sendefunktion immer aktiviert ist, wenn Sie mit der Zielperson in Kontakt sind?«

»Natürlich, Ma'am. Ich werde mich darum kümmern.«

»Dann fahren Sie bitte fort, Agent Avila.«

»Agentin Deen hat bisher nichts Verdächtiges festgestellt. Sie glaubt, es handelt sich um eine falsche Spur.«

Fisher runzelte die Stirn. Sie wusste, dass Deens Instinkte gut waren, aber waren sie so gut? »Wie kann sie das nach so kurzer Zeit schon wissen?«, fragte sie.

»Ich habe sie im Restaurant beobachtet. Sie waren drei Stunden und sieben Minuten dort. Es war also kein kurzes Treffen.«

»Und danach?«

»Wurden sie von Zhangs Wagen zur chinesischen Botschaft gefahren.«

Fisher hielt erstaunt inne. »Wie bitte, haben Sie gerade gesagt zur chinesischen Botschaft? Im Wagen des Botschafters?«

»Ja. Aber dort waren sie nicht lange. Dann sind sie weitergefahren.«

Fisher musste ein Lächeln unterdrücken. Die Kleine war wirklich gut. »Und Sie sind ihnen natürlich gefolgt.«

»Ja, allerdings war das etwas problematisch. Ich musste mich zurückfallen lassen, denn Agentin Deen ist mit Burns an seiner Wohnung ausgestiegen. Sie haben sich auf der Straße unterhalten und sind dann spazieren gegangen.«

»Mitten in der Nacht? Warum haben Sie nicht angehalten und sind ihnen zu Fuß gefolgt?«

Avila blickte frustriert. »Sie sind mitten durch die Altstadt gegangen. Da kann man niemandem folgen, ohne gesehen zu werden. Und es ist mitten in der Woche, da sind die Straßen leerer als ein Friedhof nach Mitternacht, nur ein paar Einheimische und ungefähr siebenhundert streunende Katzen. Und alle Einheimischen kennen sich. Das ist nicht wie am Wochenende, wenn hier Hochbetrieb herrscht.« Er lächelte kurz. »Darum habe ich entschieden, meine Verfolgung abzubrechen.«

Fisher nickte. »Okay. Glauben Sie, sie kann sich wieder mit Burns treffen?«

Avila nickte. »Ich denke schon.«

»Was hat Agentin Deen über Zhang gesagt?«

Avila schüttelte den Kopf. »Hier war sie etwas ratlos. Sie sagte, dass beide – Burns und Zhang – ziemlich gebildet seien, und sie hätten nur über Dinge wie Gourmet-küche und Golf gesprochen.«

»Gourmetküche und Golf«, wiederholte Fisher mit Sarkasmus in der Stimme.

»Das war das, was sie gesagt hat – mehr oder weniger.«

»Es gibt hier kein Mehr oder Weniger, Agent Avila. Wenn ich Vermutungen will, frage ich danach.«

»Ja, Ma'am.« Avila räusperte sich und verkündete: »Agentin Deen hat berichtet, dass sie viel gelacht hat, da sie sich sehr detailliert über Wachteleier und Amuse-Bouche unterhalten haben. Vor allem über Selleriesorbet. Sie sagte, dass Zhang viel gereist ist und eine Menge vom Kochen versteht.«

»Und Golf?«

»Zhang spielt gerne Golf, aber Agentin Deen hat vernommen, dass Max in den letzten Jahren besser geworden ist als Botschafter Zhang und auf dem Platz nun meistens gewinnt. Zhang sah …«, er blickte kurz auf seine Notizen, »freundlich frustriert aus, so hat sie es formuliert.«

»Zhang war frustriert?«

»Ich glaube, der wichtigere Punkte war ›freundlich‹.«

Fisher verschränkte die Arme vor der Brust. »Avila, wie beurteilen Sie Deens Vorgehen? Finden Sie, dass sie zu weit gegangen ist?«

»Das würde ich nicht ausschließen. Sie ist schon sehr direkt – bei Burns, meine ich. Es wurde ganz schön heiß hier, nachdem Zhang sie abgesetzt hatte.«

»Ihre Meinung dazu?«

Avila zuckte mit den Achseln. »Ich glaube, sie tut, was für die Mission nötig ist.« Als Fisher nicht reagierte, ergänzte er: »Ma'am.«

»Danke, Agent Avila.« Fisher nickte und gab Jay ein Zeichen, das Gespräch zu beenden.

»Agent Stevenson«, sagte sie. »Bevor Agentin Deen gegangen ist, hatten Sie da das Gefühl, dass sie nervös war?«

»Nein.« Jay schüttelte den Kopf. »Sie war bei den Marines. Ich glaube nicht, dass sie so ein Einsatz nervös macht.«

Fisher sah ihn schweigend an. »Glauben Sie, dass sie früher schon Zeit mit Burns verbracht hat? Bei ihrem vorherigen Einsatz in Panama?«

»Sie hat mir nur gesagt, dass sie ihn bei der Feier zur Vertragsunterzeichnung getroffen hat und dass er ihr sympathisch war.«

»Danke, Agent Stevenson.« Fisher verließ den Raum.

KAPITEL 55

Leise fluchend lief Paco den ausgedehnten Grünstreifen entlang. Sein Hemd war nass, von seiner Stirn tropfte das Wasser. Und als würde es nicht ausreichen, dass er von oben nass geregnet wurde, spürte er, wie ihm hinten der Schweiß die Beine hinunterlief.

»Ich spiele allein eine Runde Golf. Triff mich am fünfzehnten Loch.«

Gonzáles schien entspannter gewesen zu sein als beim letzten Mal auf der Rennbahn. Er hatte ihn dennoch daran erinnert, dass dies nun ihr letztes Treffen sei und dass es danach keinen Kontakt mehr zwischen ihnen geben werde.

Paco blinzelte durch den Nieselregen. Er wusste, dass es nur noch eine Frage der Zeit war, bis es in Strömen regnen würde. Das war vermutlich Gonzáles, dieser Fleck da draußen am fünfzehnten Loch.

Wieder ertönte das Signalhorn, das alle Spieler darauf hinwies, den Golfplatz wegen des aufkommenden Gewitters möglichst zügig zu verlassen. Der Himmel war dunkel. In der Ferne konnte man es donnern hören und der Wind wurde stärker. *Als ob irgendjemand ein Hinweissignal braucht, um festzustellen, dass gerade ein verdammter*

Sturm aufzieht. Golf war ein Spiel, das Paco noch nie verstanden hatte. Dieses Herumstehen und den Ball von A nach B schießen, um dazwischen über mögliche großartige Strategien zu beraten, wie man den Ball schneller ins Loch schubsen könnte. Ein Spiel für Weicheier und reine Zeitverschwendung. Die großartige Stimmung und das Getobe der Zuschauer hingegen auf der Rennstrecke ... und dann, wenn das eigene Pferd ins Ziel lief ... es gab kein besseres Gefühl.

»Du verstehst das falsch, Paco, Golf ist reine Kopfsache«, hatte Gonzáles ihn getadelt, als er ihn einmal gefragt hatte, warum er seine Zeit auf dem Golfplatz verbrachte. »Es geht darum, das Durchhaltevermögen und die Eier zu haben, am Ball zu bleiben. Du bist da draußen ganz auf dich gestellt. Du gegen deinen Gegner ... und gegen dich selbst. Du musst deinen Fähigkeiten vertrauen. Und abgesehen davon, alle wichtigen Geschäfte, die ich jemals gemacht habe, habe ich auf dem Golfplatz abgeschlossen.«

Nun ja, zumindest war das eine Erklärung, wie Gonzáles vom unbekannten argentinischen Unternehmer, der für CISCO arbeitete, zum hochrangigen Regierungsbeamten in Panama aufsteigen konnte, nachdem sich ihre Wege vor mehr als zwanzig Jahren getrennt hatten.

Auf der Suche nach Schutz vor dem nun heftigen Regen und böigen Wind stapfte er durch die immer noch erdrückende Schwüle zu einer Reihe großer Bäume, die das Green säumten. Oder das Rough oder Fairway oder wie zum Teufel diese Lichtung genannt wurde.

Sobald er unter dem schützenden Blätterdach stand und nicht mehr direkt im Regen, verbesserte sich seine

Laune geringfügig. Er prustete vor sich hin, während er weiterlief. Vielleicht war er ein bisschen zu hart gewesen. Gonzáles achtete schließlich auch auf seine – Paco Rocos – Interessen. Aber China ... Paco lachte kurz auf, als er daran dachte. Also wirklich, was gab es da noch zu sabotieren? Er selbst hielt doch alle Karten in der Hand. Oder?

Während er an dem Fairway entlanglief, fragte er sich, wer sonst noch von einer verspäteten Fertigstellung profitieren könnte. Vielleicht würden einige Geschäfte nicht zustande kommen, aber der Kanal an sich war ja nicht bedroht. Gonzáles' Plan war es gewesen, mit ihrem sehr niedrigen Angebot sicherzugehen, dass sie gewannen, nach einiger Zeit den Bankrott zu erklären und die Kanalbehörde um mehr Geld zu bitten, um das Erweiterungsprojekt doch noch fertigstellen zu können. Dies war nun an der Zeit. Das Projekt war bereits so weit fortgeschritten, dass es sich die Kanalbehörden und die Regierung nicht mehr leisten konnten, das aktuelle Team zu ersetzen – denn die Zeit, die es brauchen würde, ein neues Konsortium zusammenzustellen, würde die Kosten noch mehr in die Höhe treiben.

Ja, Gonzáles' Plan war auf jeden Fall gut durchdacht. Pacos Lippen verzogen sich zu einem Lächeln. Er war schon neugierig auf den nächsten Schritt. Der Burns-Junge hatte noch keine Ahnung davon, dass sie all ihren Gewinn bereits auf Offshore-Bankkonten auf den Bahamas transferiert hatten und dass bald kein Geld mehr zur Verfügung stand, um das Expansionsprojekt zu beenden.

Er war nur noch knapp hundert Meter von Gonzáles entfernt, der ihm den Rücken zudrehte. Doch er war nicht allein. Paco blieb stehen. Da war noch ein Mann. Beide sahen von Paco weg, vermutlich in die Richtung des nächsten Lochs. Der andere war sichtlich keiner dieser Speichellecker-Caddies, die einem auf dem Golfplatz mit den schweren Taschen folgten.

Vielleicht wollte sich Gonzáles deshalb treffen. Womöglich hatte er seine Meinung geändert, und das war sein »Informant«.

Ja, so war es wohl. *Schlauer Schachzug, Gonzáles!* Er wollte sich absichern, falls es doch noch Probleme geben sollte.

Mit einem Lächeln auf den Lippen lief Paco auf seinen Freund zu.

Im selben Moment holte Gonzáles aus und schwang seinen Schläger. Während Paco zusah, wie der Ball von den beiden Männern wegflog – ein winziger, weißer Punkt vor dicken, schwarzen Wolken –, bemerkte er plötzlich den Schläger des anderen Mannes, der mit voller Wucht auf Gonzáles' Kopf einschlug. Gonzáles' Knie gaben augenblicklich nach und er ging zu Boden.

Paco erstarrte, unfähig, sich abzuwenden. Atemlos sah er zu, wie der Mann einen Revolver hervorzog. Sofort warf sich Paco auf den Boden. Die Erhebung, hinter der er sich versteckte, würde trotz einiger Büsche die Masse seines Körpers kaum verbergen können.

Das Signalhorn ertönte erneut. In der Umgebung waren die ersten Donner zu hören.

Vorsichtig hob Paco den Kopf. Gonzáles lag regungslos auf dem Boden, während der andere Mann in Richtung Clubhaus davonging.

Zentimeter um Zentimeter zog sich Paco zurück, weg vom Ort des Geschehens, die Anhöhe hinunter. Dort blieb er liegen, atmete rasch und spürte, wie der Regen auf sein Gesicht und auch auf den Rest seines Körpers fiel. Sein Instinkt befahl ihm zu verschwinden. Die Angst jedoch riet ihm, sich nicht zu bewegen.

Schließlich richtete er sich auf, und so schnell er konnte, lief er zurück in den Schutz der Bäume.

KAPITEL 56

Obarrio, Panama-Stadt,
Panama

»Schieb deinen müden Arsch hierher!«

Godfredo blickte auf sein Handy, nachdem sein Vater aufgelegt hatte. Das war mal wieder ein neues Charme-Level, selbst für Paco. Er griff nach seinem Arbeits-Tablet und war wenig später in der Suite seines Vaters.

»Hey, Paps, was's los?«, rief er aus.

Paco war nirgends zu sehen. Draußen tobte der Sturm und Regen peitschte gegen die riesigen, bodentiefen Fensterscheiben.

»Paps?«

»Lass das verdammte ›Hey‹!« Die Stimme seines Vaters kam aus dem Schlafzimmer. »Komm endlich her und schließ die Tür!«

Godfredo ging in Richtung Schlafzimmer und sah seinen vollkommen durchnässten Vater, der gerade dabei war, wie ein Wahnsinniger seine Sachen zusammenzutragen und sie in den großen Koffer zu werfen, der offen auf dem Bett lag. »Hey! Was ist los?« Godfredo blieb im Türrahmen stehen. »Was tust du da?« Ein Donnerschlag dröhnte durch die Wohnung. »Paps?«

Paco hielt inne und sah Godfredo von der Seite an. Er war völlig außer Atem. »Sie werden Gonzáles als vermisst melden, und irgendwann werden sie ihn finden. Aber wahrscheinlich nicht, bevor dieser verdammte Sturm zu Ende ist. Und eines weiß ich: Sie werden ihn nicht lebend finden.«

Wie versteinert stand Godfredo mit offenem Mund da. »Wie? Was?«

Paco ging in sein Badezimmer und wischte Kölnisch-Wasser-Flaschen, Zahnpasta und Haarpflegemittel in eine Plastiktüte.

»Paps? Was, verdammt noch mal, hast du getan?«

»Ich habe ihn nicht umgebracht!«, brüllte Paco. Er kam zurück ins Schlafzimmer. »Aber ich habe seinen Mord *gesehen*.« Sein Gesicht verzerrte sich. »Ich sollte ihn auf dem Golfplatz treffen.«

»Scheiße. Wirklich? Hat *dich* jemand gesehen?«

»Ich glaube nicht.« Mit beiden Händen strich Paco sich das nasse Haar zurück. »Es war ein Mann. Ein anderer Golfer. Ich weiß nicht.«

»Und er ist sicher *tot*?«

»Und ob er tot ist! Der Mann hat ihm in den Kopf geschossen!« Fieberhaft zerrte Paco weitere Kleidungsstücke aus Schränken und Schubladen.

»Okay, sie haben dich nicht gesehen. Das ist doch schon mal ein Anfang.«

»Nein, du Idiot! Das ist verdammt noch mal das Ende! Verstehst du es nicht? Gonzáles war unsere Garantie, dass die Regierung von Panama hinter uns stehen würde, wenn wir pleite sind!« Paco warf einen Stapel Poloshirts in den Koffer.

»Was soll das heißen? Warte mal … wenn wir pleite sind? Wovon sprichst du?«

»Unser Gewinn wurde schon lange abgezogen und im

Ausland deponiert, so wie wir das geplant hatten. Aber er war unsere gottverdammte Absicherung, dass wir von der Regierung das benötigte Geld bekommen würden, um das Projekt zu beenden!« Der Regen aus seinen Haaren lief Paco die Stirn herunter. Draußen spalteten Blitze den Himmel.

»Aber wer wollte, dass er stirbt? War da noch *jemand anderes* involviert?«

»Nein!« Paco kämpfte mit seinem durchweichten Jackett, als er es auszuziehen versuchte. »Das war eine Sache zwischen Gonzáles und mir. Alles, was ich weiß, ist, dass er einen Informanten hatte. Der hat die Zahlen des amerikanischen Teams vor der Angebotsabgabe besorgt.«

»Und wer ist dieser Informant?«

»Ich habe verdammt noch mal keine Ahnung! Gonzáles wollte es mir nicht sagen.« Er riss sich das Jackett vom Leib und warf es auf den Boden.

»Großartig. Und jetzt?«

»Ich werde heute der Presse verkünden, dass all unser Geld auf geheimnisvolle Weise verschwunden ist und dass ich vermute, dass Max Burns dafür verantwortlich ist.«

Godfredo sah seinen Vater entsetzt an. »Bist du verrückt?«

»Nein, ich versuche nur zu überleben.«

»Das ist einfach …« Godfredo gestikulierte, ihm fehlten die Worte. »Ich weiß wirklich nicht, wie ich auf diese Logik reagieren soll. Wir können Max das nicht antun … *ich* kann es ihm nicht antun.«

»Jetzt hörst du mir verdammt noch mal genau zu.« Paco zeigte mit dem Finger auf Godfredo. »Gonzáles und ich haben eine gemeinsame Vergangenheit. Er hat in unserem Büro in Buenos Aires gearbeitet. Das ist zwar schon lange her und die meisten Unterlagen sind vernichtet, aber ich muss schnell handeln, falls die Behörden unsere Namen in Zusammenhang bringen, bevor ich in ein Flugzeug steigen kann. Wir müssen sie ablenken, und Max ist unsere einzige Möglichkeit.«

»Paps, das hatte nichts mit Max zu tun!«

Paco schrie ihn an. »Ich werde in diesem verfluchten Land *nicht* ins Gefängnis gehen, hörst du? Es gibt keinen anderen Ausweg.«

»Und was dann? Auf die Bahamas flüchten?« Godfredo sah seinen Vater an und schüttelte den Kopf. »Du bist so ein Arschloch!«

Betont langsam drehte sich Paco zu Godfredo um und schaute ihn gereizt an. »So sprichst du nicht mit mir!« Seine Faust traf Godfredos Wange, der daraufhin schwankte, nach hinten taumelte und zu Boden ging.

Paco zeigte erneut auf ihn, während draußen der Sturm wütete und der Donner gegen die Fenster knallte. »Du hast mich verdammt noch mal zu respektieren. Wir haben von Anfang an darüber gesprochen, und ich habe dich gewarnt.« Er knallte den Deckel seines Koffers zu. »Ich habe mich entschieden, und ich tue es auch für dich. Wenn du auch nur ein kleines bisschen Hirn übrig hättest, würdest du anfangen, dich wie ein Roco zu benehmen.«

KAPITEL 57

Casco Viejo, Panama-Stadt,
Panama

Max Burns sprang gleichzeitig mit dem Fahrer aus der schwarzen Limousine. Er rannte um das Fahrzeug herum, um Karis zu begrüßen und ihr die Tür zu öffnen.

Ungerührt stieg der Fahrer wieder ein. Die Straßen waren nass und dampften. Wasserfluten strömten durch die breiten Abflussrinnen am Straßenrand und der Himmel gab, zur Erinnerung daran, dass man sich zweifelsohne in den Tropen befand, die letzten Tropfen von sich.

Karis trug Sandalen und das gleiche mitternachtsblaue Kleid, das sie vor zwei Jahren im Präsidentenpalast getragen hatte. »Ich hoffe, das ist nicht zu viel«, sagte sie und sah zu Max hoch, während sie eine Falte des langen, satinähnlichen Stoffs nervös in einer Hand knetete. Ich wusste wirklich nicht, was ich anziehen sollte, weil ich mir nicht sicher war, wie formell der Anlass sein wird.«

Max lachte fröhlich. »Du siehst perfekt aus.« Er schloss ihre Tür und rannte zurück auf die andere Seite des Wagens. Es war ihm kaum möglich, seinen Blick von ihr abzuwenden. Ihre langen Haare waren im Nacken zu einem lockeren Knoten zusammengefasst. Dann drehte sie ein paar lose Haarsträhnen zusammen und steckte sie sich hinters Ohr, um sie auf diese Weise einigermaßen zu bändigen. Sie wirkte nervös und Max realisierte, dass sie jeweils viel entspannter war, wenn sie allein waren.

»Du musst mir nicht immer die Türen aufhalten und Stühle für mich zurechtrücken«, flüsterte sie, als er sich neben sie setzte.

Max nickte und zog ihre Hand zu sich heran. »Ich weiß. Aber so wurde ich halt erzogen. Mein Vater hat das auch so gemacht – für alle, nicht nur für meine Mutter.« Er sah sie an und lächelte. »Ist auch egal.« Dann tat er, wonach er sich die ganze Woche gesehnt hatte: Er küsste sie. Insgeheim wünschte er sich, dass sie nicht zum Essen erwartet würden, denn er wollte sie für sich allein haben.

Karis rutschte zur Seite und lächelte ihn schüchtern an. »Und? Hast du es ihm heute Morgen richtig gezeigt?«

»Du meinst Steven?« Max brauchte einen Augenblick, um sich auf ein neues Thema einzustellen. »Nein. Er wurde leider aufgehalten, ein Meeting oder so, also habe ich die Runde ohne ihn begonnen.«

»Das klingt ja spannend«, sagte sie enthusiastisch, doch Max wusste, dass sie ihn aufzog.

»Ist eine gute Übung ab und zu, sich nur auf das eigene Spiel zu fokussieren«, verriet er grinsend. »Ich musste dann eh früher aufhören wegen des Sturms. Das war vielleicht ein Chaos. Ich habe Steven danach noch auf einen Drink im Clubhaus getroffen.«

Karis blickte aus dem Fenster. »Konntest du nach dem Regen nicht mehr weiterspielen?«

»Normalerweise schon. Aber der Sturm war zu stark. Ich glaube, bis morgen wird niemand den Platz betreten können. Es ist zu viel Wasser heruntergekommen.«

Das Handy in seiner Tasche begann zu vibrieren und er zog es heraus, um festzustellen, dass er gerade einen Anruf von Alans Festnetznummer verpasst hatte.

Er schaltete das Handy aus. Ein Abend bei Steven Zhang war eigentlich immer sehr interessant und Alan mochte spannende Geschichten. Aber er beschloss, ihn morgen früh zurückzurufen.

Wenig später erreichten sie die Uferzone in der Altstadt. Mehrere gelbe Taxis standen entlang der Promenade an dem niedrigen Steinmäuerchen und Menschen in Wochen-end-Partystimmung schlenderten über die Einfahrt zur Sackgasse. Langsam rollte die Limousine auf die Wachen am Tor der Botschaft der Volksrepublik China zu.

Der Fahrer ließ das Fenster hinabgleiten und tauschte sich kurz mit dem Wachmann aus. Dieser warf einen Blick auf die Rückbank des Wagens. Er nickte dem Fahrer zu und winkte sie herein.

Vor dem imposanten Botschaftsgebäude blieb der Wagen stehen. Max lächelte Karis an und sie warteten, bis zwei Diener ihnen die Wagentüren öffneten.

Als sie ins Foyer kamen, führte sie ein Mitarbeiter der Botschaft durch einen Gang in ein bequemes Wohnzimmer, das Max noch nie zuvor gesehen hatte. Es war mit einer exquisiten Seidentapete ausgestattet, die alten chinesischen Kunstwerken nachempfunden worden war. Moderne, schwarze Teakholzmöbel standen um einen weinroten Loungesessel, der das Herzstück des Raums bildete. Steven Zhang kam herein und streckte zur Begrüßung die Arme aus.

»Max! Wie schön, dass du kommen konntest!« Er schüttelte Max die Hand, dann wandte er sich Karis zu. »Frau

Deen. Wie schön, Sie zu sehen. Ich bin mir sicher, dass Sie das Menü für heute Abend begeistern wird.«

Nachdem Zhang sich verneigt hatte, entschuldigte er sich, um weitere, neu ankommende Gäste zu begrüßen. Diese waren sportlich-elegant gekleidet. Einige trugen Designershirts mit auffälligen Westen, asymmetrischen Jacketts oder ein voluminöses Tartankleid, das nur von Vivienne Westwood stammen konnte, wie Max erkannte, da er viele Jahre mit Sarah verbracht und einiges über Mode mitbekommen hatte.

Karis starrte die aufwendig bemalte Zimmerdecke an. Als sie sich Max zuwandte, konnte er ihren Gesichtsausdruck nicht deuten. Er nahm ihre Hand.

»Aperitif«, verkündete der Kellner.

Max riss seinen Blick von ihr los und sah hinunter auf ein Bambustablett, auf dem kleine Tontässchen standen. Er ließ Karis' Hand los. »Danke.« Er nahm zwei Tässchen und reichte eins Karis, während der Kellner weiterging. »Ich könnte wetten, dass das ein ganz seltenes Quellwasser ist«, flüsterte er.

Karis lachte. »Wirklich?«

»Steven liebt es, mit allen Arten von Flüssigkeiten zu experimentieren.« Er lächelte. Gleichzeitig setzten sie ihre Tassen an und tranken.

»Ja«, flüsterte sie. »Selleriesaft.«

»Willkommen!« Zhang unterbrach das freudige Geplauder und stellte seine Gäste vor, die aus Peking, Toronto, Kapstadt und New York angereist waren. Nach der Vorstellungsrunde war es für Max und Karis nicht schwer zu erraten, dass sie sich in der Gesellschaft sogenannter »Foodies« befanden, also Blogger, Tester und Feinschmecker, die sich alle in irgendeiner Form mit der hohen Schule des Kochens beschäftigten. »Bitte kommen Sie hier entlang!«

Das Dutzend Gäste wurde in die gut ausgestattete, geräumige und sehr moderne Küche der Botschaft geführt, in der vor dem größten Edelstahltresen zwei lange Tischplatten aufgebockt waren, an denen jeweils sechs Stühle standen. Der Raum wirkte eher wie ein Labor und nicht wie eine Küche.

Schweigend half Zhang den Anwesenden, ihre Plätze zu finden. Max und Karis saßen in der hinteren Reihe. Jeder Tisch war mit drei kleinen, sorgfältig gearbeiteten Blumenarrangements geschmückt, die jeweils genau zwischen zwei gegenüberliegenden Gedecken standen. Davor stand eine flache, schwarze Schale, über deren Rand weißer, flüssiger Stickstoff waberte und sich sanft wie eine dünne Nebelschicht über die Tischdecke ausbreitete.

»Riechst du das?«, murmelte Karis.

Max nickte. Ein kaum wahrnehmbarer Geruch von Salbei zog durch den Raum.

Ein kleiner Asiate, der eine dicke Brille mit schwarzem Rahmen trug, stand jetzt vor dem Tresen. Er trug eine schwarz-weiß karierte Kochhose und eine pflaumenfarbene Jacke. Eine Strähne blauer Haare klemmte hinter seinem Ohr und unter seiner Kochmütze. Neben ihm standen zwei Souschefs und vor ihnen lagen mehrere schmale Kanister mit Metalldeckeln sowie verschieden große Gummischläuche mit Nummern darauf.

Zhang ergriff das Wort. »Es ist mir ein großes Vergnügen, Ihnen den angesehenen Experten für Molekularküche, Chefkoch Michael Wu, vorzustellen.«

Wu verbeugte sich. »Ich freue mich, heute mit Ihnen dieses Erlebnis teilen zu dürfen.«

Einer der Souschefs dimmte das Licht auf der Seite der Küche, auf der die Gäste saßen, während der Haupttresen beleuchtet blieb. Karis legte ihre Hand sanft auf Max' Arm.

Der Koch arbeitete routiniert mit einem Messer und einer kleinen Box mit Zutaten. Rauch stieg aus einem Glaskolben, der über einem Bunsenbrenner hing, empor und einer seiner Gehilfen schäumte eine Crème auf. Wenige Minuten später wurden kleine Würfel auf schwarze Schieferplatten gelegt, auf denen die aufgeschäumte Crème schon in durchsichtigen Auflaufförmchen wartete.

»Als ersten Gang gibt es Frühlingsgemüsesuppe mit Croûton.« Chefkoch Wu verbeugte sich und die Delikatessen wurden verteilt.

Als Max sich den ersten Löffel der hellbraunen Crème in den Mund schob, schmeckte diese unverkennbar nach Weizen und erinnerte an frischen Toast. In Sekundenschnelle jedoch merkte Max, wie der Schaum kristallisierte und zu knusprigen Brotkrümeln wurde. Durch den Raum ertönten erste erstaunte Rufe.

Karis lachte verzückt.

»Versuch den Croûton!«, sagte sie. »Das ist unglaublich!«

Mit einem Paar schwarzer Essstäbchen hob Max den dunkelgrünen festen Croûton zum Mund. Als er ihn mit der Zunge berührte, verflüssigte er sich zu einer hervorragend gewürzten, warmen Suppe.

Es wurde spontan applaudiert.

Karis sah Max begeistert an und griff nach seinem Arm. »Ich habe noch nie …« Sie hielt inne und blickte, von irgendetwas abgelenkt, über ihre Schulter.

Max drehte sich um und sah, dass Zhangs Assistent

erschienen war und etwas zu seinem Boss sagte, woraufhin dieser aufstand und leise den Raum verließ.

Der Assistent strich sein Jackett glatt und sah nun Max an. Er hielt Blickkontakt, während er näher kam. »Dr Burns, der Botschafter würde Sie gerne in sein Arbeitszimmer bitten.«

Max warf Karis einen Blick zu und sah dann zurück zu dem Assistenten. »Ähm, natürlich.« Er stand auf und legte seine Serviette auf den Tisch. »Ich bin sofort zurück«, sagte er leise zu Karis. »Entschuldige mich.«

Zhang wartete im Flur, nicht weit von der Küche entfernt. Er hielt einen großen Umschlag in der Hand.

»Steven?«

Zhang ging auf Max zu. »Bitte komm mit. Wir haben nicht viel Zeit.«

Dann liefen sie durch den Hinterausgang, vorbei an Containern voller Schmutzwäsche und der Geschäftigkeit im Inneren des Gebäudes, zu einem unterirdischen Parkdeck. »Steven! Was ist los?«, fragte er. »Gibt es einen Notfall? Karis ist noch drinnen …«

Zhang sprach rasch ein paar Worte auf Mandarin und sein Assistent reichte ihm einen Schlüsselbund. Dann ging er direkt auf einen kleinen weißen Honda zu. An einer der Türen hatte dieser einen langen Kratzer und das Nummernschild hing in einem seltsamen Winkel herunter. Die verdunkelten Scheiben des Wagens waren schmutzig und zerkratzt.

»Steven, ist alles in Ordnung?«, fragte Max.

Zhang sah ihn an und nickte. »Bitte steig ein. Wir müssen los.«

KAPITEL 58

Erika Fisher saß in ihrem Bürostuhl aus minzfarbenem Leder. Eine kleine gläserne Phiole und ein Glas Wasser standen vor ihr auf dem Schreibtisch. Sie griff nach der Phiole, ließ eine weiße Pille auf ihre Hand gleiten und steckte sie sich in den Mund. Anschließend hob sie das Wasserglas an ihre Lippen und schluckte.

Dann klopfte es an ihrer Tür.

Fisher schob das Wasserglas zur Seite, verstaute die Medizin in ihrer Schublade und nahm eine Akte in die Hand. »Herein.«

»Ma'am, ich habe soeben dringende Informationen aus Panama erhalten.« Agent Jay Stevenson stand in der Tür.

»Fahren Sie fort.« Fisher legte die Akte hin und wies mit der Hand auf den freien Stuhl.

»Der Beauftrage für den Panamakanal, José Gonzáles, wurde getötet. Man hat seine Leiche auf dem Golfplatz des Panama City Golf Club gefunden.«

Fisher kniff die Augen leicht zusammen. »War es ein Unfall?«

»Es sieht nicht so aus. Ihm wurde in den Kopf geschossen.«

»Haben die Nachrichten bereits darüber berichtet?«

»Nein, die Medien haben noch keine Information darüber erhalten. Die Leiche wurde erst vor knapp einer Stunde gefunden. Das Team *Sea Bass* zwei hat berichtet, dass der Vorsitzende Gonzáles gestern mehrfach die amerikanische Botschaft angerufen hat. Wir wissen nicht, mit wem er dort Kontakt hatte. Zudem hat er heute Morgen einen Anruf auf seinem Handy erhalten.«

»Er hat einen Anruf erhalten?« Fisher richtete sich auf. »Von wem?«

»Von Botschafter Roebuck.«

»Haben Sie eine Mitschrift des Gesprächs?«

»Ja. Es war sehr kurz. Er bat Gonzáles, ihn zu treffen. Raten Sie mal, wo?«

»Im Panama City Golf Club?«

»Genau.«

Fisher stand augenblicklich auf. »Ich möchte, dass keinerlei Kontakt zu unserer Botschaft in Panama aufgenommen wird, bis ich das geklärt habe.«

»Gehen Sie selbst nach Panama?«

Sie nickte. »Ich muss mir vor Ort ein Bild machen. Da scheint einiges zu laufen, was wir von hier aus nicht richtig einordnen können. Folgen Sie mir!« Sie verließ den Raum mit Jay im Schlepptau.

»Holen Sie in einer Stunde Marc Hussein zu einer Lagebesprechung in mein Büro«, sagte Fisher zu ihrer Sekretärin. Sie wandte sich an Jay. »Warten Sie auf meine Anweisungen, bevor Sie die beiden Teams vor Ort über meinen Einsatz informieren.« Für einen Moment hielt sie inne. »Es würde nicht gut aussehen für unser Land, wenn ein amerikanischer Botschafter bei einem Mord involviert wäre, daher verlange ich bis auf Weiteres absolute Diskretion.«

»Ja, Ma'am.«

Jay Stevenson verabschiedete sich und Fisher machte sich auf den Weg zu ihrer Unterkunft, welche sich in einem Seitengebäude der Abbey befand.

Während sie die Rasenfläche überquerte, spürte sie den stechenden Schmerz in ihrer Brust. Ihr Mund war trocken. Die Ärztin hatte sie gewarnt, dass die Pillen einige Nebenwirkungen haben könnten. Während sie weiterlief, musste sie an Richard Nash denken, den Präsidenten der Vereinigten Staaten. »Er ist ein frommer Mann«, hatte ihr Vater nach der Wahl gesagt. »Er wird sich gut um unser Land kümmern.«

Nash sowie viele seiner Streitgenossen, Kongressabgeordnete, Senatoren und andere Politiker waren davon überzeugt, dass die Zeit gekommen war, jede verfügbare Ressource zu investieren, um die prekäre Basis der Vereinigten Staaten in Zentralamerika, ja in der ganzen Welt wieder zu stärken. Der Bau des Panamakanals war vor über einem Jahrhundert eines dieser ausschlaggebenden Projekte gewesen, das durch seinen Erfolg Teil der amerikanischen Identität geworden war. Dieses unglaubliche Unterfangen hatte die Vereinigten Staaten im wahrsten Sinne des Wortes auf die Weltbühne katapultiert – als Visionäre, als Anführer an der Spitze des Industriezeitalters. Das war der Stoff, aus dem Legenden entstanden waren. Und niemand wollte diese Legenden fallen sehen.

In ihrem Apartment angekommen, öffnete Fisher als Erstes den Kühlschrank und nahm eine Flasche mit kaltem Wasser heraus. Sie trank hastig und mit geschlossenen Augen, bis sie bemerkte, wie fest sie die blaue Designer-Glasflasche umklammerte. Sie setzte ab und sah sich diese kopfschüttelnd an. Wie idiotisch war es, Wasser von irgendeiner abgelegenen Quelle abzufüllen, um sie dann zu horrenden Preisen an all die blinden und ignoranten Konsumenten in den Vorzeigegroßstädten unserer Welt zu verschicken? Hatte die Menschheit jegliches Maß an Bescheidenheit verloren? War ihnen denn gar nichts mehr wichtig?

Sie schleuderte die Flasche auf ihr Bett und verspürte eine Wut wie schon seit Jahrzehnten nicht mehr. Verdammt sollte sie sein, wenn sie es zuließ, dass all ihre harte Arbeit der letzten Jahre für nichts gewesen war. Sie war nicht bereit, als irgendein kleiner Punkt auf einem Flowchart oder einer Infografik bei einer dieser endlosen Sitzungen des Kongresses zu enden. Nicht solange sie lebte.

Fisher griff nach ihrem Seesack und zog saubere Kleidung aus dem Schrank.

KAPITEL 59

Botschaft der Volksrepublik China,
Casco Viejo, Panama-Stadt,
Panama

Vier Ausgänge, wenn man die hohen Fenster mitzählt. Karis hatte den ganzen Raum analysiert. Was wollte Zhang von Max? Warum waren sie so unerwartet gegangen? Irgendetwas musste passiert sein.

Die anderen Gäste hatten kaum bemerkt, dass Zhang nicht mehr da war, so vertieft waren sie in ihre kulinarische Reise.

Weiß Zhang, wer ich bin?

Sie presste die Lippen aufeinander und überlegte, was sie tun konnte. Das war eine Situation, auf die sie nicht vorbereitet war. Alles in Max' Leben war transparent: sein einfaches Apartment, sein ordentliches Ablagesystem seiner privaten und geschäftlichen Dokumente, sogar sein nicht sehr umfangreiches Adressbuch in seinem Computer und in seinem Handy – einfach alles. Nicht das übliche Durcheinander, das fragwürdiges und unerwartetes Verhalten oft nach sich zog. Auch Informationen aus seinem früheren Universitätsumfeld zeigten, dass er nur wenig oder gar keine Zeit gehabt hatte, etwas anderes zu tun, als seinen Lehrauftrag zu erfüllen.

Karis lächelte dem Mann in dem Tom-Ford-Shirt höflich zu. Er hatte sich umgedreht und sah sie an.

Habe ich Max vielleicht doch nicht richtig eingeschätzt?

Nun war nicht die Zeit, diese Gedanken zu vertiefen.

Avila ... Eigentlich sollte er mit seinem Wagen jetzt schon vor der Botschaft oder nicht mehr weit davon entfernt sein. Wie würde es ihr möglich sein, diesen Ort zu verlassen, bevor es zu spät war? Karis fühlte den Drang, etwas laut sagen zu müssen, etwas, das von der D.R.O.P-App aufgenommen werden konnte, doch das Handy befand sich in der Tasche auf dem Stuhl hinter ihr und sie wollte nicht riskieren, irgendwelche Aufmerksamkeit auf sich zu ziehen.

»Mrs Deen?« Sie hörte eine leise Stimme an ihrem Ohr. Karis drehte sich um und sah den Assistenten des Botschafters. »Würden Sie mir bitte folgen? Und bitte nehmen Sie Ihre Sachen mit.«

»Natürlich.« Augenblicklich stand sie auf. »Ist irgendetwas passiert? Wo ist Max?« Sie erwartete keine Antwort. Sie hatte das nur gefragt, um wirklich wie seine Freundin zu klingen.

Im Foyer der Botschaft stoppte der Assistent des Botschafters und drehte sich plötzlich zu ihr um. »Dr Burns lässt sich entschuldigen. Er wird sich später bei Ihnen melden. Ich muss Sie bitten, das Gebäude zu verlassen.« Außerhalb der Hörweite der anderen Gäste waren seine Stimme und seine Miene nicht mehr so höflich wie vorher. Er sah sie ernst an.

Karis runzelte die Stirn. »Sind Sie sich sicher? Hat er nicht gesagt ...«

»Ich muss Sie nochmals höflich bitten, das Gelände nun

zu verlassen.« Er umfasste ihren Arm und zog sie in Richtung der Tür.

»Natürlich.« Karis ging, begleitet vom Assistenten, die Stufen hinunter. Sie legten die kurze Strecke zum Wachhäuschen zurück und Karis trat hinaus auf die Straße. Ihr Herz raste. Sie war sich darüber im Klaren, dass ihre Geheimidentität aufgedeckt worden war. Das Verhalten des Angestellten hatte dies bestätigt. Rasch überquerte sie die Straße und bahnte sich einen Weg durch den zunehmenden Strom von Einheimischen und Touristen, die alle gut gelaunt auf die zahlreichen Bars und kleinen Restaurants der Altstadt zuschlenderten. Und dann begann sie zu rennen.

Am anderen Ende der Straße konnte Karis endlich das gelbe Taxi ausmachen, das sie suchte. Avila schien in eine angeregte Diskussion mit einem Verkehrspolizisten vertieft zu sein. Verdammt. *Werd ihn los, Tucker!*

Als sie näher kam, konnte sie sehen, dass es kein Polizist war, sondern einer der *Bien Cuidados*, Typen aus dem Quartier, die sich als Regierungsangestellte ausgaben und behaupteten, für die raren Parkplätze in der Altstadt verantwortlich zu sein und daher Parkplatzgebühren einfordern zu dürfen. Er war mit Avila aneinandergeraten.

»*Fuera de mi area!* Verschwinde aus meinem Gebiet.«

Avila war nicht bereit, nachzugeben, bis er Karis kommen sah. Rasch steckte er dem Typen einen Dollar zu. »*Aquí tienes un dolar. Ahora tranquilízate!*«

Dieser nickte energisch, so als ob er eben das Siegertor geschossen hätte, und blieb mit verschränkten Armen stehen, um zu warten, bis Avila davonfuhr.

Karis riss die Tür des Taxis auf und warf sich auf den Beifahrersitz.

Ohne zu zögern, startete Avila den Motor und lenkte den Wagen auf die viel befahrene Straße. Er hupte, was in den Straßen Panamas üblich war, wenn man sich den schnellsten Weg durch den dichten Abendverkehr sichern wollte.

»Sprich mit mir!«, forderte Karis ihn auf, während sie nach hinten schaute, um die nachfolgenden Wagen zu beobachten. »Was zum Teufel ist los? Max ist verschwunden!«

»Was? Was meinst du damit – er ist verschwunden?«

»Zhang hat ihn irgendwohin mitgenommen! Ich weiß nicht einmal, ob er noch in der Botschaft ist. Schließlich wurde ich gebeten, das Haus zu verlassen. Irgendetwas ist passiert.«

»Hast du deine Mails noch nicht gelesen? Es ist in allen Nachrichten. Dann hast du das von dem Vorsitzendes des Verwaltungsrates des Panamakanals noch nicht gehört?«

Karis schüttelte den Kopf. »Nein. Wie sollte ich? Ich war offline und habe verdammte pulverisierte Krabbenaugen gegessen …«

»Oh, Scheiße!« Im letzten Moment konnte Avila die Kurve so nehmen, dass er keines der dicht an dicht geparkten Autos streifte. »Der Vorsitzende ist tot, er wurde ermordet!«

Karis drückte sich fester in den Sitz, um sich bei der rasanten Fahrt gegen die Fliehkräfte besser wehren zu können. »Was?! Gonzáles wurde ermordet? Wann?«

»Heute Morgen während des Sturms auf dem Golfplatz. Sie haben eben seine Leiche gefunden.«

»Oh mein Gott!« Karis schauderte. »Welcher Golfplatz?«

Avila warf ihr einen kurzen Blick zu. »Der Panama City Golf Club. Warum?«

»Das ist der Club, in dem Max und Zhang spielen.«

Avila sah erneut zu ihr herüber. »Waren sie heute Morgen dort?«

»Ja. Und jetzt sind beide verschwunden.«

»Mist …« Er hupte wegen eines ihnen entgegenkommenden Mopeds. »*Muevete, imbécil!*«

»Tuck, sind Fahrzeuge von der chinesischen Botschaft an dir vorbeigefahren, während du gewartet hast?«

»Der weiße Wäschetransporter, der immer am Freitag vorbeikommt, und ein alter Honda. Auch der war weiß. Im Honda saßen zwei Leute, aber in dem Wäschetransporter konnte ich nur einen sehen …«

»Pass auf!«, rief Karis, als der Wagen in der Kurve geradeaus zu fahren drohte. »Halt bitte an, Tuck, bevor du uns noch umbringst.« Sie zückte ihr Handy und wählte Max' Nummer.

Avila lenkte das Taxi in eine Sackgasse und hielt dort an.

»Verdammt. Sein Handy ist ausgeschaltet.« Karis sah zu Avila. »Ich muss zu Max' Wohnung für den Fall, dass er dort auftaucht. Das ist im Moment die einzige Möglichkeit, mit ihm in Kontakt zu treten. Vermutlich haben die Chinesen ihn mit einem der Fahrzeuge aus der Botschaft gebracht, aber für den Fall, dass er noch da ist, solltest du dorthin zurückfahren und die Einfahrt beobachten. Wenn dir irgendwas auffällt, gib mir sofort Bescheid.«

Sie sprang aus dem Wagen und schlug die Tür hinter sich zu. Dann lehnte sie sich durch das offene Fenster nach innen. »Ich glaube nicht, dass Max in diese Geschichte involviert ist, und mache mir Sorgen, dass er in Gefahr sein könnte. Jedoch weiß ich nicht, warum.«

»Karis, bist du dir sicher, dass du ein objektives Urteil über Max fällen kannst?«

»Das ist mein Job, Tuck. Ich habe gelernt, meine Gefühle von meinen Einsätzen zu trennen.«

Es entstand eine kurze Pause.

»Okay«, sagte Avila, »ich vertraue dir.« Er griff in das Handschuhfach neben sich und zog etwas heraus, das in ein ausgeblichenes blaues Kopftuch gewickelt war, und reichte es ihr. »Nimm das. Du wirst es vielleicht brauchen.«

Sie nahm es. Es fühlte sich an wie eine Glock.

Karis rannte die wenigen Blocks bis zu Max' Wohnung. Die kleine Straße im südlichen Teil der Altstadt war einer der angesagtesten Treffpunkte der Stadt an jedem Freitagabend, voll mit fröhlichen, sommerlich und farbig gekleideten Menschen. Sie lief daher erst ein paar Mal um das erst kürzlich vollständig renovierte, schmucke Wohnhaus im hispanischen Stil herum, überprüfte die Seitenstraßen und suchte nach Beobachtern, die dasselbe Gebäude im Visier hatten. Nur als Vorsichtsmaßnahme. Sie konnte keines der von Avila beschriebenen Autos sehen, die die chinesische Botschaft vor Kurzem verlassen hatten. Nicht dass sie das erwartet hätte, aber vielleicht hatte sie es insgeheim gehofft.

Sie sah hinauf zu Max' Fenster. In der Wohnung war es dunkel. Sie musste schmunzeln, als ihr einfiel, dass sie ihre exzellenten Schlossknackerfähigkeiten gar nicht einzusetzen brauchte, denn Max hatte ihr seinen Schlüssel gegeben. Sie zog ihn aus ihrer Handtasche.

Das Foyer wurde von einem alten Kronleuchter im Art-déco-Stil beleuchtet. Sie ging direkt zur Haupttreppe und hinauf bis zu Max' Wohnung. Es war niemand zu hören. Auf dem Flur unterließ sie es, das Licht einzuschalten, sondern ging direkt auf Max' Tür zu.

Instinktiv griff sie in ihre Tasche und suchte nach Gummihandschuhen, aber natürlich waren keine darin. Die Tasche war aus Satin, mit Perlen bestickt und enthielt nur ihr Handy und einen Lippenstift. Und die Pistole. Egal, ihre Fingerabdrücke waren sowieso schon in der ganzen Wohnung, also schloss sie die Tür auf und trat ein.

KAPITEL 60

Das Innere des Wagens war in keinem besseren Zustand als das Äußere. Die Plastikbezüge der Sitze waren an den Nähten aufgeplatzt und die Abdeckung der Wagendecke war beschädigt.

Steven Zhang schien das nicht zu beeindrucken, er hatte den Blick auf den Verkehr vor sich gerichtet und lenkte den kleinen Wagen geschickt aus der Altstadt heraus.

»Max, bitte entschuldige die Umstände«, sagte er. »Ich habe soeben erfahren, dass etwas Schwerwiegendes passiert ist, und es ist im Sinne meines Landes, dass ich von dir Abstand nehmen muss.« Er deutete auf einen großen Umschlag, der auf dem Armaturenbrett lag.

Max sah ihn an. »Ist das ein Witz?«

Beide Hände am Steuer, wies Zhang mit einer Kopfbewegung auf den Umschlag. »Öffne es! Leider weiß ich aus Erfahrung, dass unter solchen Umständen die Amerikaner immer zuerst die Schuld bei China suchen.«

»Wofür? Und unter welchen Umständen?« Max ließ seinen Finger unter das Siegel gleiten. Der Umschlag öffnete sich problemlos.

»Wie du weißt, hat meine Regierung die Berichte, dass

es einen neuen Kanal, den Nicaragua-Kanal, geben soll, nie dementiert.« Zhang hielt inne. »Wir glauben, dass ein Agent auf dich angesetzt wurde.«

»Ein Agent? Mach dich nicht lächerlich!« Max lachte, so absurd klang das.

Zhang zog einen Stapel ausgedruckter Fotos hervor.

Verwirrt schaute Max auf die Bilder. »Steven, was soll das?« Er hielt ein Bild von Karis Deen in der Hand.

Zhang antwortete nicht, während er sie weiter durch den Verkehr navigierte.

Kopfschüttelnd sah sich Max erneut die Abzüge in seiner Hand an: *Karis Deen auf der Straße. Karis Deen, wie sie im letzten Jahr mit einer Delegation von Wissenschaftlern des Smithsonian den Präsidentenpalast betrat. Karis Deen … in einer schusssicheren CIA-Weste.* Er legte eine Hand an sein Kinn in einem sinnlosen Versuch, die Anspannung zu lockern, die ihn gefangen hielt. Er betrachtete weitere Bilder. *Können solche Aufnahmen gefälscht sein?*

Und doch gab es zumindest ein Bild von Karis, das echt sein musste: Karis Deen und Max Burns – von letzter Woche. Sie saß neben ihm auf der Mauer an der Strandpromenade und lehnte ihren Kopf an seine Schulter.

»Sie kann nicht vom CIA sein«, murmelte er und sah sich noch einmal die kugelsichere Weste an, die sie auf einem der Bilder trug. »Das Foto ist schon mehrere Jahre alt. Schau dir das Datum an …«

Zhang blieb still.

Max ließ die Bilder in seinen Schoß sinken. Sein Blick wanderte aus dem Fenster. Nebenbei bemerkte er, dass sie jetzt an der Bucht entlang auf der Hauptstraße in Richtung Osten fuhren. »Du hast mich überwachen lassen«, sagte er mit rauer Stimme. »Du hast … uns alle überwachen lassen.«

Im Wagen herrschte Schweigen. »Du musst verstehen …«

»*Nein, Steven, stopp!*«, schrie Max ihn an. »Das Einzige, was ich verstanden habe, ist, dass du mich ausspionierst und mir gleichzeitig das Gefühl vermittelst, dass wir Freunde sind.« Er spürte Wut in sich aufsteigen. »Lass mich sofort aussteigen … jetzt.«

Unverzüglich setzte Zhang den Blinker und scherte zum Bordstein hin aus. Hupend wichen ihnen die anderen Autos aus, während sie selbst langsamer wurden und kurze Zeit später anhielten.

Als Max seine Hand nach dem Türgriff ausstreckte, hielt Zhang ihn am Arm fest. »Max …«

Aber Max schüttelte ihn ab. »Weißt du, nach allem, was du mir eben erzählt hast, wie soll ich dir da auch nur noch ein Wort glauben?«

»Ich hatte das alles nicht kommen sehen.«

»Natürlich nicht«, sagte Max. Seine Stimme klang bitter. Zutiefst betroffen schüttelte er den Kopf und sah schließlich in das Gesicht des Mannes, zu dem er Vertrauen gefasst hatte. »Ist China in irgendetwas, das mit der Expansion zu tun hat, involviert?«, fragte er mit ruhigem Ton. »Hast du mir eine Falle gestellt, damit du deinen Kanal in Nicaragua bauen kannst?« Er wartete ab, erhielt jedoch keine Antwort.

Zhang sah weg und Max' Finger umklammerten den Türgriff fester.

Als Zhang schließlich antwortete, erwiderte er Max' Blick nicht. »Ich stehe immer zu meinen Freunden, aber ich bin zuallererst der Botschafter der Volksrepublik

China. Ich kann keine Details mit dir besprechen.« Seine Stimme klang emotionslos. »Max, ich weiß nicht, was genau auf dem Golfplatz passiert ist, bevor wir uns heute dort getroffen haben, aber ich muss dich bitten, jetzt auszusteigen.«

»Auf dem Golfplatz? Wovon sprichst du?«

Zhang antwortete nicht.

Max sah ihn verblüfft an. Ihm fehlten die Worte. Verwirrt öffnete er die Autotür und stieg aus, mitten in den rasenden Freitagabendverkehr.

Die Tür schlug hinter ihm zu. Dann fuhr das Auto los.

KAPITEL 61

Costa Del Este, Panama-Stadt,
Panama

In Max' Kopf wirbelte alles durcheinander, während der weiße Honda in der Nacht verschwand.

Karis. Wie betäubt lief er los in die Richtung, in die der Wagen gefahren war. Es wurde gehupt und einige der Partygänger, die an ihm vorbeifuhren, lachten und riefen ihm aus den Fenstern ihrer Autos heraus nach. Die Böen, verursacht durch die vorbeifahrenden Autos, ließen sein Jackett wie den Umhang einer Vogelscheuche im Wind flattern. Bei jeder Brise Meeresluft stieg ihm der Geruch der toten Fische vom Fischmarkt in die Nase. Die salzigen Überreste rochen eindringlicher, jetzt, wo die Sonne untergegangen war und der Tumult des Tages sich gelegt hatte.

Was zum Teufel war gerade eben passiert? Es musste sich um etwas Großes handeln, wenn der chinesische Botschafter bereit gewesen war, seinen Ruf zu riskieren, um ihn vom Botschaftsgelände wegzubringen.

Und was war auf dem Golfplatz geschehen? Max zog sein Handy heraus und schaltete es ein. Er öffnete einen Browser und suchte nach den neuesten Nachrichten aus Panama. Dann sog er scharf den Atem ein.

»Vorsitzender der Kanalbehörde Gonzáles ermordet.«

Hier stand es: Gonzáles war tot, er war im Panama City Golf Club ermordet worden.

Max umklammerte das Telefon. Das war völlig surreal.

Und doch … Steven war an diesem Tag zu spät zu ihrem Treffen gekommen.

»Oh mein Gott!« Er fuhr sich mit einer Hand durch die Haare und warf einen Blick die Straße entlang.

Als er wieder auf sein Handy sah, entdeckte er eine Nachricht von Sarah. Zögerlich tippte er auf das Display. Sarah hatte ihm schon vor einiger Zeit klargemacht, dass sie keinen Kontakt mehr zu ihm wollte. Und er wusste, sie würde sich nicht melden, außer …

»Alan ist im Krankenhaus. Er hatte einen Schlaganfall. Bitte melde dich, sobald du kannst.«

»Nein!«

Mit zitternden Fingern tippte er auf ihren Kontakt.

Plötzlich hielt er inne. Was, wenn Steven ihn wirklich die ganze Zeit angelogen hatte? Was, wenn die CIA sein Handy abhörte? Zitternd brach er den Anruf ab und schaltete das Telefon aus.

Einen endlos wirkenden, fürchterlichen Augenblick lang sah er sich um. Auf der anderen Straßenseite bewegten sich die von den Straßenlampen angeleuchteten Blätter hoher Palmen leicht in der warmen Brise. Gruppen von Fußgängern gingen die Gehsteige entlang, einige Autos hupten in der Ferne, Touristenbusse mit offenem Verdeck klemmten zwischen Taxis, Luxuslimousinen und kleinen, vom Verkehrsalltag gezeichneten Familienautos – wie das, in dem er bis vor nicht einmal einer Minute gesessen hatte. Er hob seinen Kopf und sah die blinkenden Lichter eines

Flugzeugs, das im Landeanflug war. *Wie bin ich nur in diese Sache hineingeraten?*

Zögernd ging Max die Straße entlang in Richtung des nach Osten fließenden Verkehrs. Er streckte einen Arm aus. Zwar hatte er keine große Hoffnung, hier auf der Schnellstraße ein Taxi anhalten zu können, aber ihm blieb auch keine Alternative.

Doch schon kurz darauf hielt ein gelbes Taxi neben ihm.

»Zum New Horizons«, sagte er, bevor er einstieg. »Kennen Sie das? *Lo conoces?*«

»*Sí, Señor.*«

Das Taxi fuhr los und eine Brise aus der Bucht von Panama wehte durch das offene Fenster. Der Fahrer, ein alter Mann mit krummen Zähnen, sang aus vollem Hals einen südamerikanischen Popsong.

Max nahm sein Telefon in die Hand. Mit einer kurzen Bewegung warf er es aus dem Fenster.

»*Usted está solo?*« Die Worte des Fahrers unterbrachen seine Gedanken. Er schien nicht bemerkt zu haben, dass das Handy draußen auf den Straßenrand geknallt war.

»*Sie ... heute Nacht allein?*« Der Fahrer zwinkerte ihm im Rückspiegel zu. »Im New Horizons?«

Max nickte. Er war unglaublich müde.

»Bitte«, sagte er, »fahren Sie einfach.«

KAPITEL 62

Karis Deen zog die Pistole aus ihrer Tasche und spürte das vertraute Gewicht in ihrer Hand. Langsam und methodisch durchsuchte sie Max' Wohnung. Im Badezimmer brannte Licht, ansonsten war es dunkel und es schien, als wäre niemand zu Hause. Sie betrat das Wohnzimmer. Das Licht des Anrufbeantworters am Telefon blinkte. Sie durchquerte den Raum, nahm den Hörer in die Hand und hielt ihn sich ans Ohr. Die automatische Ansage verkündete: »Sie haben … drei … neue Anrufe und … eine … neue Nachricht.«

Dann ertönte eine Frauenstimme. Auf Englisch. Sehr angespannt. »Max? Ich bin's. Sarah. Wo bist du? Ich habe es schon auf deinem Handy versucht. Ruf mich zurück, sobald du kannst.«

Karis legte den Hörer auf den Tisch. »Komm schon, Max«, murmelte sie. »Wo bist du nur?« Schweigend sah sie sich im Wohnzimmer um. Alles schien aufgeräumt zu sein. Sogar die Arbeitspapiere auf dem Esstisch waren ordentlich gebündelt.

Das letzte Mal war sie vor gerade mal ein paar Tagen und unter vollkommen anderen Umständen in dieser Wohnung gewesen. Und einen Augenblick lang spürte sie den echten, stechenden Schmerz des Verlustes: des Verlustes dieser berauschenden Leichtigkeit, in die sie sich hatte fallen lassen, als sie mit ihm zusammen gewesen war.

Doch trotz all dieser unbeschwerten Gefühle hatte sie es nicht unterlassen, jede Schublade und jeden Winkel genau zu durchsuchen, während er vor ein paar Nächten unter der Dusche gewesen war. Wenn sie jetzt daran zurückdachte und sich vor Augen führte, wie sie Max erlebt hatte, konnte sie sich immer noch kein abschließendes Urteil bilden: Max Burns hatte entweder wirklich nichts zu verbergen oder er war ein unglaublich guter Schauspieler. Im Moment war beides möglich.

KAPITEL 63

Obarrio, Panama Stadt,
Panama

»Mr Roco! ... Mr Roco! Wir haben soeben erfahren, dass der Vorsitzende Gonzáles nach dem fürchterlichen Sturm ermordet auf dem Golfplatz gefunden worden ist. Haben Sie irgendetwas dazu zu sagen?«

Verdammt! Alarmiert sprang Godfredo aus dem Wagen und bahnte sich einen Weg durch die Horde der Reporter, bis er neben seinem Vater stand.

Auf Pacos Gesicht spiegelte sich tiefstes Bedauern. »Ich bin ratlos«, sagte er mit rauer Stimme. »Was geschehen ist, ist fürchterlich, und mein Mitgefühl gilt der Frau und der Familie des Vorsitzenden Gonzáles.«

»*Señor* Paco, wir haben soeben erfahren, dass die Kanalbehörde Ihre Bücher prüft. Was soll das bedeuten? Hat das britische Konsortium finanzielle Schwierigkeiten?«

Godfredo spürte, wie sich sein Puls erhöhte. Paco hatte das Audit und seine Beziehung zu Gonzáles mit keinem Wort erwähnt. Dennoch schien er über das Erscheinen der Journalisten vor seinem Hotel nicht allzu sehr überrascht zu sein.

»Die letzte Zeit war sehr schwierig, das will ich nicht leugnen«, erwiderte Paco.

Nervös beobachtete Godfredo das Geschehen, die erwartungsvollen Gesichter, die Mikrofone und die Blitzlichter der Kameras. Er hob die Hand, um sich und seinen Vater vor weiteren Fragen zu schützen. »Das ist alles«, sagte er. Er nahm Paco am Arm und zog ihn aus der Menge.

»*Señor* Paco! Wir haben versucht, Ihren Chefingenieur Max Burns zu erreichen, aber er antwortet nicht. Wissen Sie, wo er sich aufhält?«

Paco blieb stehen.

Halt nicht an, du Idiot! Godfredo drehte sich um und versuchte, seinen Vater von der Menge wegzuziehen.

»Ich weiß es auch nicht«, sagte Paco und sah den Journalisten, der die Frage gestellt hatte, offen an. »Leider haben wir schon seit ein paar Tage nichts mehr von ihm gehört. Das ist kein gutes Timing, wenn man bedenkt, was der Untersuchungsbericht der Auditoren ergeben hat.«

Diese Aussage löste einen Sturm aus.

»Ist das britische Konsortium in Schwierigkeiten?«

»Was für ein Untersuchungsbericht?«

»Wollen Sie damit sagen, dass Max Burns *untergetaucht* ist?«

Paco fuhr fort: »Ich bin mir sicher, es gibt eine gute Erklärung dafür.« Er stellte sich immer noch dumm. »Max Burns hat viel Erfahrung mit Budgetplanung in dieser Größenordnung. Und ich möchte hinzufügen, dass ich ihn für einen außerordentlich zuverlässigen und vertrauenswürdigen Menschen halte – trotz seiner tragischen Familiengeschichte …«

Godfredos Mund öffnete sich verblüfft. *Ach du verdammte Scheiße!*

Ganz abgesehen von der eiskalten Lüge, was Max' Beteiligung an der Budgetplanung anbelangte … Aber hatte Paco tatsächlich gerade Max' Familie ins Spiel gebracht?

»Das ist alles! Das ist alles! Keine weiteren Fragen!«, schrie Godfredo und versuchte Paco abermals aus dem Tumult herauszuziehen.

»*Señor Roco*, können Sie bestätigen, dass CISCO in finanziellen Schwierigkeiten steckt? Was meinen Sie mit ›Familiengeschichte‹?«

Paco hielt kurz inne, dann drehte er sich wieder zu den Reportern um. Diese warteten gespannt.

»Bitten Sie mich nicht, Ihren Job für Sie zu erledigen. Ich habe nichts weiter dazu zu sagen.«

Godfredo stampfte seinem Vater voraus durch die Hotellobby. Das war alles, was er im Moment tun konnte, um sich selbst daran zu hindern, ihm die Faust ins Gesicht zu schlagen. Als sie schließlich allein im Fahrstuhl waren, wandte er sich bebend um. »Ich habe keine Ahnung, was du jetzt verdammt noch mal vorhast, aber das ist das letzte Mal, dass ich mit dir spreche. Ich mach da nicht mit!«

Als würde der Aufzug dadurch schneller losfahren, drückte Paco mehrfach den Etagenknopf. »Du steckst da genauso drin wie ich, Godfredo«, sagte er, als sich der Aufzug in Bewegung setzte. »Du kanntest die Zahlen. Und weißt du was? Du bist ein Roco, genau wie ich. Ob es dir also gefällt oder nicht, wir stehen das gemeinsam durch.«

»Nein, Paps!«

»Werd erwachsen, Godfredo. Ich musste die Aufmerksamkeit von uns lenken, und jetzt habe ich meinen Teil gesagt.« Ein Ping war zu hören, als der Fahrstuhl anhielt und die Türen sich öffneten. »Und wenn du mich jetzt entschuldigen willst: Ich packe meine Sachen und fahre zum Flughafen.« Ohne zurückzuschauen, ging Paco direkt in sein Zimmer und schlug die Tür hinter sich zu.

KAPITEL 64

Casco Viejo, Panama-Stadt,
Panama

Erika Fisher saß auf dem Beifahrersitz eines schwarzen SUV. Sie war auf dem Weg ins American Trade Hotel mitten in Panamas Altstadt. Fisher ließ die Zunge über ihre Zähne gleiten und schluckte. Ihr Mund war wieder trocken.

»Ma'am?« Sie legte den Kopf seitlich, während sie der Stimme aus ihrem Ohrhörer zuhörte. »Es sieht so aus, als würde der Botschafter das Hotel bald verlassen. Irgendwelche Befehle?«

»Bleiben Sie an Ort und Stelle. Ich bin in weniger als einer Minute da.« Sie gab ihrem Fahrer einige Anweisungen. »Warten Sie draußen, bis ich mit der Zielperson zurück bin.« Sie warf einen kurzen Blick in den Spiegel und ordnete ihre kurz geschnittenen, burschikos wirkenden Haare, sodass sie ihr etwas weicher ins Gesicht fielen. Sie hatte heute Morgen Rouge auftragen müssen, um ihre zunehmende Blässe zu verbergen. Rasch wandte sie sich wieder von ihrem Spiegelbild ab.

Als der Wagen vor der eleganten Fassade des Hotels anhielt, öffnete sie die Tür und stieg aus. Es traf sie ein Schwall stickiger Feuchtigkeit, den sie beim Verlassen des Flughafens vor weniger als einer Stunde nicht als so heftig wahrgenommen hatte. Sie ließ ihren Blick durch die Lobby des Hotels schweifen, bevor einer der Angestellten höflich auf sie zuging. Mit einem kurzen Lächeln konnte sie weitere Formalitäten umgehen und machte sich auf den Weg zur Bar.

Die Blicke der meisten Gäste – sowohl Männer als auch Frauen – folgten ihr, als sie zum Tresen ging, aber an diese Art von Aufmerksamkeit war sie gewöhnt. Als junge Frau hatte es sie noch gestört, denn sie selbst hatte sich als eher durchschnittlich attraktiv empfunden.

Fisher nickte dem Barkeeper zu. »Ich bekomme das Gleiche.« Sie zeigte auf Roebucks Glas.

Wie erwartet brachten ihre Worte den Botschafter dazu, zu ihr aufzublicken.

Für einen Moment war sie fasziniert von der Intensität seines Blickes und der Symmetrie seines schönen, in die Jahre gekommenen Gesichts. Sie erkannte den Blick eines Alphatiers, das soeben seine Partnerin erkannt hatte. Oder seinen Rivalen.

Roebuck öffnete den Mund, um etwas zu sagen, aber sein Blick schweifte ab, zurück zu dem kleinen Fernseher, der dem Barmann Gesellschaft leistete, wenn keine Gäste da waren. Der Ton war leise gestellt, das Gesagte war jedoch zu verstehen.

»... wo wir gerade Zeugen des verstörenden Interviews waren mit Francisco Roco, Geschäftsführer und Vorsitzender von CISCO, des Hauptunternehmens innerhalb des britischen Konsortiums ...«

»Stellen Sie das lauter!«, befahl Roebuck.

Der Barkeeper gehorchte und fummelte an der Fernbedienung herum.

»... es wird erwartet, dass das sich derzeit noch am Laufen befindliche Audit Rocos Aussage bestätigt. Man befürchtet, dass der verschwundene britische Ingenieur, Max Burns, dafür verantwortlich ist, dass sich das Konsortium am Rande des Bankrotts befindet ...«

Roebuck blieb der Mund offen stehen.

»Diese Informationen fallen mit der Neuigkeit über die brutale Ermordung des Vorsitzenden der Kanalbehörde, José Gonzáles, zusammen, dem Mann, der für eben diese Untersuchung bei CISCO verantwortlich war ...«

Auf dem Bildschirm war jetzt ein Foto zu sehen: Max Burns, wie er im Präsidentenpalast Gonzáles die Hand schüttelt.

»Wow«, sagte Fisher kalt, als der Gin Tonic vor ihr abgestellt wurde. »Wer hätte gedacht, dass sie diesen britischen Ingenieur für den Mörder halten würden?«

»Äh?« Roebuck sah sie an. »Schreckliche Neuigkeiten, in der Tat.« Er sah erneut auf sein Handy. »Bitte entschuldigen Sie mich.« Er stand auf und bat den Barkeeper mit einer Geste um die Rechnung, während er eine Nummer wählte.

»Herr Botschafter, ich denke, Sie sollten mich nach draußen begleiten.«

Roebuck ließ sein Handy sinken. »Kennen wir uns?« Er schaute sie verwirrt an.

Fisher zeigte ihm diskret einen Ausweis, und sofort erschienen ihre zwei Agenten, die sich einige Meter hinter ihnen aufgehalten hatten.

»Fisher. Defense Clandestine Service.«

Roebuck sah sie ungläubig an. »Defense Clandestine Service? Ich wäre darüber informiert, wenn es solche Geheimdiensteinsätze in Panama geben würde.«

»Unsere Mission wurde aus verschiedenen Gründen nicht an die Botschaft kommuniziert.«

»Was soll das?« Roebuck klang wütend.

»Ich erkläre Ihnen das zu gegebener Zeit, Sir. Jetzt möchte ich Sie aber erst einmal bitten, mit mir zu kommen.«

Roebuck nickte, griff nach seiner Aktentasche und folgte Erika Fisher in Richtung Ausgang.

Sie gingen zu dem ersten von zwei Autos.

»Bitte.« Fisher öffnete die Tür auf der Beifahrerseite des ersten Wagens. Mit einem Blick überprüfte sie die Umgebung, während sie den Wagen umrundete und vor der Fahrertür stehen blieb.

Der Fahrer sah zu ihr auf, als sie die Tür öffnete. »Ma'am?«

»Bitte gehen Sie zu der anderen Einheit«, ordnete Fisher an. »Und warten Sie auf weitere Anweisungen.«

»Natürlich.« Gehorsam schnallte sich der Fahrer ab und eilte zum zweiten Wagen.

Fisher stieg ein. Dank der eingeschalteten Klimaanlage war es im Wagen angenehm kühl. Ohne Roebuck anzusehen, schnallte sie sich an und stellte die Spiegel ein.

Roebuck warf ihr einen Blick zu. »Wohin fahren wir?«

Sie ignorierte die Frage und startete den Motor.

KAPITEL 65

Max Burns dankte dem Fahrer und reichte ihm einige Dollarnoten. Das Taxi fuhr in die Nacht davon. Am Ende der Straße stand das einstöckige Gebäude, auf dessen Fassade ein grelles rosarotes Neonlicht mit dem Schriftzug »New Horizons« blinkte. Ein falscher Felsblock mit einigen Plastikflamingos darauf hielt vor dem Eingang Wache.

Die düsteren Straßenlaternen flackerten, als er vorbeiging, und einige vom Sturm beschädigte Palmblätter hingen über dem Zaun, der sich rund um das Grundstück erstreckte. Weitere Blätter und Äste hatten sich in kleinen Haufen an den Straßenrinnen und den Abflüssen vor dem Gebäude angesammelt.

Max ging durch eine lotterige Tür im Zaun und sah vor sich eine Reihe verschlossener Garagentore, was bedeutete, dass alle dahinterliegenden Zimmer besetzt waren.

Während er an dem ausgedehnten Gebäude entlangrannte und kurz darauf in die nächste Reihe einbog, tröstete er sich damit, dass niemand ahnen konnte, dass er sich hier draußen aufhielt, auf dem Grundstück eines Stundenhotels, in dem sich verliebte Pärchen unterschiedlichster Zusammensetzung vergnügten.

Als er seinen Schritt verlangsamte, musste er an seinen Onkel denken, an den neuen, schwarz-weißen Filmkalender, den Alan an die Wand gehängt hatte, kurz bevor sie sich voneinander verabschiedet hatten.

Abgelenkt von seinen Gedanken wurde Max langsamer. Inzwischen war schon ein ganzes Jahr vergangen. Wie viele furchtbare Bohnen-auf-Toast in Alans Gesellschaft hatte er seither verpasst? Wie viele vor dem Fernseher getrunkene Biere?

Alan war immer für ihn da.

Und nun, hier in Panama, war die einzige Person, der er noch vertrauen konnte, Sofia: eine Prostituierte, die als Nachtwächterin in einem Stundenhotel der Vorstadt arbeitete. Unfassbar, wie sich das Leben in nur einem Augenblick verändern konnte.

Als er in die letzte Reihe einbog, sah er ein schwach flackerndes grünes Licht über einem offenen Garagentor. Er schlich sich hinein, durchquerte den kleinen Raum bis zu einem beleuchteten roten Knopf an der linken Wand, welcher von einem Auto aus mit heruntergelassener Scheibe sitzend bedient werden konnte. Er drückte den Knopf, und das Garagentor hinter ihm begann sich zu schließen.

Er hörte ein leises Surren aus Richtung der schwarzen Tür zu seiner Linken. Weitere Anweisungen gab es nicht. Er öffnete die Tür und trat ein. Ein Geruch nach Chlor und billigem Parfüm schlug ihm entgegen.

Lange Samtvorhänge hingen zurückgezogen auf jeder Seite des Raums. Ein Tisch, auf dem eine Sonnenbrille mit goldenem Rahmen im Elvisstil lag, befand sich rechts von ihm. Mehrere mit Strass besetzte Overalls hingen an Haken an der Wand. Weiter links stand eine E-Gitarre neben einem großen Lautsprecher. Kabel wanden sich wie Schlangen über den Boden. Direkt vor ihm war ein Mikrofonständer aufgestellt und rechts von ihm eine Poledance-Stange.

»Okay …«, sagte er langsam. Erneut nahm er den unangenehmen und stechenden Chlorgeruch wahr.

Er wagte sich weiter in den Raum hinein, der von Lavalampen in unterschiedlichen Größen in ein mysteriöses Licht getaucht wurde. Die Wand auf der anderen Seite des Raums war mit klassischen Schwarz-Weiß-Fotografien hysterisch schreiender Rock-'n'-Roll-Fans geschmückt. In der Mitte des Raums stand ein rundes Bett, dessen Abbild sich in den Deckenspiegeln wiederfand, mit Laken aus falschem Satin mit Leopardenmuster und Kissen in Form von großen, flauschigen Lippen. Ein Telefon mit Einlegearbeiten aus Gold und Elfenbein stand auf dem Nachttisch neben einem Fast-Food-Menü. Max nahm an, dass es sich bei dem Telefon nicht nur um eine Requisite handelte, also griff er nach dessen Hörer.

Sofort wurde er von einer weiblichen Stimme begrüßt. »*Buenas tardes, bienvenidos a New Horizons …*«

Er erkannte die Stimme. »Sofia?«

Kurz herrschte Schweigen. »Wer spricht da?«

»Sofia? Bist du das? Ich bin es, Max.«

»*Max! Rühr dich nicht!* Ich bin sofort bei dir.«

Kurz darauf drehte sich Max um und sah Sofia mit einem offenen Laptop in der Tür stehen. Auf ihrem Gesicht, das sie normalerweise gut unter Kontrolle hatte, zeichnete sich Betroffenheit ab. »Warum bist du hierhergekommen?«

»Sofia, ich wusste nicht, wohin ich gehen sollte.«

Sie lief durch den Raum auf ihn zu. »Wie bist du nur in

diese Sache hineingeraten?« Sie zeigte auf den Bildschirm ihres Laptops. »Schau! Hier!«

Voller Entsetzen sah Max ein Bild von sich, das hinter dem Newsticker auf dem Bildschirm zu sehen war.

»… des Mordes an Gonzáles verdächtigt …«

»Was …?«

»Der Leichnam des Vorsitzenden war am frühen Abend gefunden worden …«

»Was ist das?« Max sah Sofia an. »Ich … unter Mordverdacht?«

Während sie auf den Monitor blickte, bat Sofia ihn mit einer Bewegung ihrer perfekt manikürten Hand zu schweigen.

»Max Burns ist nicht mehr gesehen worden, seit er vor zwei Tagen nicht zur Arbeit erschienen ist …«

Max sah Sofia ungläubig an. Sie schüttelte den Kopf.

»… die Polizei konnte seinen Aufenthaltsort bis zum Panama City Golf Club nachverfolgen. Der Geschäftsführer von CISCO, Paco Roco, macht sich große Sorgen um den britischen Ingenieur. Da das britische Konsortium zudem vor dem Bankrott steht …«

»Bankrott?!«

Bilder von Paco und Godfredo vor der Presse wurden gezeigt.

Sofia scrollte durch die Nachrichten und las laut vor: »Burns auf der Flucht … Hauptverdächtiger im Panama-Mord …« Sie sah zu ihm hoch. »*Dios mío*, Max, das tut mir sehr leid.«

Max sank auf das Bett neben ihr.

»Paco hat mich verkauft«, sagte er. »Paco und Godfredo … Sie haben mich reingelegt.« Ungläubig schüttelte er den Kopf.

»Was können wir tun?«, drängte ihn Sofia. »Soll ich dich zur Polizei bringen?«

Max schüttelte sprachlos den Kopf.

Sie klappte den Laptop zu. »Würde es etwas nützen, wenn wir die britische Botschaft anrufen?«

»Dafür ist es zu spät. Du hast es in den Nachrichten gesehen: Sie halten mich für einen Mörder. Die Botschaft würde nichts mehr für mich tun können.« Die Worte blieben ihm beinahe ihm Hals stecken.

»Soll ich einen Anwalt anrufen? Ich kenne ein paar.«

»Ich … ich weiß nicht«, stammelte Max. »Ich weiß nicht, wem ich noch vertrauen kann.« Er hielt inne und sah Sofia ins Gesicht, das ohne Make-up so anders aussah. »Ist Sofia dein richtiger Name?«

Sie schwieg.

»Es tut mir leid. Ich wollte dich nicht beleidigen.«

»Das ist in Ordnung. Du hast recht. Sofia ist nicht mein richtiger Name …«

Da war plötzlich ein lautes Klopfen an der Tür.

Max sprang auf. »Hast du jemandem gesagt, dass ich hier bin?«

Sie schüttelte den Kopf. »*Sí, quien es?*«, rief sie in Richtung der Tür.

Von draußen war eine Frauenstimme zu hören, sie sprach Spanisch.

Sofia sah Max an. »Er ist hier!«, sagte sie und stand auf. »Godfredo ist in meinem Büro.«

KAPITEL 66

Costa Del Este, Panama-Stadt,
Panama

»Max!« Godfredo stand in der Tür. »Gott sei Dank, verdammt!«

»Du Arschloch!« Max rannte auf seinen Freund zu und schlug mit seinen Fäusten auf ihn ein. Ineinander verschlungen kämpften die beiden mit aller Kraft. Als Max sich wieder freimachen konnte, packte er Godfredo am Kragen und schlug erneut zu. Mit einem Schrei ging Sofia dazwischen und hielt seinen Arm zurück, während Godfredo im Begriff war, zurückzuschlagen. Max spürte, wie die Faust seines Freundes mit voller Wucht seinen Kiefer traf.

»*Basta!*«, schrie Sofia. »Stopp! Stopp, alle beide!« Sie versuchte, die Kämpfenden auseinanderzuziehen, aber Godfredo stieß sie zur Seite. Einen Moment später drehte sie sich um und verpasste ihm eine Ohrfeige.

Erstaunt hielt Godfredo inne. Er sah Sofia an. »Hast du … mich eben geschlagen?« Blut tropfte von seinem Kinn.

»Das habe ich, du verdammter Bastard! Schau doch, was du hier anrichtest!« Es folgte ein Schwall schnell gesprochener spanischer Schimpfworte.

Verdutzt trat Godfredo einen Schritt zurück. Die Vorderseite seines T-Shirts war mit Blut bespritzt und sein Kinn war aufgeschürft.

Dann wandte er sich an Max. »*Hermano,* es tut mir so leid. Es ist alles ganz beschissen gelaufen.«

Max sah seinen Freund entgeistert an. »Ich bin mir nicht sicher, ob ich das richtig verstanden habe«, sagte er trocken. »Hast du dich eben entschuldigt? Bei mir?«

»Ich lass dich nicht noch mal hängen«, erwiderte Godfredo. »Das verspreche ich dir. Ich werde das wieder in Ordnung bringen. Dieses Mal ist Paps zu weit gegangen …«

»Wo ist er? Wo ist Paco?«, fragte Max. Behutsam fasste er sich an seinen Kiefer.

»Er hat das Land verlassen. Direkt nachdem er mit der Presse gesprochen hat.«

»Wirklich?« Max streckte seine zerschrammten Finger. »Und du bist nicht mitgegangen? Warum nicht? Wäre das nicht ganz nach deinem Stil gewesen? Abhauen, wenn es schwierig wird?«

»Max, bitte.« Godfredo schaute ihn traurig an. »Ich lass dich in dieser Situation sicher nicht allein, *Hermano.* Du müsstest mich doch besser kennen.« Er blickte auf seine blutverschmierten, schmerzenden Hände. »Ich bin der Einzige, der bezeugen kann, dass du mit der von meinem Vater und Gonzáles eingefädelten Sache nichts zu tun hast.«

»Warte … Paco und Gonzáles? Wow. Das wird ja immer besser.« Max' Stimme war voller Sarkasmus.

Und plötzlich fiel ihm ein: *Hat etwa Paco Gonzáles getötet?* Er sah Godfredo an.

Nein! Paps ist kein Mörder!« Godfredo hatte die Frage

erwartet. »Es gibt da noch jemanden, aber ich weiß nicht, wer es ist.«

»Und das soll ich dir glauben?«

»Ehrlich, Max, ich weiß nicht, wer es ist! Paps hat es mir nie erzählt.«

»Denk nach, Fredo!«, drängte ihn Sofia. »Hast du keine Idee, wer es sein könnte?«

»Nein.« Godfredo schüttelte den Kopf. »Und ich will es auch gar nicht wissen. Nicht nach dem, was Gonzáles geschehen ist.«

Sofia sah Max an. »Jemand, für den viel auf dem Spiel steht.«

Steven. Natürlich!

Steven war der Einzige, der wusste, dass er an diesem Morgen auf dem Golfplatz sein würde, während Gonzáles umgebracht werden sollte.

Max ließ sich erneut auf das Bett fallen, eine Welle von Müdigkeit übermannte ihn. *Was auch immer da im Gange ist, es spielt sich auf einer Ebene ab, die ich nicht überschauen kann.* Er sah zu Sofia. »Kann ich dein Telefon benutzen?«

Sie nickte und reichte ihm ihr Handy. Es war pink und mit falschen Diamanten besetzt.

»Wen rufst du an?«, fragte Godfredo.

»Karis. Sie ist die Einzige, die vielleicht helfen kann. Die Polizei vor Ort wird mir nicht glauben.«

Godfredo starrte ihn einen Augenblick lang an. »Du schlägst also vor, dass uns deine kleine Biologin vom Smithsonian hilft, einen Mörder zu fassen?«

Max seufzte. »Fredo, Karis ist eine Undercover-Agentin der US-Regierung.«

»Wie bitte? Wow! Das macht sie ja *noch* heißer!« Godfredos kurz aufflammender, triumphierender Gesichtsausdruck erstarrte. »Warte mal, du verarschst mich doch.« Er sah hinüber zu Sofia. »Verarscht er mich?! Oh mein Gott! Wie verdammt cool ist das denn?! Max! Du hast eine richtige CIA-Agentin gebumst …!«

»Halt den Mund, Godfredo«, sagte Max müde. »Wirklich. Sag jetzt bitte einfach nichts mehr.«

»Okay«, erwiderte Godfredo und hielt sich zurück. Aber seine Augen funkelten. »Also … dann mal los! Worauf warten wir?«

Max sah seinen Freund an. »Nein, Fredo. Du hast mir für heute schon genügend Schwierigkeiten gemacht. Du wartest hier mit Sofia, bis ich mich melde.«

KAPITEL 67

Karis stellte den Fernseher leiser und rannte zum Fenster von Max' Wohnung. Vorsichtig hob sie mit einem Finger von der Seite her die Jalousien an und warf einen Blick auf die Straße. Ein Polizist stand dort und musterte das Gebäude. Er sprach etwas in sein Funkgerät. Hinter ihr ertönten die Worte des Nachrichtensprechers.

»Der Chefingenieur der Panamakanal-Expansion ist nach Bankrott- und Unterschlagungsvorwürfen auf der Flucht. Bei einem kürzlichen Interview sprach Paco Roco, Vorsitzender von CISCO, dem Hauptunternehmen des britischen Konsortiums, von einem finanziellen Fiasko in der Firma …«

Karis hatte genug gehört.

Max muss davon gewusst haben. Er musste informiert gewesen sein. Hatte er das alles geplant? Wie konnte ich ihn nur so falsch einschätzen?

Ihr Herz raste, als die Tür hinter ihr leise klickte. Sie rannte den Flur entlang zum Notausgang auf der anderen Seite. Immer zwei Stufen auf einmal nehmend, hastete sie durch den Notausgang und fand sich wenig später in einem mit alten Steinmauern umgebenen Innenhof wieder.

In einer Ecke stand ein Baum. Sie wusste, dass sie dort leicht hinaufklettern konnte, und schon wenige Sekunden später hing sie in den unteren Ästen und hangelte sich nach oben. Ihr Handy begann leicht zu vibrieren.

Sie nahm nicht ab. Ihr Schweigen mit diesem Anruf jetzt zu brechen konnte den Unterschied zwischen Entdecktwerden und Davonkommen ausmachen. Sie beobachtete die Straße und prüfte ihre Optionen. Sie konnte sich immer noch nicht mit der Idee anfreunden, dass Max im Auftrag der Chinesen gehandelt haben sollte. Sie als geschulte Agentin hätte das erkennen müssen. Hatte sie sich täuschen lassen? Wenn Max jedoch direkt etwas mit Gonzáles' Tod zu tun hatte … das wäre etwas ganz anderes. Dann wäre er ein eiskalter Killer.

Als der Polizist sich in Bewegung setzte und das Gebäude durch den Haupteingang betrat, tastete sich Karis zur Mauer vor, stieg hinüber und sprang. Sie landete auf dem Bürgersteig, wobei sie eine Katze erschreckte, die nichts ahnend auf der Straße entlanglief. Mit großen Sprüngen rannte sie davon und setzte ihren Weg fort bis zur nächsten Straßenkreuzung, als ihr Telefon erneut zu vibrieren begann. Sie sah auf den Bildschirm und musste stehen bleiben. Ihre Hände wurden kalt, als sie das Gespräch annahm und schweigend darauf wartete, dass sich der Anrufer meldete.

»Agentin Deen?« Das Blut schoss durch ihre Venen. Es war Max.

Mit sanfter Stimme sagte sie: »Dann weißt du es also?«

»Ja«, antwortete er emotionslos.

Sie erwiderte nichts. Sie wusste nicht, wo sie anfangen sollte, wie sie es erklären konnte.

»Können wir uns treffen?«

»Max ...«, unterbrach sie ihn. »Eins musst du wissen: Wenn du den Vorsitzenden umgebracht hast, werde ich dir nicht helfen können. Verstehst du das?«

Am anderen Ende der Leitung herrschte Schweigen. Dann räusperte sich Max. »Ich weiß, wer Gonzáles getötet hat, und ich denke, du brauchst meine Hilfe mehr als ich deine.« Sein Tonfall war eiskalt.

»Okay. Wo sollen wir uns treffen?«

»Warum treffen wir uns nicht gleich vor dem Haupteingang des Smithsonian?«

»Des ... Smithsonian? Meinst du das im Ernst?«, sagte sie. »Max, ich habe nur meinen Job gemacht.«

»Stimmt. Und du bist sehr gut darin.«

Beide schwiegen.

»Gut«, gab sie schließlich nach. »Gibt mir zehn Minuten.«

Karis musste sich erst einmal sammeln. Sie atmete tief ein, bevor sie die Straße entlang zu Avilas Standort eilte. Im Laufen nahm sie ihr Telefon und wählte seine Nummer. »Tuck? Wo bist du?«

»Ich bin auf dem Weg zu dir. Der weiße Honda ist zurück zur chinesischen Botschaft gefahren. Jetzt war nur noch eine Person darin.«

Karis sah die Straße hoch. »Warte. Ich sehe dich!« Sie legte auf und sprintete die letzten Meter auf das gelbe Taxi zu, das sich in ihre Richtung bewegte und kurz darauf am Bordstein hielt. Außer Atem riss sie die Tür auf und stieg ein. »Ich muss sofort zum Smithsonian!«

»Warum?«

»Fahr, Tuck! Max hat angerufen. Er will mich dort treffen.«

Avila sah sie an, ohne loszufahren. »Du traust ihm?«

»Habe ich eine Wahl?«

Nach einer kurzen Bedenkzeit nickte er. »Okay.«

Er schlug das Lenkrad ein und sie verließen die Altstadt.

KAPITEL 68

Balboa, Panama-Stadt,
Panama

»Leichen«, sagte Erika Fisher zwischen zwei Atemzügen. Sie schaute in den Rückspiegel und lenkte den Wagen von der Hauptstraße in eine breite Allee namens Calle Roberto F. Chirari.

»Wie bitte?«

Fisher sah Roebuck emotionslos an. »Dafür wurde diese transozeanische Eisenbahn genutzt.« Sie zeigte in Richtung der Eisenbahnschienen, die zwischen dem Kanal und ihrer Straße entlangführten. »Ab 1855 haben die Dampfzüge der Panama Canal Railway Tausende von Leichen transportiert – Arbeiter, die beim Bau des Panamakanals an Gelbfieber, Malaria oder wegen eines Arbeitsunfalls ums Leben gekommen waren. « Sie lächelte Roebuck grimmig an. Nicht wegen der Geschichten über die Toten aufgrund von Krankheiten oder der unmenschlichen Arbeitsbedingungen auf der Baustelle des Kanals, sondern wegen ihrer eigenen Worte. Vor ein paar Wochen noch hätte sie sich nicht mit den Verfehlungen oder den Sorgen von Fremden beschäftigt, sondern sich mit Freude auf die Zukunft gestürzt. Wie schnell sich doch ein glücklicher Zustand ändern konnte.

Sie spürte Roebucks berechnenden Blick.

»Was genau ist Ihre Absicht, Agentin Fisher?«, fragte er. Seine Stimme war herausfordernd, er wollte offensichtlich wieder die Oberhand gewinnen.

»Ich glaube, Sie waren es, der gestern Gonzáles auf dem Golfplatz ermordet hat«, sagte sie, ohne ihren Blick von der Straße zu nehmen. Roebuck setzte zu einer Erwiderung an, aber Fisher unterbrach ihn. »Verstehen Sie mich nicht falsch. Das war ein interessanter Plan, den Sie sich ausgedacht hatten. Mit Sicherheit hätte es funktioniert, unsere amerikanischen Ingenieure wieder in das Projekt zu bekommen, nachdem ihr korruptes kleines Team den Bankrott erklären musste, was von Anfang an so vorgesehen war.« Sie sah ihn an. »Ich kann Sie mir gut vorstellen, wie Sie mit offenen Armen und viel Aufsehen herbeieilen, um im Namen der allmächtigen Vereinigten Staaten Ihre rettende Hand auszustrecken. Um dann als Gegenleistung für diese Hilfe die Kontrolle über die Kanalverwaltung wiederzuerlangen und somit wie vor der freiwilligen Übergabe an Panama im Jahr 2000 das Schicksal des Kanals wieder selber bestimmen zu können. Eine feine Lösung für eine Situation, die auch heute noch für viele Amerikaner unverständlich und unhaltbar ist.« Sie lächelte grimmig. »Und Sie wären der Held der ganzen Geschichte, Larry! Umfassend von den Weltmedien begleitet. Das würde Sie in Washington ein ganz großes Stück weiterbringen …«

»Was fällt Ihnen eigentlich ein, mir so etwas zu unterstellen! Woher nehmen Sie sich dieses Recht?«

Fisher blieb ruhig. »Genau das ist unser Problem, Sir. Sie glauben, über dem Gesetz zu stehen. Wir haben Aufzeichnungen von verschiedenen Gesprächen zwischen Ihnen und José Gonzáles …«

»Sie haben meine Gespräche abhören lassen? Ich bin der Botschafter der Vereinigten Staaten!«, bellte Roebuck erzürnt.

Fisher blieb ungerührt. »Mein Team hat – aus anderen Gründen – Gonzáles' Gespräche aufgezeichnet, nicht Ihre. Aber Sie haben den Fehler gemacht, ihn direkt auf seinem Handy anzurufen.« Sie sah erneut zu Roebuck. »*Sie* waren wohl auf einer sicheren Leitung, *er* aber nicht. So haben Sie sich selbst auf unseren Radarschirm gebracht.« Sie schaute erneut in den Rückspiegel, um sicherzugehen, dass ihnen niemand folgte. »Sie werden verstehen, dass Sie sich – und Ihr Land – nun in eine schwierige Lage gebracht haben. Wie sollen wir der Welt erklären, dass wir einen machthungrigen Botschafter haben, der herumrennt und Menschen ermordet?«

»Sie überschätzen meinen Ehrgeiz. Ich bin nur ein Patriot aus einer kleinen Stadt in Indiana, der seinem Land dienen will.«

Fisher lachte spröde. »Ich weiß.« Sie blickte auf die Straße. »Das ist der Fehler, den wir alle früher oder später machen, wenn wir in Sachen Patriotismus unterwegs sind. Wir beginnen, uns selbst zu glauben.«

»Das ist doch totaler Unsinn«, unterbrach er sie.

»Bitte lassen Sie mich ausreden.« Fisher sah kurz zu Roebuck hinüber. »So wie ich das sehe, haben wir drei Möglichkeiten. Erstens: Ich bringe Sie vor Gericht. Aber Sie müssen sich klarmachen, dass, wenn ich Sie ausliefere, Sie sich sowohl vor den Behörden in Panama als auch in den USA rechtfertigen müssen, zudem wäre das für die internationalen Medien ein gefundenes Fressen …«

»Okay, ich hab's schon verstanden!«, warf Roebuck dazwischen. »Was ist die zweite Möglichkeit?«

»Die zweite Möglichkeit ist, dass Sie mir Ihre Pistole geben.«

»Was?«

»Sie haben mich schon richtig verstanden.«

»Wieso glauben Sie, ich würde eine Pistole mit mir herumtragen? Meinen Sie nicht, ich hätte sie schon längst weggeworfen, selbst wenn ich so dumm gewesen wäre, sie eigenhändig zu benutzen?«

Fisher verlangsamte das Tempo. Sie bog in die kleine Straße ein, die zum Firmensitz von CISCO führte. Dieser war wenige Hundert Meter vom Gebäude der Kanalbehörde entfernt.

»Ich glaube nicht, dass Sie die Pistole weggeworfen hätten. Sie wissen am besten, wie gut geschützt Botschafter sich in einem fremden Land aufhalten. Sie genießen diplomatische Immunität. Niemand würde Sie fragen, ob Sie eine Waffe tragen, oder auch nur den Verdacht äußern. Das wussten Sie. Daher gehe ich davon aus, dass Sie sie behalten haben und dass Sie die Mordwaffe auch jetzt bei sich tragen.« Sie schlug das Lenkrad ein und beschleunigte. »Und daher bitte ich Sie noch einmal, mir Ihre Waffe jetzt zu geben.«

Langes Schweigen begleitete sie, während sie auf ihren Zielort zusteuerte.

Fisher bemühte sich, sich möglichst nichts anmerken zu lassen. Wenn ihre Wette nicht aufging, hatte sie nichts Weiteres in der Hand. Behutsam atmete sie aus, vor allem auch um so den Druck in ihren Lungen zu vermindern und den Schmerz in ihrer Brust etwas zu lindern. Für einen Moment überlegte sie, ob sie sich Sorgen machen sollte, dass er plötzlich seine Waffe auf sie richten würde.

»Ich nehme an, die Waffe ist nicht registriert«, fuhr sie fort.

Immer noch schwieg er.

Als sie den Parkplatz vor dem Gebäude erreichten, brachte Fisher den Wagen schließlich zum Stehen. Der Platz war schlecht ausgeleuchtet, nur ein paar Laternen erhellten den Haupteingang. »Wissen Sie, es ist schon etwas ironisch?«, sagte sie, während sie den Motor abstellte. »Wir dachten wirklich, die Chinesen würden hinter all dem stecken.« Sie sah Roebuck an und wartete gespannt auf seine Antwort. Er nahm seine Aktentasche und legte sie auf seinen Schoß. »Können Sie sich das vorstellen? Wir hatten extra dafür zwei Teams nach Panama geschickt.« Sie dachte an den besorgten Blick des Verteidigungsministers und musste ein Lächeln zurückhalten. »Die Chinesen mit für den Bankrott der Kanalerweiterung verantwortlich zu machen, hätte Ihrem Plan dann noch mal ganz schön Auftrieb gegeben.«

Roebuck nickte bedächtig.

Das war das erste Anzeichen dafür, dass ihre Strategie dieser Befragung doch noch aufgehen könnte.

»Ich bin erschrocken«, sagte er plötzlich. Er sah sie an und schüttelte den Kopf. »Die Chinesen in die Sache reinzuziehen war nie Teil meines Plans.«

Sie nickte und er hielt ihrem Blick stand.

»Aber als das passierte … musste ich den Plan ändern«, sagte Roebuck. »Das Ganze geriet total außer Kontrolle. Ich musste jede Möglichkeit ausschließen, damit man mich nicht mit Gonzáles in Verbindung bringen konnte.«

»Ich verstehe.« Fisher machte Anstalten auszusteigen

und wies mit dem Kopf zu dem großen, weißen Gebäude. »Hier entlang, bitte.«

Sie stiegen aus dem Wagen.

KAPITEL 69

Smithsonian Tropical Research Institute, Panama-Stadt, Panama

Von dort, wo er mit Sofias winzigem rotem Toyota stand, konnte er die Scheinwerfer des gelben Taxis näher kommen sehen. Er hörte das Geräusch der Reifen, die über trockene Blätter und Zweige fuhren, bis der Wagen in einiger Entfernung zum Stehen kam. Zwei Personen stiegen aus. Eine davon war Karis Deen. Sie ging auf ihn zu. Max' Herz raste.

Kurz vor ihm blieb sie stehen. »Max, was ist mit deinem Gesicht passiert?! Bist du in Ordnung?«

Sie ist so wunderschön! »Dich um mich zu sorgen, ist also auch Teil deines Jobs?«

»Lass das, Max.« Karis wurde ernst. »Sag mir, was du weißt.«

Sofort unterdrückte Max alle Gefühle, die er eben noch verspürt hatte. »Es sind die Chinesen«, sagte er abrupt. »Steven hat sich an diesem Morgen nicht im Golfclub eingeschrieben, aber er hat sichergestellt, dass ich ihn dort treffen sollte.« Er hielt inne. »Er hat sich sonst immer eingeschrieben. Ich glaube, dass die Chinesen mich bewusst für Gonzáles' Tod verantwortlich machen wollten.«

Im Dämmerlicht sah er, wie sich Verwirrung auf Karis'

Gesicht abzeichnete. »Glaubst du, die Chinesen machen gemeinsame Sache mit CISCO, um das Expansionsprojekt absichtlich zu gefährden?«

»Direkt mit CISCO sicher nicht. Es ist alles über Gonzáles gelaufen. Godfredo hat mir heute erzählt, dass er und sein Vater nicht wüssten, wer die Fäden hinter Gonzáles in der Hand hielt. Als die Chinesen dann bemerkten, dass der amerikanische Geheimdienst auf sie angesetzt wurde – Steven hat mir Fotos von dir in deinem CIA-Outfit gezeigt –, beschlossen sie, ihre Kontaktperson, Gonzáles, auszuschalten. Vielleicht war es auch schon immer Teil ihres Plans gewesen, ihn umzubringen.«

Hinter Karis nahm Max eine zweite Person wahr, einen Mann, der jetzt ebenfalls näher kam. »Ich habe Jay am Apparat«, verkündete dieser. Er hielt ein Handy in der Hand und reichte es Karis. Es war auf Lautsprecher eingestellt.

»Jay, hier spricht Karis. Ich bin hier mit Avila und Max Burns. Max glaubt, dass die Chinesen hinter Gonzáles' Ermordung stecken.«

»Karis, nein. Du hattest recht. *Die Chinesen haben nichts damit zu tun.* Scheinbar war es jemand aus unseren eigenen Reihen.«

»Was willst du damit sagen?« Sie drehte Max den Rücken zu.

»Es war der US-Botschafter in Panama, *Larry Roebuck.* Und, Karis … Fisher ist in Panama.«

»Fisher ist hier? Warum?«

»Sie hat deinem Bericht über die Chinesen nicht geglaubt. Und als sie von der möglichen Verbindung zu dem amerikanischen Botschafter gehört hat, hat sie beschlossen, selbst nach Panama zu gehen. Uns wurde befohlen, dir nichts zu sagen. Und wir glauben, dass sie den Botschafter bei sich im Auto hat.«

»Du glaubst …?«

»Wir wissen es nicht sicher, aber wir haben soeben die Nachricht von ihrem Begleitteam erhalten, dass sie den Botschafter gestellt und ihre Leute dann weggeschickt hat.«

»Warum zum Teufel hat sie das getan?«

»Ich weiß es nicht. Jedenfalls hat sie vor ein paar Minuten ihr D.R.O.P deaktiviert.«

»Was!? Welches war ihre letzte Position?« Karis drehte sich um und Max konnte ihren grimmigen Gesichtsausdruck sehen.

»Avenue Morgen.«

»Das Gebäude der Kanalbehörde«, murmelte Avila. »Danke, Jay. Wir melden uns, sobald wir mehr wissen.«

Karis beendete den Anruf und wandte sich Avila zu. »Du weißt, was das heißt: Wir sind jetzt auf uns allein gestellt. Ich schlage vor, wir gehen …«

»Ich komme mit«, rief Max dazwischen.

Überrascht, als hätte sie vergessen, dass er da war, drehte Karis sich zu ihm um und schüttelte den Kopf. »Agent Avila und ich werden das klären. Ich habe deine Nummer, ich rufe dich an, wenn …«

»Auf keinen Fall!«, warf Max ein. »Ich werde nicht hier rumstehen und warten, während andere mein Leben ruinieren. Das ist mir schon einmal passiert, und ich lasse es kein zweites Mal zu! Ich lass dich nicht mehr aus den Augen.«

Karis sah ihn nachdenklich an. »Okay. »Warum sind sie zum Gebäude der Kanalbehörde gefahren?«, fragte sie. »Was könnten sie dort wollen?«

»Ich weiß es nicht. Lass es uns herausfinden.«

Karis nickte zögernd und wandte sich an Avila. »Tuck, kannst du zur amerikanischen Botschaft fahren für den Fall, dass sie dort auftauchen. Ich gehe inzwischen mit Max zur Kanalbehörde. Wenn es Schwierigkeiten gibt, ruf mich an.«

Avila nickte und ging rasch zu seinem Taxi.

Karis sah Max an. Ohne irgendwelche Gefühle zu zeigen, sagte sie: »Wir nehmen deinen Wagen. Du kannst fahren.«

KAPITEL 70

Balboa, Panama-Stadt,
Panama

Max lenkte den Wagen über die kurvigen Straßen. Blätter und Äste – Überreste des Sturms – zeichneten sich im Licht der Scheinwerfer ab. Als sie sich dem majestätischen Gebäude der Kanalbehörde näherten, drosselte er das Tempo und sah hinüber zu Karis. »Soll ich hier irgendwo parken? Vielleicht da drüben im Dunkeln?«

Karis' Lippen zuckten und er konnte sehen, dass sie ein Lächeln unterdrückte. »Es ist in Ordnung, du kannst ruhig näher heranfahren.« Plötzlich rief sie: »Warte, stopp!«

Max trat auf die Bremse.

Karis zeigte auf die andere Straßenseite. »Dort! Das ist Fishers Wagen.«

Max spähte durch die Windschutzscheibe.

Ein schwarzer Wagen parkte in einer Ecke des ansonsten leeren Parkplatzes vor den Gebäuden im spanischen Kolonialstil, in denen während der letzten achtzehn Monate das Hauptquartier von CISCO untergebracht gewesen war.

»Mein Büro ...«, sagte Max.

»Sie suchen die CISCO-Akten«, ergänzte Karis. »Max, was steht in diesen Akten?«

»Ich habe keine Ahnung, warum sie meine Akten wollen.« Max schüttelte den Kopf. »Aber vielleicht suchen sie ja gar nichts«, sagte er und überlegte. »Vielleicht möchten sie etwas dalassen.«

»Was meinst du?«

»Eine Pistole? Die Mordwaffe?«

»Das ergibt doch keinen Sinn. Warum sollte Fisher den Mörder von Gonzáles decken.« Karis schwieg für einen Augenblick, dann zeigte sie zum Parkplatz. »Mach das Licht aus und fahr dort auf den hinteren Teil eures Parkplatzes.«

Max legte den Gang ein und fuhr langsam los, bis ein ihm wohlbekanntes Schild sichtbar wurde: *CISCO Construction Group. Parkplatz für Angestellte und Besucher.* »Bist du dir sicher, dass das Fishers Wagen ist?«, fragte er, während sie auf den Parkplatz fuhren.

Karis nickte. »Ich arbeite schon seit einiger Zeit hier, Max, und weiß, welche Autos wir in Panama benutzen.«

In der äußersten Ecke des Parkplatzes brachte Max den Wagen zum Stehen. Die Hände am Steuer, sah er zu Karis. »Woher wissen wir, dass sie nicht im Auto sind?«

Karis' Blick wanderte zum Eingang des Gebäudes. »Wissen wir nicht«, sagte sie und öffnete die Beifahrertür.

Als Max ebenfalls nach dem Türgriff langen wollte, spürte er kalten Stahl an seinem Handgelenk. Er versuchte, die Hand zurückzuziehen. »Was zum …? Was tust du da?« Karis hatte ihn mit Handschellen ans Lenkrad gefesselt. Sprachlos starrte er sie an.

»Es tut mir leid«, sagte sie sanft.

Er versuchte erneut, seine Handgelenke zu befreien, aber das Einzige, was er erreichte, war, dass ihm ein scharfer Schmerz durch den Arm schoss. »Das kannst du nicht machen!«, schrie er.

»Pst! Sei leise!«, zischte sie. »Ich muss meinen Job erledigen, Max. Du bist für eine solche Situation nicht ausgebildet. Du wärst für uns beide ein Risiko.«

Mit seiner freien Hand versuchte Max, Karis am Arm zu packen, aber sie entwischte ihm und stieg aus dem Auto.

»Karis«, sagte er flehend, »es geht um mich, nicht um irgendeinen Zivilisten. Es ist meine Zukunft, die auf dem Spiel steht! Du kannst mich doch nicht daran hindern, mich selbst zu verteidigen! Das ist nicht richtig!«

Sie legte ihre Hand an die Wagentür und drehte sich zu ihm um.

»Karis, stopp! Erinnerst du dich daran, was ich dir über meinen Vater erzählt habe?« Max redete schnell und er klang verzweifelt. »Und darüber, wie ihn dieser Gauner Rupert Garcia betrogen hat?«

Karis zögerte.

»Du warst diejenige, die mir gesagt hat, dass ich die Vergangenheit loslassen soll …, dass er unter den damaligen Umständen das Beste getan hat, was er tun konnte.« Max lehnte sich so weit nach vorne, wie er konnte. »Und du hattest recht. Aber gerade du nimmst mir nun diese Chance! Wie soll ich mein Bestes geben, wenn ich an das verdammte … blöde … Lenkrad gefesselt bin!« Er kämpfte mit den Handschellen. »Es geht um mein Leben, Karis! Das hier ist *mein* Kampf!«

Dann konnte er nur wie versteinert zusehen, wie Karis die Autotür schloss, sich umdrehte und langsam auf das Gebäude am Ende des weiten Parkfeldes zurannte. Wutentbrannt schlug er auf das Lenkrad ein und zerrte an den Handschellen. Bis er sich, den Tränen nah, geschlagen gab. Er lehnte sich zurück und sah ihr nach. Wenn das nun das Ende war, dann musste es halt so sein. Max Burns wusste, dass er sein Bestes gegeben hätte.

Aber dann, plötzlich, blieb Karis stehen. Mit der Pistole in der herunterhängenden Hand drehte sie sich zu ihm um. Max richtete sich auf. Sein Herz machte einen Satz, als er sah, wie sie zum Wagen zurückkam. Ohne ein Wort zu sagen, öffnete sie seine Tür und befreite ihn.

»Danke«, sagte er und rieb sich sein Handgelenk. Er sprang aus dem Wagen. »Danke!«

Als er ihre Hand nahm, sah sie zu ihm hoch und küsste ihn. Für einen winzigen Augenblick vergaß er alles, was ihn beschäftigte, während er ihren Duft einatmete und sie in seinen Armen hielt. Dann machte sie sich abrupt los und sie rannten zusammen in die Dunkelheit.

KAPITEL 71

Zur Decke gerichtete Leuchten tauchten das Foyer in ein warmes, dämmriges Licht. Es war jedoch hell genug, dass Fisher die gerahmten Fotos von der feierlichen Vertragsunterzeichnung an den Wänden sehen konnte: Paco Roco mit dem Präsidenten von Panama. Ein Bild von Max Burns auf der Baustelle mit einem Helm auf dem Kopf. Verschiedene Fotos vom CISCO-Team, welches die Baustelle besuchte. Der unterzeichnete Vertrag lag in einem gläsernen Schaukasten, der entlang der Wand aufgestellt war. Fisher bemerkte, dass Larry Roebuck seinen Blick abwandte, während sie daran vorbeigingen. Ihre Schritte, synchron zu Roebucks, waren das einzige Geräusch, das zu hören war, als sie durch den Flur zum Nordflügel des Gebäudes liefen.

Kurze Zeit später hatten sie das Büro, das sie suchten, erreicht.

Dr Max Burns, Chefingenieur

Die Tür war breit und aus dunklem, poliertem Holz. Fisher drückte den Türgriff herunter und war erstaunt, dass die Tür nicht abgeschlossen war. »Hm«, murmelte sie. »Keine Kameras, und die Türen sind nicht verschlossen. In den Tropen ist Sicherheit wohl kein zentrales Thema.«

Sie wandte sich Roebuck zu und wies ihm den Weg in den Raum. »Unter normalen Umständen ist die Wahrscheinlichkeit wohl auch sehr gering, dass jemand diesen Umstand zu seinen Gunsten ausnutzen würde.«

Roebuck schien ihren Sarkasmus zu ignorieren. Unbeweglich stand er nun mitten in dem großen Raum mit dem eleganten Marmorboden. Das Büro war dem Titel eines Chefingenieurs würdig.

Fisher trat ebenfalls ein und war für einen kurzen Moment sprachlos. Riesige bodentiefe Fenster gaben den Blick auf einen kleinen Innenhof und auf den imposanten Kanal frei, und über dem dunklen, dichten Blätterdach dahinter konnte sie in der Ferne den beleuchteten Stahl des *Puente de las Américas* – der Amerikabrücke – durch die tintenschwarze, tropische Nacht erkennen. Sie betätigte den Lichtschalter an der Wand.

Als im selben Moment der ganze Raum hell erleuchtet wurde, erkannte Fisher, dass sie sich in dem Büro eines Mannes befand, der sich, ähnlich wie sie, nur auf eine Sache konzentrierte, seinen Job. Der Raum war perfekt aufgeräumt, auf dem Schreibtisch standen keine Fotos von der Familie oder von Freunden. Hier lagen keine unbeholfenen Kinderzeichnungen und es gab auch keine nicht identifizierbaren, kindlichen Tonfiguren, die als Staubfänger dienten. Nur ein paar Golfbälle und ein orangefarbenes Golf-Tee lagen in der Ecke eines Bücherregals neben einer säuberlich gefalteten Papierserviette. Auf der Serviette erkannte sie das Siegel des Präsidenten von Panama.

»Was machen wir hier?«, fragte Roebuck ruhig.

Fisher öffnete ein paar Schubladen und nahm einige Mappen heraus.

»Was tun Sie da?«, insistierte er.

»Sir, ich bitte Sie, Ihre Waffe in die Schublade zu legen. Wischen Sie sie aber vorher ab.«

Roebuck rührte sich nicht.

»Botschafter Roebuck, ich weiß, dass Sie sie dabeihaben. Bitte legen Sie sie in die Schublade. Jetzt!«

In einer langsamen Bewegung öffnete Roebuck seine Aktentasche, zog eine 45er Pistole heraus und richtete sie auf Fisher.

»Meine Agenten wissen, dass Sie bei mir sind«, sagte Fisher ungerührt. »Und sie wissen auch, dass Sie an diesem Morgen mit Gonzáles telefoniert haben, um ihn auf dem Golfplatz zu treffen.«

»Aber Sie sind die Einzige, die bisher weiß, dass ich ihn umgebracht habe …«

Im Flur war ein Geräusch zu hören und beide sahen zur Tür.

Doch es herrschte wieder Ruhe.

Drängend sagte Fisher: »Bitte, Sir. Ich bitte Sie noch einmal, die Pistole in die Schublade zu legen, damit die Polizei sie dort finden kann.«

Roebuck verengte seine Augen. »Sie wollen den englischen Ingenieur ans Messer liefern, damit ich davonkomme?«

»Es geht nicht um Sie!«, fauchte Fisher böse. »Sie sind … ein Nichts! Weniger als nichts. Was haben Sie in Ihrem Leben geleistet? Wem haben Sie jemals einen Gefallen getan außer Ihrem eigenen jämmerlichen, politischen Ego?«

Während sie redete, lächelte Roebuck gelassen.

Fisher ärgerte es, dass sie ihre Fassung – an ihn – verloren hatte. Dass sie ihm etwas von sich selbst gezeigt hatte.

»Was ist dann für Sie drin?«, fragte er.

Sie nahm die gespielte Neugier in seiner Stimme wahr. Und plötzlich war sie diesen Mann so leid. Seine Arroganz und sein Gehabe. Mit einer fließenden Bewegung zog sie ihre eigene Waffe aus ihrem Gürtel und zielte auf Roebucks Gesicht.

Roebucks Hand rührte sich nicht.

»Wenn ich Sie an die Behörden ausliefere und Sie schuldig gesprochen werden«, sagte Fisher, »werden die Vereinigten Staaten niemals wieder die Kontrolle über den Panamakanal erhalten. Niemand wird uns mehr trauen, egal worum es geht. Die ganze Welt wird über uns lachen. Das haben Sie vermutlich nicht eingeplant, als Sie mit Ihrem kleinen Spiel begonnen haben.« Ihr Tonfall war scharf. »Mich zu töten bringt Ihnen gar nichts. Ich bin Ihre einzige Versicherung. Also legen Sie jetzt die verdammte Pistole in die Schublade!« Fisher spürte, wie Schweißperlen ihre Schläfen hinunterrannen.

Roebucks Blick wanderte über ihr Gesicht und ein Zucken ging durch seine Lippen. »Die wissen gar nicht, dass Sie hier sind, richtig?«, sagte er. Sein Finger legte sich um den Abzug.

Mein Gott! Er wird mich umbringen und heute Nacht wie ein Baby schlafen können. Fisher knirschte mit den Zähnen. Sie könnte ihn jetzt töten, und alles wäre vorbei … »Im Krieg gibt es immer Opfer«, sagte sie leise. »Und dieses Mal ist Max Burns eins von ihnen. Das ist zwar unglücklich, aufgrund seiner Beziehungen zum chinesischen Botschafter ist er jedoch ein sehr plausibler Kandidat.« Sie schwieg für einen Moment. »Die Chinesen würden nicht zögern, unsere Schwäche auszunutzen.

Und das werde ich nicht zulassen.« Sie wartete geduldig. »Lassen Sie uns beenden, was Sie angefangen haben.«

KAPITEL 72

»Im Krieg gibt es immer Opfer. Und dieses Mal ist Max Burns eins von ihnen ...« Fishers Worte hallten in Max' Kopf wider. Mit dem Rücken an die Wand gepresst stand er neben seiner Bürotür, während er das Gehörte zu verdauen versuchte. Er, Max Burns, war nichts mehr als ein Bauernopfer in einem Machtkampf der Großmächte, der nun hier, in seiner Reichweite, ausgefochten wurde.

Auf der anderen Seite des Gangs stand Karis, ebenfalls mit dem Rücken an die Wand gelehnt. Im Dämmerlicht des Flurs konnte er erkennen, dass sie ihn ansah. Sie wirkte ruhig und fokussiert.

Im Raum neben ihnen durchbrach Roebucks Stimme die Stille. »Also ... dann lassen Sie mich gehen?«

Fisher lachte kurz auf. »Wohl kaum.«

»Was wollen Sie damit sagen?«

»Ich bin krank, Larry. Sehr krank.« Bei Fishers Worten zog Karis die Augenbrauen zusammen. Sie neigte den Kopf und hörte aufmerksam zu. »Meine Tage sind gezählt, aber Ihre nicht. Sie werden für den Rest Ihres jämmerlichen Lebens mit dem Wissen herumlaufen müssen, dass wir einen unschuldigen Außenstehenden ausgeliefert und sein Leben zerstört haben. Auch wenn

Sie jetzt denken, dass Sie das nicht belastet – eines Tages wird es das. Das kann ich Ihnen versprechen.« Sie hielt inne. »Ich bin mir nicht sicher, was Sie Freiheit nennen, Larry, aber ich glaube, Sie werden diese nie mehr finden.«

Karis hielt ihre Waffe mit beiden Händen und hob sie nun auf die Höhe ihres Gesichts.

»Ihr Patriotismus ist wirklich ansteckend«, sagte Roebuck. »Ich werde mein Schicksal dennoch nicht in die Hände von jemand anderem legen. Auch nicht in die von Gott.« Er lachte kurz auf. »Aber da es klingt, als ob Sie Ihren Frieden mit dem Allmächtigen bereits gefunden haben, werden Sie sicher nichts dagegen haben, dass ich Ihren Weg zu ihm etwas beschleunige.«

Hektisch schüttelte Max den Kopf. *Geh nicht rein, Karis!*

In Sekundenschnelle stand Karis in Max' Büro. »Legen Sie die Waffen nieder!«

Instinktiv lehnte sich Max nach vorne und folgte ihr. Ein Schuss zerriss die Stille und hallte brutal in seinen Ohren wider. Entsetzt sah er, wie Karis' Knie nachgaben und sie auf den Boden stürzte. Roebuck taumelte zurück, seine Waffe immer noch in der Hand.

Fisher stellte sich rasch zwischen Max und die am Boden liegende Karis. Mit ihrer Pistole zielte sie auf Max' Kopf. »Bleiben Sie genau da stehen!«, sagte sie.

Mit einem brüllenden Laut stürzte sich Max auf den Mann, der auf Karis geschossen hatte – der Mann, der mit seinem miesen Plan das ganze Expansionsprojekt zum Scheitern bringen wollte. Er rammte seine Faust in Roebucks Magen.

»Max, stopp!«

Er hörte Fishers Stimme.

Als ihre Körper auf den Boden stürzten, schlug Roebuck zurück. Er war zwar älter, aber er war stark.

»Max Burns! Zurück!«

Aber Max war blind vor Wut. Mit der geballten Kraft seines aufgestauten Zorns schlug er erneut zu und hörte, wie Roebucks Nase, von einem lauten Knacken begleitet, brach. Die beiden Männer umklammerten einander, als Roebucks Faust gegen Max' Kiefer krachte. Brennender Schmerz schoss ihm in die Augen und er taumelte nach hinten, wobei er das gesamte Gewicht des älteren Mannes mit sich riss.

Über den beiden stand Fisher mit der Pistole im Anschlag. Sie zielte auf Max' Kopf. Der ließ Roebucks Nacken los und ein zweiter Schuss ertönte. Trotz des brennenden Pfeifens in seinen Ohren hörte Max eine dumpfe Stimme.

Er öffnete die Augen und erkannte Tucker. Fisher lag neben ihm auf dem Boden.

Während Blut von seinem Kinn tropfte, kroch Roebuck auf allen vieren in die hintere Ecke des Raumes.

Instinktiv sprang Max auf und eilte zitternd auf Karis zu. Unter ihrer Schulter breitete sich ein dunkler Fleck auf dem Boden aus.

»Kümmern Sie sich um Karis!«, brüllte Avila. Er rannte auf Roebuck zu und legte ihm Handschellen an.

Max sank neben Karis auf die Knie. Er wollte sie berühren, die Blutung stoppen, aber er wusste nicht, woher das Blut kam.

»Wie konnten Sie das nur tun?«, rief er. »Wie kann irgendjemand so etwas tun?« Er sah Roebuck nicht an, auch wenn seine Worte ihm galten. »Karis!«, rief er, »Karis! Kannst du mich hören?«

»*Sea Bass* an Zentrale: Hier spricht Avila. Wir haben hier zwei verletzte Agenten …«

KAPITEL 73

Medizinische Abteilung, Amerikanische Botschaft, Clayton, Panama

Mit einem riesigen Strauß langer weißer Chrysanthemen stand Max in der Tür. Karis saß auf einer Ecke des Krankenhausbetts mit Blick auf den Korridor. Das Morgenlicht brachte ihre Haare zum Glänzen, während sie mit einem Besucher sprach, den Max nicht sehen konnte. Sie trug ihren Arm und die Schulter in einer Schlinge. Max klopfte an den Türrahmen.

Karis stand sogleich auf. Offensichtlich war sie überrascht. »Max!«

Er ging zum Bett und reichte ihr die Blumen.

»Sie sind wunderschön!«, sagte sie und nahm den Strauß entgegen. »Danke.«

Er schmunzelte. »Die sind von Steven. Ich soll dir ausrichten, dass diese Blumen für Kraft und Langlebigkeit stehen.«

»Wirklich?«

»Ich hätte gedacht, dass du solche Dinge weißt. Du als studierte Biologin.«

Ihr Lachen ließ ihr Gesicht erstrahlen. Für einen Moment zuckte sie zusammen und fasste sich an die Schulter.

»Ja«, fuhr Max fort, »es tut ihm sehr leid, was dir passiert ist. Er wünscht dir alles Gute.«

Karis neigte den Kopf zur Seite und Max erkannte den Mann, der am Fußende des Bettes stand. »Du kennst Agent Avila«, sagte sie.

»Bitte nenn mich Tucker.« Avila schüttelte Max die Hand. Er trug ein aquamarinblaues Shirt mit einem Muster aus Ananas und Surfboards.

»Tucker!«, sagte Max. »Ich weiß nicht, was ich sagen soll. Ich stehe tief in deiner Schuld. Danke, dass du so beherzt eingegriffen hast.«

»Das gehört zu meinem Job.« Avila grinste.

»Ja … klar, der Job«, wiederholte Max. Karis' Blick ruhte auf ihm. »Darf ich fragen …«, wagte er sich vor, »woher du wusstest, wo wir waren und dass wir Hilfe brauchten? War das irgendeine Geheimdienst-Magie?«

Avila lachte. »Ja, das wäre toll, wenn es so etwas gäbe!« Er warf Karis einen bedeutungsvollen Blick zu. Sie zuckte mit den Achseln, so als würde sie sagen wollen, dass er seine Antwort ohne ihre Hilfe geben müsse, und Avila wandte sich wieder Max zu. »Ich kann dir keine Details verraten, aber unsere Kollegen am Hauptsitz haben Karis' biometrische Daten überwacht. Daher wussten wir, dass sie Roebuck und Fisher gefunden hatte. Und dass sie in Schwierigkeiten war.«

»Okay, verstehe. Ich werde nicht weiterfragen.« Max lachte verlegen. »Was sind nun deine Pläne, bleibst du … hier in Panama?«

Avila schüttelte den Kopf. »Ich nehme ein paar Wochen Urlaub und bin vorbeigekommen, um mich von Karis zu verabschieden.« Er sah zu ihr hinüber. »Bis zu Roebucks Prozess bist du hoffentlich wieder fit, Deen. Dieser beginnt wohl in ein paar Monaten: Betrug … Mord … das willst du dir nicht entgehen lassen!« Er grinste, dann aber verblasste sein Lächeln. »Hattest du gewusst, dass Fisher krank war?«

Karis schüttelte den Kopf. »Nein, und ich kann es immer noch nicht glauben, dass wir alle nicht bemerkt haben, dass etwas mit ihr nicht stimmte.« Ihr Blick wanderte zum Fenster hinaus und verharrte dort für einen Moment, bevor sie sich wieder Avila zuwandte. »Sie hatte keine Familie.«

Avila schwieg.

»Wollen wir gehen?«, forderte Max Karis sanft auf.

Avila und Karis sahen zu ihm auf und Karis nickte.

»Gut, ich bin dann schon mal weg«, sagte Avila fröhlich. »Wir bleiben in Kontakt, Deen?« Er machte einen Schritt nach vorne und umarmte Karis. »Du wirst mir fehlen.«

»Du mir auch, Tuck.« Karis nahm die Blumen und ließ sich in den Rollstuhl sinken, der neben ihrem Bett stand.

Bevor Avila sich abwandte, grüßte er Max, indem er sich an einen unsichtbaren Hut tippte. »Pass gut auf sie auf!«

Max lächelte. Er schwang sich Karis' Tasche über die Schulter und umfasste die Griffe des Rollstuhls.

»Wie geht es Godfredo?«, fragte Karis, während sie zur Tür rollte.

»Ach, du kennst ihn doch, der schafft das schon. Er ist in Untersuchungshaft und ich vermute, dass die Betten dort zwar nicht nach seinem Geschmack sind, aber er ist schließlich ein Kämpfer. Vermutlich wird er für ein paar Jahre wegen Betruges ins Gefängnis kommen. Ich habe ihn letzte Woche gesehen und er hat mir erzählt, dass Sofia ihn jeden Tag besucht.«

»Echt!« Karis lachte.

»Ich weiß.« Max grinste und schob den Rollstuhl den Gang hinunter zum Aufzug.

»Avila hat mir eben erzählt, dass Paco auf die Fahndungsliste von Interpol gesetzt wurde. Bis jetzt scheint er untergetaucht zu sein. Wahrscheinlich aber nicht für lange«, sagte Karis. Sie streckte sich und drückte auf den Knopf, der den Aufzug anforderte.

Müde strich sich Max mit der Hand durch die ungebändigten Haare. Er konnte es immer noch nicht fassen, dass das Expansionsprojekt und auch sein Leben beinahe ein Ende gefunden hätten. Selbst wenn er irgendjemandem das, was in den letzten Wochen passiert war, erzählen wollte, wem sollte er es erzählen? Wer würde ihm glauben?

Alan. Er würde ihn verstehen. Aber Alan war nicht mehr da – der Mann, der ihn großgezogen hatte. Der Mann, der so viele Jahre lang stets mit einem aufmunternden Wort und einem kühlen Bier für ihn da gewesen war, der nicht eine Sekunde gezögert hatte, durch die Nacht in das verschneite Schweizer Bergdorf zu fahren, um die schreckliche Nachricht des Todes seiner Eltern selbst zu überbringen. Der Mann, der das Leben mit all seinen traurigen und auch wundervollen Facetten akzeptiert und der Max auf seine eigene Art gelehrt hatte, was echte Liebe bedeutete.

»Ist alles in Ordnung?«, fragte Karis sanft.

Max nickte. Ihm fehlten die richtigen Worte. Nach langen juristischen und bürokratischen Verhandlungen – wegen der anstehenden Untersuchungen bei CISCO und Gonzáles' Tod – war ihm schließlich erlaubt worden, das Land zu verlassen und zu Alan zu fliegen. Als alle nötigen Dokumente endlich unterschrieben worden waren, war es jedoch zu spät gewesen. Alan war verstorben.

Schmerz und Bedauern überkamen ihn. Tränen bildeten sich in seinen Augen.

Karis streckte ihm ihren freien Arm entgegen und er nahm ihre Hand.

In der Eingangshalle des Botschaftskrankenhauses spiegelten die glitzernden Fußböden das Sonnenlicht. Der ganze Raum wirkte wie das Versprechen eines wunderschönen Tages.

»Max, bitte halt an!«, sagte Karis. »Ich möchte das hören.«

Max blickte in die Richtung, in die sie zeigte, und sah einen Fernseher in der Ecke des Raumes, in dem gerade Panamas Präsident Guardia zu sehen war. Die Textzeile unter dem Bild lautete: *Gespräche zwischen China und den USA*. Niemand sonst im Foyer interessierte sich für die Sendung.

Max schob den Rollstuhl näher heran.

»Panamas Präsident Fernando Guardia hat heute Morgen nach Gesprächen mit Vertretern Chinas und der USA eine Pressekonferenz abgehalten, um den Gerüchten, dass das Expansionsprojekt in irgendeiner Weise durch die aktuellen Ereignisse gefährdet oder verzögert werden würde, ein Ende zu bereiten.«

Das Bild zeigte nun Präsident Guardia vor einem offiziellen Rednerpult.

»Panama hat schon oft schwierige Zeiten erlebt, und die Ereignisse der letzten Wochen sind keine Ausnahme. Wie dem auch sei, ich freue mich, berichten zu können, dass wir mit der gemeinsamen finanziellen Unterstützung von China und den Vereinigten Staaten in der Lage sein werden, das Expansionsprojekt innerhalb der geplanten Zeit umzusetzen.« Panamas Präsident wartete lächelnd, bis das Blitzlichtgewitter der Kameras vorüber war. Dann hielt er seine Hand in die Höhe und fuhr fort. »Zudem freue ich mich, Ihnen mitteilen zu können, dass wir die Bestätigung erhalten haben, dass der Chefingenieur des Projekts, Dr Max Burns, zugesagt hat, das neu zusammengestellte Konsortium zu führen und die noch anstehenden Arbeiten am Erweiterungsprojekt termingerecht fertigzustellen ...«

Karis drehte sich zu Max um. »Das hast du mir gar nicht erzählt!«, sagte sie. »Dann bleibst du also in Panama?«

»Ja.« Max lächelte. Er ging vor dem Rollstuhl in die Knie, um ihr direkt ins Gesicht zu sehen. »Eigentlich habe ich gehofft, dass du dir vorstellen könntest, mit mir hierzubleiben. Ich bin mir sicher, dass es für dich einen interessanten Job im Smithsonian Tropical Research Institute gibt«, neckte er sie.

Sie lächelte kurz. »Max ...«, fing sie an und hielt dann inne. »Ich bin mir nicht sicher, ob ich das kann.«

Er nahm ihre Hand. »Meinst du nicht, es wäre einen Versuch wert?« Er zog ihre Hand an seine Lippen.

Sie schloss die Augen und holte tief Luft. Beim Ausatmen lehnte sie sich in ihrem Stuhl zurück.

Langsam schob Max sie durch die Schiebetür hinaus in das grelle, blendende Tageslicht.

Ohne Vorwarnung stoppte der Stuhl und Max sah, wie Karis aufstand. Sie schien sich gut auf den Beinen halten zu können und reichte ihm die Blumen.

»Bist du dir sicher, dass du allein gehen kannst?«, fragte er.

Sie nickte. »Ich bin mir sicher. Ich brauche keine Hilfe.« Entschlossen gab sie dem Rollstuhl einen leichten Stoß, bis er neben dem Eingang des Krankenhauses kurz vor einigen Büschen mit roten Früchten zum Stehen kam. Sie drehte sich um und roch die Schwaden weißen Zigarettenrauchs, die von einigen Angestellten des Krankenhauses vor dem Eingang emporstiegen.

Dann liefen sie zusammen los.

»Ich habe letzte Nacht Dalisha angerufen«, sagte Max. Einige Autos fuhren vorbei, während sie auf den Bürgersteig traten. »Ich habe ihr gesagt, dass du für eine Weile bei mir bleibst. Ich war mir nicht sicher, was ich ihr sonst noch sagen …«

Er konnte seinen Satz nicht beenden, denn ein Mann versperrte ihnen den Weg.

»Agentin Deen?«

Er trug Ohrstöpsel und eine dunkle Sonnenbrille mit Seitenschutz. »Agentin Deen«, wiederholte er, »sind Sie bereit, mitzukommen?«

Karis nahm Max' Hand und antwortete ruhig: »Ich brauche noch etwas Zeit, um mich auszuruhen und um alles zu überdenken. Ich melde mich bei der *Abbey*, sobald ich bereit bin.«

Lächelnd wandte sie sich an Max. »Lass uns gehen.«

DANKSAGUNG

Die Geschichte dieses Romans erschien eines Tages ohne Vorwarnung in meinen Gedanken und hat sich hartnäckig geweigert, wieder zu verschwinden. Die Geschichte umzusetzen, war eine Aufgabe, die, so wurde mir bald klar, am besten von zwei Köpfen in Angriff genommen würde, daher fragte ich bei Libby O'Loghlin an, eine erfahrene Romanautorin und kenntnisreiche Lektorin. Zwei Jahre später konnten wir uns über das Ergebnis dieser magischen Zusammenarbeit, den Roman »Die Expansion«, freuen, eine eigene Welt mit Charakteren, die nun ihre Fortsetzung fordern. Das Buch ist zuerst auf Englisch erschienen unter dem Titel »The Expansion«.

Wie möchten all jenen danken, die uns großzügig ihre Zeit und ihr Wissen zur Verfügung stellten, um das Manuskript zu bereichern und zu verbessern: Jürg Arquint, Timon Birkhofer, Lindsey Grant, Dr Iris Guery, Sulay Hernandez, Dr Matthew Larsen, Dr Roman Müller, Brendan O'Loghlin, Andrew Slater, Brigitte Sommer, Caspar Steiner. Ebenfalls möchten wir Gareth Howard, Hayley Radford und dem Team von Authoright danken.

Und schließlich danken wir unseren Familien und Freunden für ihre leidenschaftliche Unterstützung.

ÜBER
CHRISTOPH MARTIN

Christoph Martin Zollinger ist ein Schweizer Unternehmer mit beruflichen Stationen in Kanzleien, militärischen Betrieben, Kapitalgesellschaften und Privatunternehmen. Nach seinem Abschluss in Jura an der Universität Zürich ging er nach Panama und arbeitete dort über eine Dekade für unterschiedliche Unternehmen. 2012 zog er mit seiner Frau und seinen beiden Kindern zurück in die Schweiz. Er pendelt zwischen seinem Zuhause in Zürich und einem kleinen Alpendorf in Graubünden.

ÜBER
LIBBY O'LOGHLIN

Libby O'Loghlin ist eine australische Autorin und eine mit Preisen ausgezeichnete Kurzgeschichtenautorin, die im Bereich der erzählerischen Medienproduktion arbeitet, was Film und Fernsehen, ebenso wie gedruckte und digitale Veröffentlichungen umfasst. Sie hat in Großbritannien, den USA und Malaysia gelebt und lebt jetzt mit ihrer Familie in der Schweiz.

www.theexpansionbook.com